BYE BYE *Paris !*

CALI KEYS

ADA ÉDITIONS

Éditeur : François Doucet
Révision linguistique : Isabelle Veillette
Correction d'épreuves : Nancy Coulombe, Émilie Leroux
Conception de la couverture : Catherine Bélisle
Photo de la couverture : © Getty images
Mise en pages : Sébastien Michaud
ISBN papier 978-2-89786-491-0
ISBN PDF numérique 978-2-89786-492-7
ISBN ePub 978-2-89786-493-4
Première impression : 2018
Dépôt légal : 2018
Bibliothèque et Archives nationales du Québec
Bibliothèque et Archives nationales du Canada

Éditions AdA Inc.
1385, boul. Lionel-Boulet
Varennes (Québec) J3X 1P7, Canada
Téléphone : 450 929-0296
Télécopieur : 450 929-0220
www.ada-inc.com
info@ada-inc.com

Diffusion

Canada :	Éditions AdA Inc.
France :	D.G. Diffusion Z.I. des Bogues 31750 Escalquens — France Téléphone : 05.61.00.09.99
Suisse :	Transat — 23.42.77.40
Belgique :	D.G. Diffusion — 05.61.00.09.99

Imprimé au Canada

Participation de la SODEC.
Nous reconnaissons l'aide financière du gouvernement du Canada par l'entremise du Fonds du livre du Canada (FLC) pour nos activités d'édition.
Gouvernement du Québec — Programme de crédit d'impôt pour l'édition de livres — Gestion SODEC.

Catalogage avant publication de Bibliothèque et Archives nationales du Québec et Bibliothèque et Archives Canada

Keys, Cali, auteur

Bye bye Paris! / Cali Keys.
Texte en français seulement.
ISBN 978-2-89786-491-0
I. Titre.

PQ2711.E97B93 2018 843'.92 C2018-940390-X

CHAPITRE 1

Mon emploi pourri, ma vie, mon moisi

Curieux cette impossibilité de se détacher tout à fait des êtres que l'on a aimés, ce besoin de les retenir, de retarder désespérément le moment où ils ne seront plus rien pour nous.
— Anne Bernard

Oh non, pas elle ! J'ouvre ma boîte de réception et lis le douzième courriel de madame de Stalle, la directrice de communication de X-Drink. La matinée ne fait que commencer. Si elle me parle encore de la couleur de la sculpture de l'otarie géante qui doit trôner au milieu de la salle pour la soirée de lancement de sa boisson énergisante, je vais lui dire ma façon de penser. Pour lui faire plaisir, j'ajouterais même une liste. Elle adore les listes.

1) L'idée de choisir une otarie comme emblème du prétendu nouveau Red Bull est mauvaise. Une otarie, ça dort au soleil et ça mange du poisson. Cet animal n'évoque pas l'énergie et la force, contrairement à ce qu'elle croit.

2) La couleur verte de l'animal rappelle la fraîcheur, selon elle. Bien sûr, on a déjà tous vu des otaries vertes.

3) Je suis sur le point de démissionner tellement son otarie me fait tourner chèvre. Pardon pour le jeu de mots animalier, je suis à bout.

Je sors de mes réflexions pour me concentrer sur le courriel qui vient d'atterrir dans ma boîte :

Chère Léane, la couleur est assurément curieuse. Je me demande si nous ne devrions pas repeindre l'otarie en vert olive comme nous en avions discuté au début de nos entretiens au lieu du vert anis.

J'ai envie de lui rappeler que la soirée a lieu dans quelques heures et que si elle tient à cet élément phare de la décoration, elle devrait se préoccuper d'autre chose. Oui, sinon l'otarie brûlera avant la fin de la journée puisque j'y aurai mis le feu. La sonnerie caractéristique qui annonce l'arrivée d'un nouveau message retentit et je serre les dents. Je vais la tuer.

Chère Léane, mon mari est sceptique par rapport à la saturation du vert. Il aime beaucoup la peinture, il peint tous les dimanches, et connaît parfaitement les tendances et les subtilités en matière de coloris. Ainsi, peut-être vaudrait-il mieux le repeindre en vert plus clair pour qu'il corresponde davantage aux codes de la marque ?

Je soupire et prends ma tête entre mes mains. Qu'ai-je donc fait pour mériter une telle agonie ? J'ai envie de brûler Madame de Stalle en même temps que l'otarie, mais je ne suis pas certaine que Patrick Deck, mon patron à l'agence (et accessoirement son créateur) aimerait.

Je travaille dans l'évènementiel depuis deux ans et cette femme me traite comme une gamine. Mais si je lui avoue le fond de ma pensée, je suis certaine de lui provoquer un infarctus. Perdre l'une des clientes les plus importantes de Peps Events, ce qui m'assurerait un renvoi sec et clair, n'est pas à l'ordre du jour. Du moins, pas avant de m'être trouvé un emploi qui correspond à ce que j'ai vraiment envie de faire. D'ailleurs, je vous avoue que mon projet personnel avance petit à petit : je viens de m'acheter le matériel nécessaire pour commencer cette nouvelle aventure.

Je vérifie encore une dernière fois la liste d'invités avant de rentrer chez moi pour me préparer, mais mon téléphone portable vibre, m'annonçant l'arrivée d'un message. Si c'est ma cliente qui me harcelle par texto, je prépare mon briquet pour le feu de joie ! Quand je vois qui en est l'expéditeur, mon ventre se noue et mon cœur s'accélère dans un réflexe que je connais trop bien :

Je pense à toi, Math xxx

Merde. Mathieu. Mon ex, plus connu sous le nom de Moisi. Mes doigts restent en suspension au-dessus des touches. J'ai l'impression que mon cerveau s'est soudainement déconnecté de mon système nerveux central et que je suis devenue un mollusque. J'hésite à répondre « Moi aussi ! » En fait, j'en crève d'envie, mais si Tessa, ma meilleure amie, apprend que je suis toujours en contact avec lui, je suis morte. Un souvenir me revient, ses yeux bruns, son souffle sur ma peau, ses mains sur mon corps, les frissons que je ressentais quand il me caressait. Puis, nos disputes, son manque d'engagement, ses faux plans et ses mensonges.

Les yeux de plus en plus fatigués (conséquence de mes nuits trop courtes et de mes journées de travail trop longues), je détourne mon attention du téléphone et relis la liste des invités pour une ultime vérification avant de la donner aux hôtesses chargées de l'accueil. Sous « T », ma liste étant classée par ordre alphabétique, je tombe sur Thélaut, Anne. Fonction : rédactrice en chef du célèbre magazine féminin *Perles*. Il faut que j'appelle Tessa pour qu'elle la rencontre ce soir ; elle rêve de travailler dans la presse féminine depuis qu'elle a sept ans.

Après trois sonneries, j'entends sa voix résonner et je lui pose tout de suite ma question :

— Salut, ma cocotte, tu connais Anne Thélaut ?

— Bien sûr, je lui ai envoyé mon dossier trois fois et elle ne m'a jamais répondu. Cette femme est plus occupée que le président de la République ! Je pense que je vais escalader la façade de son immeuble pour glisser mon CV par sa fenêtre. Tant pis si je n'ai jamais fait de varappe : qui ne tente rien n'a rien.

Tessa essaie de travailler pour un journal de mode depuis qu'elle est adolescente. Malheureusement, les places sont chères et pour l'instant, elle se contente de son boulot à *ICI Paris*, un quotidien parisien. Ses quelques tentatives pour révolutionner les rubriques établies par Richard Tardin, son rédacteur en chef, n'ont pour le moment pas abouti, mais elle ne perd pas espoir et tente de proposer régulièrement des articles féminins pour se rapprocher de son but ultime. Je suis sûre qu'elle y arrivera, tout simplement parce que c'est la fille la plus talentueuse et la plus intrépide que je connaisse. Je poursuis, un petit sourire en coin (je suis sûre qu'elle le sent) :

— Tu veux la rencontrer ?

— C'est quoi le piège ? Tu vas me soudoyer pour que je fasse la cuisine pour toi pendant un mois ? Pire ! Tu vas me forcer à approuver ta relation avec ton ex ?

— Kniii ?

Le bruit qui sort de ma gorge est très curieux, un peu comme le son d'un jouet pour chien quand on marche dessus. J'avale de travers et m'étouffe avec ma propre salive. Comment le sait-elle ? Suis-je si transparente ? Je me reprends et parviens à articuler entre deux respirations sifflantes :

— Je ne vois pas du tout de quoi tu parles. Bref, je n'ai pas le droit de le faire normalement, mais je t'invite à la soirée X-Drink ce soir ! Elle est sur la liste des invités.

— Tu plaisantes ? s'exclame-t-elle, la voix flirtant avec des aigus dignes de la Castafiore.

— Même pas ! Je t'envoie un courriel pour te confirmer l'heure. Elle viendra pour le cocktail et je suis sûre qu'après trois coupes de champagne, elle t'engagera sans problèmes.

Le cri poussé par ma copine me transperce les oreilles au point où je me demande si mon tympan fonctionne toujours.

— Je t'aiiiime Léane, tu es la meilleure.

Je raccroche, heureuse de pouvoir donner un coup de pouce à Tessa, et vérifie une dernière fois le programme de la soirée. Pour chaque fête, nous réalisons un emploi du temps détaillé au quart d'heure près : responsables, numéros de téléphone, animations. Aucun faux pas n'est toléré, sinon le client râle, et si le client râle, Patrick râle encore plus fort.

Alors là, c'est la merde, puisque c'est votre très humble serviteur qui en prend plein la tronche.

Je soupire. Mon boulot a assurément pris l'ascendant sur ma vie. Il me dirige et moi, je me laisse faire. Comme avec Mathieu d'ailleurs. Mon cas est désespéré. Ce n'est que le début des emmerdes.

Chapitre 2

Encore une canette, et je vire au vert !

Le seul moyen de se délivrer de la tentation, c'est d'y céder.
— Oscar Wilde

Nous y sommes, cette fois, la soirée X-Drink commence. Je ne respire plus, je ne mange plus et mon téléphone est greffé à mon oreille en permanence.

L'un des seuls points positifs de toute cette agitation, c'est que je n'ai pas le temps de penser à Mathieu et à son dernier texto.

Vêtue de mon tailleur noir le plus chic, je règle les derniers détails concernant les tables puis j'entreprends de faire le tour de toutes les personnes responsables pour m'assurer que chacune connaît les tâches que je leur ai attribuées. Je vérifie la décoration et l'endroit où a été installée ma chère amie, j'ai nommé l'otarie verte, qui trône en maîtresse au milieu de la grande salle, regardant dédaigneusement avec ses yeux en verre le fourmillement des fournisseurs. En passant à côté de son museau, je suis prise d'une furieuse envie de lui envoyer mon poing dans la gueule et susurre juste un « sale bête » dans son oreille avant de m'éloigner.

Dès 19 h 30, les invités arrivent par petits groupes, babillant à propos de leur travail harassant, du champagne pas suffisamment frais ou de l'otarie verte. Je les observe quand j'aperçois avec stupeur une invitée de marque. Anne Thélaut, vêtue d'une robe de cocktail du célèbre créateur Valentino, franchit la porte avec l'élégance d'un cygne blanc voguant sur l'étendue lisse d'un lac. Il faut que je m'éclipse pour appeler Tessa et lui dire d'amener son charmant postérieur à ma soirée. Je me cache derrière une colonne pour ne pas être grillée en train de passer un coup de fil personnel et sors mon iPhone.

J'attends qu'elle décroche en dansant nerveusement d'un pied sur l'autre. Mais qu'est-ce qu'elle fait ? Pourquoi diable ne répond-elle pas ?

— Allô, vieille bique, entends-je à l'autre bout du fil.

— Tessa, ramène tes fesses ici. Le paquet est arrivé. Je répète, le paquet est arrivé.

— C'est quoi ce nom de code pourri ?

— C'est juste une tactique mise au point afin de ne pas me faire virer de ma propre soirée. Ramène-toi ! chuchoté-je dans mon téléphone.

— OK, OK, j'arrive. Je suis prête ! Même que je porte une jolie robe rouge moulante à souhait, rigole-t-elle. Le choix de madame Thélaut pour le mannequin de couverture du dernier magazine d'ailleurs.

— T'es vraiment une accro, toi. Viens décrocher ton nouveau boulot ! À tout de suite.

Trente minutes plus tard, Tessa pointe enfin le bout de son charmant petit nez. Je lui fourre une coupe de champagne dans la main et l'envoie dans la fosse aux lions à la quête de son Graal. Je la vois hésiter, boire cul sec l'alcool et reprendre une coupe. Trois fois. Mais je n'ai pas le temps de lui tenir la main, je cours dans tous les sens afin de saluer les invités importants. Une fois mon devoir accompli, je fonce sur Tessa, qui erre seule comme une âme en peine, la démarche incertaine et vacillante. J'ai envie de savoir comment s'est passée sa rencontre avec sa future mentore !

— Alors ? lui demandé-je, curieuse.

— Je ne suis pas encore assez bourrée pour oser l'approcher. Tu imagines si elle me dit non ? Il ne me restera plus aucun rêve dans ma pauvre petite vie !

— Mais si tu ne l'approches pas, tu ne pourras jamais réaliser ton rêve, contré-je en tentant de la rassurer. Puis, tu ne dois pas effectuer un plaidoyer pour te faire engager, tu dois juste lui parler pour qu'elle se souvienne de toi la prochaine fois que tu lui enverras un dossier. Sois naturelle et parle-lui de… euh, je ne sais pas moi, des Louboutin ou du dernier sac de Longchamp.

— T'as raison, sourit-elle en reprenant une coupe de champagne. Encore deux et je l'aborde !

Je la vois descendre les petites bulles d'un trait.

— Allez, bois un petit verre avec moi, que je ne me sente pas comme une alcoolique, supplie Tessa.

— Je ne peux pas ! Si on me choppe un verre à la main, je suis morte.

— Allez, s'il te plaît. Personne ne nous verra, promis-juré-craché.

Elle s'apprête à cracher sur le sol, mais je la retiens à temps. Vu son état, je crois qu'elle est prête à vaincre sa peur et à discuter avec Anne Thélaut.

Je saisis tout de même une coupe à mon tour pour trinquer avec elle à son succès futur et déguste le Dom Pérignon en me cachant derrière une immense plante verte. À peine ai-je avalé quelques gorgées de la boisson que je me sens déjà pompette. Après tout, rien d'étonnant, je n'ai pratiquement rien mangé de la journée, excepté trois petits fours. En moins de deux minutes, j'ai terminé ma coupe. J'en prends une autre et Tessa fait de même. Quinze minutes plus tard, je commence à être bourrée. Je me retiens de pouffer en voyant passer madame de Stalle en compagnie de Patrick et chuchote à Tessa :

— Voilà les deux ruminants les plus vaches que je connaisse.

Nous commençons à rire sans pouvoir nous retenir. Il faut dire que notre taux d'alcoolémie n'a plus rien de correct. Je dois cependant cacher mon état d'ébriété si je ne veux pas être l'instigatrice d'un scandale à ma propre soirée.

— Viens, allons parler à madame Thélaut, susurré-je à Tessa en marchant en zigzag et en l'entraînant dans ma marche incertaine.

— C'est parti !

Nous l'apercevons à l'autre bout de la salle, en pleine discussion avec une autre femme. Je décide de lui parler directement et de lui présenter Tessa comme une invitée des plus intéressantes pour l'aider à développer son magazine. C'est ainsi que nous l'approchons avec toute la délicatesse et la discrétion dont nous sommes capables, c'est-à-dire comme deux pachydermes dans un salon de thé du sixième arrondissement. Une fois arrivée à sa hauteur, je me lance et annonce du ton le plus professionnel dont je suis capable :

— Bonsoir, Madame Thélaut. Je suis Léane Dubois, l'organisatrice de la soirée. C'est un honneur pour Peps Events de vous avoir à notre fête.

Elle me jette un coup d'œil méfiant avant de comprendre que je dis la vérité et répond poliment :

— Merci, Mademoiselle, et bravo pour cette soirée, c'est une réussite.

— Je tenais juste à vous présenter une amie très chère, Tessa Rousseau. Mademoiselle Rousseau est journaliste à *ICI Paris* et admire votre travail chez *Perles*. Je vous laisse discuter de votre beau métier, je vais saluer les autres invités.

Puis, je m'éclipse avant d'éclater de rire et de perdre tout le sérieux dont je suis capable étant donné mon état. Tessa semble à l'aise, le champagne lui a donné du courage, et je l'entends babiller joyeusement avec la rédactrice en chef du magazine.

La soirée bat toujours son plein quand Tessa me rejoint, un grand sourire aux lèvres.

— Je lui ai donné ma carte de visite, chuchote-t-elle.

Je sens son haleine alcoolisée et constate que ses yeux brillent de bonheur et d'espoir. Elle me serre fort dans ses bras et nous restons ainsi enlacées une bonne vingtaine de secondes.

— Bon, je vais rentrer ! Merci pour tout ! lance-t-elle, toute guillerette.

— Je t'en prie, je te devais bien ça. Nous nous verrons demain, ma belle.

— Au Starbucks, comme d'habitude, confirme-t-elle dans un rire.

— Écris-moi en arrivant chez toi.

J'ai envie de rentrer et de me glisser dans mon lit, mais il est encore trop tôt pour y penser. Les invités quittent petit à petit la fête et je commence à somnoler quand, soudain, une silhouette familière attire mon attention. Non ! Ce n'est pas possible. Pas ici. Pas maintenant ! Je me frotte les yeux, complètement ahurie par ce que je viens de voir. Je crois que la fatigue a fait son œuvre et que j'hallucine complètement. Ou peut-être est-ce l'alcool et les six coupes de champagne que j'ai descendues auparavant qui me font autant d'effet.

Que peut bien faire mon ex ici ? Surtout, qui l'a autorisé à entrer ? Il n'est pas sur la liste d'invités. Je le sais, puisque c'est moi qui ai noté chaque nom qui y est inscrit et qui les ai vérifiés des dizaines de fois pour m'assurer que tout était parfait. Oh. Non. N'avance pas. N'approche pas. Ne me parle pas ! *Je te hais, je te hais, je te haaaais.* Je tente de le repousser par la seule force de ma pensée, persuadée que si j'y pense assez fort, il fera demi-tour et repartira dans la direction opposée. Mais non. Mathieu ne fait jamais ce que je souhaite. Ce n'est pas nouveau.

Je fais demi-tour avec la ferme intention de me cacher sous un tapis ou derrière la queue de l'otarie, mais il est trop tard et Mathieu m'intercepte avant que je ne parvienne à localiser une carpette assez grande pour m'abriter.

— Bonsoir, toi, susurre-t-il dans mon oreille. Alors, tu essaies de me fuir ?

Pourquoi sa présence me fait-elle un tel effet ? Tous mes poils semblent s'être donné le mot. Ils se roulent en boule le long de mes bras et de mes cuisses et je frissonne. Je suis incapable de réfléchir, mon corps prend la maîtrise de ma tête et mon ventre se réchauffe. J'ai envie de lui. Envoie-le balader ! Tu peux le faire, tu peux le faire :

— Salut toi, lâché-je langoureusement.

Non, ce n'est pas moi qui viens de dire ça. Si ? Résiste, Léane, résiste.

— Nous allons chez toi ou chez moi ? rajouté-je d'une voix suave.

Nooon. Empêchez-moi de parler. Faites quelque chose. Mais combien de coupes de champagne ai-je bues ?

— Chez moi, j'habite à côté, tu as déjà oublié ?

Juste avant de sortir, il me plaque contre une colonne et m'embrasse, doucement d'abord puis de plus en plus profondément. Je fonds. Je le suis jusqu'à son appartement et me laisse guider par mon instinct. Mon cerveau s'éteint pendant que Mathieu me déleste de ma robe et baisse les bretelles de mon soutien-gorge.

• • •

Quand je me réveille le lendemain matin, je me demande combien de nains se sont donné rendez-vous dans ma tête pour creuser un trou avec leur marteau-piqueur. Mais où suis-je ? Les draps sont en soie bleue, les stores sont encore fermés et je ne distingue pratiquement rien de ce qui se trouve autour de moi. Mais où sont mes vêtements ? Je suis nue comme un ver dans un lit qui n'est pas le mien. *Oh non !* Mon cerveau se réveille lentement, lui qui a pris la poudre d'escampette hier soir dès que mon ex a ouvert la bouche. Traître. Cette odeur, ce lieu, cette lampe fluorescente ridicule, ces menottes attachées à un côté du lit (un cadeau offert le soir de nos deux ans) ! Je suis chez Mathieu. Mais quelle gourde ! Je me lève péniblement et me heurte violemment l'orteil à l'angle de la porte à cause de l'obscurité. Heureusement, mon ex n'est pas là. Un petit papillon adhésif m'attend dans la cuisine.

Merci de mettre la clé dans la boîte aux lettres. XXX

Quel sens du lyrisme. Quelle gentillesse. Je prends mes cliques et mes claques vite fait bien fait et me glisse dehors.

Dans l'ascenseur, j'observe mon teint blafard dans la glace. Là, j'avise un énorme suçon dans mon cou. Moi qui croyais pouvoir cacher mon incartade de la veille à tout le monde, je vais rater mon coup. Pour ne rien arranger, j'ai rendez-vous, comme tous les samedis, au Starbucks avec Tessa dans quelques heures. J'ai honte et je me sens incroyablement mal.

Tessa a toujours répondu présente pour essuyer mes larmes et pour m'apporter de la glace quand j'étais à bout de nerfs à cause des sales coups de Mathieu. Puis, elle m'a soutenue quand nous avons rompu, alors je comprends parfaitement qu'elle ne supporte plus mes incessantes jérémiades à propos de mon ex. Je me fais du mal à continuer dans cette impasse.

Quand j'arrive chez moi, je file sous la douche pour me laver de cette nuit de remords. Je suis déjà en retard et me démaquille en vitesse avant de remettre une couche de fond de teint pour cacher mes bêtises de la veille ; j'insiste particulièrement sur le suçon en y appliquant trois couches successives. Je sors du métro à la station Opéra et monte les escaliers quatre à quatre pour déboucher juste devant l'Opéra Garnier.

Le bâtiment grandiose dresse toute sa beauté devant moi, je ne peux m'empêcher de m'arrêter et de le regarder chaque fois que je passe devant lui. J'observe les touristes se prenant en photo et les gens huppés attablés au Café de la Paix, je jette un œil à l'obélisque de la place Vendôme, et je réalise un léger détour pour mater la vitrine du magasin Lancel et baver devant le sac Bardot. Mais je sors bien vite de ma rêverie et arrive en courant à mon rendez-vous avec Tessa. Je l'aperçois dans un fauteuil, scrutant les clients qui passent, et me dirige rapidement vers elle.

— Tu étais où ? me demande Tessa dès qu'elle me voit. Tu ne m'as pas répondu hier soir en rentrant. Normalement, il n'y a que deux raisons qui expliquent ça. Soit tu es chez ta mère, soit tu t'envoies en l'air. Je sais que tu n'étais pas chez ta mère, car tu te plains deux semaines à l'avance de tes visites. Alors, petite vicieuse, je crois savoir où tu étais.

— J'étais chez moi, mens-je effrontément afin de tâter le terrain et voir si je peux m'en sortir avec mon baratin officiel.

— La vilaine menteuse !

— OK, j'étais avec Mathieu, avoué-je piteusement.

— Quoi ?

— Je l'ai rencontré par hasard hier soir.

— Où ?

— Dans son appartement…

— Léane !

— Quoi ?

— Pourquoi tu te fais ça ?

Je hausse les épaules ; je n'en ai pas la moindre idée. Je ne peux pas lui résister, c'est plus fort que moi.

Je bois une gorgée de mon cappuccino et réfléchis à la question que Tessa vient de me poser. Comme si l'explication pouvait justifier ma bêtise, je réponds :

— Il était à la soirée X-Drink. Il est arrivé juste après ton départ. D'ailleurs, je ne sais pas comment il a pu arriver là, il n'était pas sur la liste.

— Peut-être que Patrick l'a laissé entrer ; après tout, ils se connaissent bien puisque son père est l'un de ses meilleurs potes. Mais là n'est pas la question. Je croyais que tu avais arrêté de le voir depuis longtemps.

Elle a l'air terriblement déçue et sa réaction me fait l'effet d'un coup de poing. J'ai honte.

— Mais c'est vrai, j'ai arrêté de le voir.

Après avoir discuté de mes problèmes existentiels durant plus d'une heure, je décide qu'il est temps d'évoquer ses problèmes à elle. Tessa m'avait raconté la semaine dernière qu'une nouvelle journaliste avait été engagée par Richard Tardin. Une blonde arriviste du nom de Sabrina, fille d'un riche homme politique qui possède une chaîne de télévision privée, qui souhaite se faire un nom dans le milieu des médias grâce à son « talent ». Elle s'est proclamée journaliste, car elle anime une chronique sur les chaussures de luxe sur le canal de son papa. Apparemment, les collègues masculins de Tessa sont déjà sous le charme de ses longues jambes et de ses faux seins alors que toutes les femmes la détestent cordialement. Tessa s'insurge :

— Elle est arrivée en talons aiguilles et mini-jupe alors que nous travaillons dans un régional. Non mais tu imagines ? Le code vestimentaire ressemble davantage à un jean et une chemise à carreaux. En plus, elle devait couvrir un évènement en pleine campagne à cause de la révolte des paysans, mais mademoiselle a fait de gros yeux en séance de rédaction et elle a proféré : « Je ne crois pas que ça me ressemble. J'aimerais couvrir la semaine de la mode. » Mais ça, c'est mon sujet ! Ça fait deux semaines que je bosse d'arrache-pied pour obtenir une interview de Karl Lagerfeld et pile quand je l'ai, elle veut me piquer mon sujet ! Je vais la réduire en chair à pâté, Léane, je te jure. Je la donnerais à bouffer à mes poissons rouges enfin, si j'en avais.

Tessa est furieuse et je la comprends. Je ne peux m'empêcher de fixer une goutte de sueur qui perle de son front et qui sillonne sa peau plissée par son renfrognement. Je la suis du regard jusqu'au moment où elle passe furieusement la main sur sa frange d'un air dépité. Elle s'est entièrement investie dans son travail pour en arriver là et voir ainsi une bimbo sans cerveau, capricieuse et superficielle lui piquer son emploi pour la simple raison qu'elle est la fille d'un éminent homme politique parisien est purement révoltant.

— Qu'a fait Richard ? m'informé-je.

— Il lui a dit qu'elle pouvait venir avec moi. Mais du coup, l'article sur les paysans me reombe dessus.

— Courage, ma poulette, chacun ses boulets. Alors, tu vas devoir te la taper pendant la semaine de la mode ?

— C'est ça, affirme-t-elle, désappointée. Je vais me coltiner des discussions passionnantes sur ses lèvres et sur la forme de ses fesses. En pomme ou en poire ?

Tessa lève les yeux et prend une position de pin-up, les lèvres pincées et les seins en avant. Je rigole avant de poursuivre :

— Arrête, je suis sûre que ce sont des préjugés tout ça. Elle n'est peut-être pas si stupide.

— Léane, quand nous lui avons parlé du chemin de fer du prochain numéro, elle a demandé où était la gare ! C'est une vraie quiche. Puis, non contente de parler de la forme de son corps, elle n'arrête pas de nous parler de son mec. Un type de bonne famille, trop mignon. La barbe, j'ai envie de lui rabattre le caquet, à cette blondasse.

— Bah, elle ne fera pas long feu avant que Richard ne se rende compte de sa stupidité. Il n'est pas du genre à tolérer une arriviste du genre, non ?

— En effet, il ne l'est pas d'habitude. Mais il a été obligé de l'engager à cause de son père. Il ne peut pas changer d'avis, m'explique-t-elle.

— Pieds et poings liés alors. C'est beau, la liberté de la presse.

— M'en parle pas sinon je me suicide avec des Tic Tac.

— Courage, ma bichette, ça ira, j'allumerai un cierge pour toi !

— Léane ?

— Oui ?

— Promets-moi une chose.

— Tout ce que tu veux.

— Laisse tomber Mathieu.

— Je ne vois absolument pas le rapport, déclaré-je, énervée, avant de poursuivre avec un soupir équivoque. Je vais essayer, promis, conclus-je en lui faisant la bise avant de rentrer chez moi.

• • •

Le lundi matin arrive trop tôt, comme d'habitude. D'ailleurs, on devrait abolir le lundi matin et retourner travailler le mardi ! À midi et pas avant. Le seul point positif que je trouve alors que j'essaie vainement de me réveiller avec une tasse de café au lait, c'est que j'ai pris de l'avance hier soir en potassant comme une employée modèle. C'est donc sans la moindre once de culpabilité que je passe la matinée à rêvasser et à réfléchir à ma passion secrète, planquée derrière mon ordinateur. À cause du boulot et de l'organisation de la soirée X-Drink, je n'ai guère eu de temps à consacrer à mon projet personnel. Pourtant, c'est la seule et unique activité qui me motive ces derniers temps et je compte bien avancer ce soir.

Malheureusement pour moi, un message avec une demande URGENTE en provenance directe de Patrick atterrit dans ma boîte courriel à ce moment-là et me sort de ma rêverie.

Merde. Mais que dois-je faire ? Quitter mon emploi ? Mais pour faire quoi ? SDF, plombière, serveuse, vendeuse de Tic Tac… Qu'en est-il de Mathieu ? Dois-je lui dire définitivement que tout est fini malgré la nuit délicieuse que j'ai passée en sa compagnie ? Ou dois-je le lui faire comprendre en brûlant ses affaires devant la porte de son immeuble ?

Je suis toujours en train de me demander de quelle manière je mettrai le feu à ses affaires quand je remarque qu'il est près de 20 h. Ce qui signifie que j'ai le droit de quitter le front sans me prendre un blâme ou une remarque assassine de Patrick. Par contre, il faut que j'active le pas. Je dois impérativement rentrer avant 21 h, ils m'attendent. J'ai promis de mettre une vidéo en ligne ce soir pour rattraper mon manque d'assiduité à cause de mon fichu travail et d'en tourner une nouvelle.

En arrivant chez moi, je me douche, me coiffe d'un élégant chignon puis applique sensuellement un peu de rouge à lèvres pour entrer dans mon rôle. Après cette préparation, je suis prête à tourner ! J'allume la caméra et commence ma mise en scène. Dès le moment où la lumière rouge clignote et où le silence se fait dans mon petit studio, je me lâche totalement. Si quelqu'un au boulot apprenait ce que je faisais pendant mes soirées en solitaire, je risquerais bien de me faire virer.

Chapitre 3

Consolidation d'équipe à la montagne

L'art de vivre consiste à sacrifier une passion basse à une passion plus haute.
– François Mauriac

Je me suis éclatée hier soir en filmant ma nouvelle vidéo. Quelle joie, quelle euphorie !

Je suis tellement heureuse d'avoir découvert cette passion et de pouvoir ainsi partager ce que j'aime avec un public enthousiaste et fidèle à chacune de mes apparitions que je ressens un bien-être intense. Je suis plus motivée que jamais à développer ce projet et à poursuivre dans cette voie.

Afin d'amener encore plus de monde à regarder ce que je fais, j'ai eu une idée : je vais organiser une chronique filmée en direct. J'ai prévenu tous les internautes qui me suivent que dans quelques semaines, le 22 janvier à 21 h précises, je le réaliserai vraiment.

À part Tessa, aucune personne que je côtoie n'est au courant de ce que je fais. Bon, je peux vous le dire maintenant que nous nous connaissons un peu mieux. Depuis plusieurs mois, je me suis lancé un défi un peu fou et j'anime sur une chaîne YouTube une chronique que j'aie appelée *La vie est belle*. Aujourd'hui, près de 15 000 personnes me suivent régulièrement et ce nombre ne cesse de grimper.

Je fais la critique de romans, je présente des expositions à visiter, je fais des sketches sur l'attitude des femmes ou je donne de bons plans pour déguster un cocktail dans la capitale. Je termine toujours la chronique en racontant une anecdote typiquement parisienne, traitant par exemple de l'attitude des gens dans le métro ou de la drague de rue. J'adore partager sur ces sujets et les filles qui me suivent m'encouragent à persévérer en me laissant des tonnes de commentaires. Même les hommes commencent à regarder mes chroniques. Apparemment, ils trouvent de bons plans pour faire des cadeaux à leurs copines, que ce soit des fringues, du maquillage ou des livres. Hier, un type m'a laissé ce commentaire qui m'a fait mourir de rire :

Merci, Léane ! J'ai offert le dernier livre de Sophie Kinsella à ma copine et elle m'a dit que c'était la première fois qu'un mec interprétait aussi bien son « moi profond ». Je n'ai rien compris, mais elle me prend pour un mec génial et la nuit a été torride. Merci, merci, merci !

Thomas

Je consacre de plus en plus de temps à l'écriture de mes chroniques depuis que j'ai compris que, finalement, c'est ma vraie passion. Mais c'est également une passion qui demande du temps. Beaucoup de temps. Car entre les recherches, les lectures, l'écriture, le tournage et le montage, j'en ai pour plusieurs jours de travail pour préparer une seule émission de cinq minutes. Depuis que je me consacre à ce projet, ma motivation pour travailler chez Peps est au plus bas. Chaque fois que je me rends à l'agence, je déprime. Par conséquent, j'ai mis en place des stratégies pour pouvoir quitter le boulot plus tôt comme prétexter des rendez-vous avec des clients ou chez le médecin. Bon, bon ça va, je ne le fais pas souvent, je ne suis pas encore complètement suicidaire et je ne tiens pas particulièrement à me faire étrangler par Patrick ! Je dois me rendre à l'évidence : ce boulot me prend beaucoup trop de temps et d'énergie. Pourtant, en débarquant chez Peps Events, je pensais encore que ce monde-là pouvait être enrichissant, autant du point de vue relationnel que professionnel. Mais après presque deux ans d'activités, je dresse un portrait bien sombre de l'évènementiel.

• • •

Grâce au succès de la soirée X-Drink, Patrick a cru bon de me donner davantage de responsabilités à l'agence, à mon plus grand regret. Je devrais en être ravie et me dire que mon travail est apprécié à sa juste valeur, mais je n'y parviens pas. À vrai dire, je ne cherche absolument pas à me faire remarquer ni à avoir plus de boulot parce que si j'accumule les heures supplémentaires, je pourrai dire au revoir à ma chaîne YouTube.

Ce matin, grande réunion à l'agence entre mon patron et moi. En effet, Patrick doit m'informer à propos de la consolidation d'équipe à organiser pour l'entreprise Tarapak début février. Une consolidation d'équipe dont, bien évidemment, j'hérite de l'entière responsabilité. Chouette, bonheur et félicité, vous l'avez deviné, je saute de joie. Les clients souhaitent partir en Suisse, et plus précisément dans les montagnes, ce qui me promet des heures de prospection puisque je ne connais pas les stations.

1) Premier point positif : je pourrai m'acheter une réserve astronomique de chocolat. Et de fromage. Ah, et un coucou suisse pour être à l'heure !

2) Second point positif : grâce à l'effet anti-déprime du chocolat, mes clients et mon patron ne me verront pas en train de sauter du télésiège dans l'ultime but de me blesser et d'échapper à cette journée.

Je m'attelle à la tâche en rêvant de chocolat au lait. Il me faut donc trouver des exemples d'activités à organiser pour 250 personnes en Suisse. En plus, il va faire un froid polaire. Puisque je ne m'appelle pas Knut, je n'aime pas les températures glaciales. Mais pourquoi n'a-t-on aucun client prêt à débourser une fortune aux Bahamas, hein ? Il faut que j'en parle au service commercial pour que les vendeurs nous dégotent de nouveaux clients potentiels.

Une heure plus tard, eurêka, il me semble avoir trouvé quelque chose d'intéressant aux Diablerets, une station située dans le canton de Vaud. Une société nommée Mountain Activity propose des olympiades rigolotes à réaliser par équipe d'une dizaine d'individus. Leurs noms ? Les Fun Games ! En tout cas, les activités ont l'air marrantes : descente en chambre à air, courses de raquettes géantes, véloneige ou encore course de luge, voilà de quoi régaler les amateurs du genre. Ensuite, afin de bien charger la facture, je rajoute une consolidation d'équipe à réaliser avant le repas. De toute manière, je suis persuadée qu'ils ne la choisiront pas, elle est bien trop chère.

Une fois les activités définies et joliment présentées dans mes diapositives PowerPoint, je me lance dans les propositions de restauration : petit apéro à l'arrivée des cars, collation après les Fun Games puis fondue en altitude avant de redescendre et de déguster un dernier vin chaud avant d'aller dormir. Programme parfait, dense et épuisant contenant une bonne dose d'alcool pour les rendre tous guillerets. Je me demande comment les employés vont tenir le coup avec tout ce sport.

• • •

La société a décidé de faire la totale. Les olympiades ne seront pas la seule surprise. Ils ont craqué pour notre activité fétiche, celle que je pensais bien trop chère pour leur porte-monnaie : les djembés à 1 700 m d'altitude ! Alors là, c'est bien beau de la leur avoir vendue, mais le gros problème qui se pose maintenant concerne l'organisation pratique et, notamment, l'acheminement des djembés au chalet. Car en hiver, la route qui y mène est tout simplement impraticable. Notre seule solution : les télésièges. Mais comment monter 250 djembés en télésièges ? Nous étions bel et bien… dans la mouise (pour être polie et je me retiens). Être dans la mouise avant même d'avoir commencé à planifier un évènement, ce n'est pas particulièrement bon signe.

Les jours passent et il semble que je me sois trompée. L'organisation de la consolidation d'équipe suit son cours sans problèmes et je commence enfin à me détendre.

Il me reste encore à gérer les dernières inscriptions concernant les options de descente. Oui, nous sommes une agence merveilleuse, nous offrons aux employés de choisir de quelle manière ils souhaitent descendre de la montagne. Non, bande de coquins, le cheval ne fait pas partie des options. Nous avons donc proposé à Sophie Clozier, la responsable de la communication interne, trois options : les raquettes, la luge et la voiture. D'après les inscriptions, 90 % d'entre eux ont choisi la luge. Ils ont bien raison, c'est l'option la plus marrante. Je suis contente, tout se passe comme sur des roulettes.

Je ne m'attendais pas à ce que les ennuis commencent aussi vite…

Chapitre 4

Un petit grain de sable dans les rouages

Si vous avez un travail où il n'y a pas
de complications, vous n'avez pas de travail.
— Malcolm Forbes

Voilà ! Ce qui devait arriver est arrivé et les ennuis ont commencé quelques jours plus tard au moment où j'ai reçu un coup de fil de Sophie. À la suite d'un autre séminaire, l'organisation de notre évènement doit être devancée de quelques jours… au 22 janvier pour être plus précise ! Le 22. Le jour où je dois gérer ma première chronique en direct devant mes abonnés. Il me faudra donc jongler avec ma chronique et la consolidation d'équipe. Je cours à la catastrophe et ce n'est que le début des emmerdes…

Les ennuis ont véritablement commencé le 19 janvier, quand Stéphane, de Mountain Activity, la société qui organise les Fun Games ainsi que la descente en luge, m'a appelée au bureau. Je réponds au téléphone et j'entends une voix grave et séduisante annoncer :

— Léane, c'est Stéphane de Mountain Activity.

J'imagine que c'est Brad Pitt et je souris.

— Bonjour, Stéphane, comment allez-vous ?

— Bien, euh et vous ?

Je le sens mal à l'aise et je déteste ce que son malaise signifie. Ces coups de fil à quelques jours des activités prévues ne sont jamais bon signe. J'ai peur.

— Stéphane, qu'est-ce qui se passe ? Il y a un problème pour le 22 ?

Pitié, pitié, pitié, dites-moi que tout se passe comme sur des roulettes, sinon je vous fais bouffer une boule de neige ! Ou je la mange moi-même.

— À vrai dire, oui, nous avons un problème avec la météo annoncée. La piste de luge sera impraticable.

Mon cœur s'arrête de battre dans ma poitrine. Je vais faire une crise cardiaque, ce n'est pas POSSIBLE ! Je suis incapable de prononcer le moindre mot.

— Léane, Léane, vous êtes là ? Allô ?

Je raccroche au nez de Stéphane.

Ma peau se hérisse, mon cœur s'emballe comme un cheval de course au triple galop et ma tête tourne légèrement. Des symptômes que je connais par cœur depuis que je travaille chez Peps : c'est la panique. Une urgence comme on déteste en avoir dans le métier ! Ne faisant ni une ni deux, je me jette sur le téléphone en tapant sur mon clavier d'ordinateur à la recherche d'une solution de secours !

• • •

Quand je rentre à 22 h 30, je suis lessivée. J'ai l'impression d'avoir pris 20 ans dans les dents en une seule journée. Mon corps entier me brûle, chaque parcelle de ma peau me fait souffrir, mon cœur bat encore la chamade et je ne parviens pas maîtriser mes pulsations.

Je tente de respirer et de me concentrer sur l'air que j'inspire et que j'expire. Mais j'ai la vague sensation d'avoir oublié quelque chose. J'ai beau chercher, je ne parviens pas à mettre la main dessus. Je suis toujours en train d'y réfléchir quand je m'endors sur mon lit 10 minutes plus tard. À trois heures, je me réveille en sursaut, toujours vêtue de mon tailleur.

J'ai trouvé : j'ai oublié d'écrire le sujet de ma chronique en rentrant du travail. J'avais prévu de travailler dès mon retour du bureau, mais le problème de notre fameuse descente en luge avait occupé toute ma soirée. Eh merde. Encore une fois, le travail et mes responsabilités avaient pris le pas sur ma passion et mes réelles aspirations. Je me lève à 3 h 30, allume ma lampe de chevet et soulève péniblement mes fesses de mon matelas moelleux. Mon ordinateur m'attend sagement sur mon canapé comme un vieil ami légèrement déçu de ne pas être parvenu à attirer mon attention plus tôt. J'appuie sur le bouton et attends gentiment que le ronronnement de son moteur réchauffe l'ambiance glaciale de mon studio avant de me mettre à écrire.

Sans même me rendormir, je me douche à l'aube avant de repartir pour une journée de folie chez Peps Events. Mes luges, les flambeaux et mes raquettes, mes clients, mon Mac et mes classeurs Excel me tendent les bras et moi, j'ai envie de vomir.

À 10 h 30, je m'endors sur le clavier de mon ordinateur. Je me réveille une demi-heure plus tard au son charmant de la sonnerie du téléphone. Ma page Word est couverte de « z ».

— Moui, c'est Léane, parviens-je à articuler difficilement, la bouche pâteuse et un filet de bave sur ma main droite.

— Oui, Léane, c'est Sophie.

Sophie ? Connais-je des Sophie ? Marceau, Kinsella, ou une autre ?

— Oui, Sophie ?

Je trouverai bien de qui il s'agit au fil de la conversation.

— Léane, vous savez s'il y a des bulles de protection sur tous les télésièges des Diablerets ?

Eh merde. C'est la Sophie que je n'ai pas du tout envie d'entendre. Ai-je bien compris sa demande ? Je dois encore être en train de rêver, perdue dans un monde de brumes et de brouillards des songes.

— Pardon ?

— Oui, je voulais savoir si nous aurions froid en grimpant aux Diablerets.

Dans la mesure où, en général, la neige et les montagnes sont des dignes représentants d'une température au-dessous de zéro, il me semble évident qu'il fera froid. Si vous souhaitiez du soleil et des palmiers, il fallait partir dans les îles !

— Non, Sophie, je ne sais absolument pas combien de télésièges sont équipés de bulles de protection aux Diablerets.

Comme je ne sais pas combien de brins de paille se trouvent dans une meule de foin ou combien de fourmis il y a en moyenne dans une fourmilière de taille standard. Je dois rassembler toutes mes forces pour retenir ces mots qui se bousculent sur mes lèvres.

— Je vais me renseigner Sophie et je vous reviens cet après-midi pour vous donner cette information.

Horreur et damnation ! Je suis une frustrée et commence à enrager à cause de ma retenue, de ma lâcheté et de mon asservissement à ce travail. Deux secondes plus tard, j'appelle la station, recontacte Sophie, lui donne l'information et me maudis.

Chapitre 5

Les Diablerets, la montagne et un mec séduisant !

Et souvent, c'est l'effet des caprices du sort, qu'au milieu des écueils on rencontre le port.
– Thomas Corneille

Jour du départ : 5 h

Dring. Dring. Driiiiing ! J'ouvre péniblement un œil et une envie irrépressible de tuer mon réveil me saisit. Je pourrais ainsi être emprisonnée pour meurtre de réveil et éviter la journée interminable qui m'attend. Non ? Bon, non. L'évènement commence officiellement dans trois heures et il faut que je sois au siège de Tarapak dès le petit matin pour distribuer des pochettes pique-nique à tous les employés. Qui s'est amusée à glisser de petits sandwichs, des barres de céréales et des jus de pommes à l'intérieur ? C'est bibi !

Je file sous la douche pour tenter de provoquer un choc thermique salvateur et ainsi réveiller définitivement mon corps endormi. Peine perdue, l'eau chaude et les vapeurs brûlantes n'ont qu'un seul effet : elles me plongent dans les vapes. Je me fais une petite frayeur et tourne le robinet du côté de l'eau froide ; après tout, je dois préparer mon organisme à survivre en milieux hostiles !

Une heure plus tard, je suis fin prête : coiffure, maquillage soigné et petit tailleur enfilé. Le look pingouin, je maîtrise ! La ville semble encore endormie, les rues sont aussi désespérément vides qu'un paquet de biscuits ayant passé entre mes mains, et le tourbillonnement bouillonnant de la capitale se tapit dans un coin, prêt à renverser la ville.

Quand j'arrive au siège, j'hésite à faire demi-tour et à rentrer chez moi, où mon lit m'attend sagement. J'ai l'impression d'avoir un petit diable perché vicieusement sur mon épaule en permanence. Il radote des mots comme « démissionne », « laisse tomber ces vieux requins et file à des kilomètres de Peps » ou encore « vis ta vie, vieille carpe, bientôt il sera trop tard » ! Oui, mon diablotin est très sympathique.

Une fois arrivée au siège, un énorme bâtiment en forme de cube juste devant lequel trône une fontaine en pierre, je regarde piteusement les centaines de sacs de pique-nique qui ont été disposés sur le sol par les hôtesses. Tout est prêt pour le grand départ. Les cars sont arrivés et chaque hôtesse tient fermement la liste des employés qui ont été répartis dans les différents bus.

Une fois tout le monde installé dans le bus dans la joie et la bonne humeur (bien sûr, eux, ils vont s'amuser aujourd'hui), nous partons en direction de la Suisse. Qui sait, le grand air, la montagne et surtout le chocolat me remonteront peut-être le moral ?

Six heures plus tard, nous arrivons à l'entrée de la station. Je suis ravie : personne n'a vomi son sandwich ou sa barre de céréales dans le bus. Au point où j'en suis, je me force à trouver des points positifs là où je peux. Là, juste avant le dernier virage, j'aperçois une silhouette qui me semble étrangement familière. Non, ce n'est pas possible. Il doit se trouver en France, à Paris, en train de faire la fête avec de petits jet-setteurs et des blondes siliconées. Mais qu'est-ce qu'il fiche ici ? Mes yeux me jouent des tours, ce n'est pas possible, je dois me tromper.

• • •

Les chambres pour toute l'équipe ont été réservées à l'Hôtel des Diablerets, un quatre étoiles en plein cœur du village. Tout le monde a l'air survolté alors que moi, je sombre dans une profonde déprime et je n'ai qu'une envie : tomber dans une crevasse. Mon boulot de merde, mon ex de merde et ma vie de merde me plombent le moral. J'ai parfois envie de tout recommencer à zéro, ailleurs qu'à Paris, loin de l'agitation de la grande ville, loin de tous ces sentiments négatifs qui m'assaillent de plus en plus régulièrement. Je ne me reconnais presque plus, moi qui suis plutôt d'humeur joviale. Je décide de mettre de côté mes tracas quotidiens et enfouis la tête dans les coussins moelleux de ma grande chambre d'hôtel. Je ne peux m'empêcher de penser à mon ex. Est-ce bien lui que j'ai vu à l'entrée de la station ou ma tête me joue-t-elle des tours vicieux ? Alors que je sombre dans un profond sommeil, mon cerveau s'amuse à glisser des images de Mathieu, nu, déguisé en immense guimauve et couvrant ma peau de Nutella.

Le lendemain matin, je me réveille en sursaut alors que mon foutu réveille-matin s'amuse en jouant sa mélodie matinale. Je suis crevée. Comme il me reste trois heures avant le début des réjouissances et que je dois à tout prix me détendre, je me rends au spa situé à l'étage inférieur de l'hôtel. Je fonce dans le hammam, où, au bout de quelques minutes, je sens toute mon inquiétude quitter mon corps alors que la condensation forme de petites perles de transpiration sur toute la surface de ma peau. Je les sens rouler et se perdre à travers les sillons de mon corps, un vrai délice. En sortant, j'aperçois une chaise longue et m'allonge, profitant des petits chants d'oiseaux diffusés par les haut-parleurs. En moins de deux minutes, je m'assoupis en pensant que je devrais travailler dans un spa, ce serait le bonheur total. Plus de stress, plus d'évènements, plus de Patrick et de Peps. Une vie d'attitude zen ! Je m'y crois quand soudain, mon iPhone se met à brailler : le nom de Patrick Peps s'affiche sur l'écran.

— Oui, Patrick ? réponds-je de ma voix la plus professionnelle.

— Léane, tu peux aller vérifier que tout est prêt du côté des Fun Games ? Tu es prête au moins ?

Prête ? Euh, tout dépend de la définition du mot. En plus du point de vue duquel on se place. Je suis totalement « prête » à faire un somme ou à piquer une tête dans la baignoire à remous. Par contre, je suis nettement moins « prête » à courir dans la neige à -10 degrés pour aller me renseigner auprès de la société qui organise les jeux. Mais étant sûre que Patrick n'a pas la même conception du mot (ni le même sens de l'humour), je me retiens de lui poser la question.

— Bien sûr que je suis prête, tu me prends pour qui ?

— Je savais que je pouvais compter sur toi ! Appelle-moi dans 10 minutes pour me confirmer que tout est OK.

— D'accord, à tout de suite !

Alors, est-ce que 10 minutes vous semblent suffisantes pour s'habiller, se maquiller et se coiffer ? Comment, non ? Je ne me suis jamais levée d'une chaise longue aussi rapidement. Un vrai ressort ! Si jamais vous étiez à l'Hôtel des

Diablerets le 22 janvier et que vous avez vu passer une furie en peignoir dans les couloirs comme si elle avait le diable à ses trousses, c'était moi. Je ne suis pas folle comme a pu le crier une femme en tailleur Chanel.

Une fois dans la chambre, il ne me reste plus que sept minutes. Je m'étale une couche de fond de teint plus que précaire sur la figure, du mascara en troisième vitesse avant de passer une chemise, un jean et un bonnet blanc à pompon.

Bon, autant vous l'avouer, à ce stade-là, je suis déjà en retard. Tant pis, je décide de courir aussi vite que me le permettent mes jambes jusqu'au bureau de Mountain Activity. Je suis en nage et manque de tomber dans la neige une bonne quinzaine de fois alors que mon téléphone se remet à vibrer. Patriiiiick ! Merde ! Tant pis, je suis passée maîtresse en excuses. Il ne me reste plus qu'à en trouver une excellente. Une fausse entorse ? Une chute sur ce fichu verglas ? Facile, celle-là je peux même la mettre en situation et lui montrer des ecchymoses !

Cinq minutes plus tard, j'arrive en soufflant comme un bœuf devant la porte du bureau, une mèche de cheveux collée au front et la gorge en feu à cause de ma course. J'ai un point sur le côté droit qui me force à me plier en deux et je tente de reprendre ma respiration quand la porte s'ouvre sur le triste spectacle que je dois présenter.

Un mec tout droit sorti d'un film hollywoodien se trouve de l'autre côté. Il ressemble à Brad Pitt, mais en mieux (si, si je vous le jure). Les cheveux châtains en bataille, des yeux verts pétillants, 1,80 m, musclé juste ce qu'il faut avec, pour couronner le tout, un petit air étonné des plus craquants. Si ma respiration avait été normale, ma chevelure, brossée et mon maquillage, correct, j'aurais pu essayer de la draguer.

Malheureusement, ma course effrénée a eu raison de moi et de mon charme sensuel. Si je repars en courant dans la direction opposée, vous croyez que j'ai une chance de revenir toute pomponnée et de le séduire ? Non ? Bon, tant pis, je ferai avec…

– Euh…

Je n'ai pas trouvé mieux. Je bégaie de manière tellement naturelle que le jeune homme a pitié de moi.

– Je peux vous aider ?

Oui, vous pouvez. J'attends votre numéro de téléphone puis un message m'invitant à dîner. Nous passerions une soirée à discuter, à rire, nous construirions un bonhomme de neige à la lueur de la lune. Vous m'embrasseriez en me disant que vous n'avez jamais ressenti une telle chose pour une femme. Nous nous marierions et…

J'ai plutôt dit :

– Euh…

Très spirituel, Léane, continue ainsi, il te prendra pour une inculte incapable de prononcer le moindre mot intelligible.

– Je cherche Stéphane de Mountain Activity, je m'appelle Léane Dubois de l'agence Peps Events de Paris, nous organisons la consolidation d'équipe Tarapak et je viens vérifier que tout est prêt pour accueillir la troupe de 250 personnes.

Je manque d'air après cette longue tirade sans pause et je manque de m'étouffer. Mais qu'est-ce qu'il est beau ! Son sourire me donne des frissons partout, j'ai envie de lui faire des papouilles baveuses et de le serrer dans mes bras. Qu'est-ce qui m'arrive ? L'air des montagnes doit me rendre folle…

— Venez, je vais vous montrer le terrain et les installations. Suivez-moi.

— Euh… d'accord.

Il faut vraiment que je trouve une réplique plus pertinente.

Nous parcourons ensuite une dizaine de mètres avant d'arriver en bas des pistes de ski, juste à côté d'une petite forêt et d'une pente plutôt raide. Des poteaux de couleurs vives ont été installés comme points de repère, des sacs poubelles attendent patiemment sur une table que des jambes se glissent à l'intérieur et tout un tas d'objets que je n'avais jamais vus de ma vie semblent prêts à être utilisés pour nos fameux jeux. Je m'approche d'un engin à l'allure étrange.

— Qu'est-ce que c'est ?

— Un véloneige. Vous voulez essayer ?

— Pourquoi pas !

Vu de plus près, l'engin ressemble à un guidon de vélo greffé sur une planche de surf des neiges. La tenue de route n'est pas évidente et je me casse la figure plusieurs fois de suite sous le fou rire de mon pseudo-moniteur. Nous passons les 20 minutes suivantes à tester tous les véhicules et autres chambres à air. Je m'amuse beaucoup et le jeune homme craquant n'a pas l'air de s'ennuyer non plus. Mon iPhone vibre et casse l'ambiance en me rappelant que je ne suis pas là pour m'amuser. Pire ! J'ai oublié le temps. Patrick doit être mort d'inquiétude. En plus d'être furieux.

— Je suis désolée, mais je dois y aller, le boulot m'appelle.

— Très bien.

Il marque une pause avant d'ajouter en me regardant dans les yeux :

— J'ai passé un moment très agréable avec vous.

— Moi aussi. Au fait, vous ne m'avez même pas dit votre prénom !

— Je m'appelle Stéphane. Stéphane Terdaux.

— C'est vous, Stéphane ?

— Oui, pourquoi ?

— Euh…

Fichu « euh ». Je poursuis :

— Vous me sembliez moins sympathique au téléphone.

— Vous, vous me sembliez nettement moins polie. Vous m'avez raccroché au nez lors de notre dernier appel !

Il sourit puis me fait un clin d'œil. Je fonds. Mon iPhone se manifeste encore une fois et il dit sur un ton où perce le regret :

— Je crois qu'on vous attend.

— En effet. Je file. À tout à l'heure.

— Avec plaisir, Léane.

Je repars le sourire aux lèvres, rêveuse. Je pense à Stéphane et à quoi ressembleraient nos enfants quand un poteau vient s'interposer entre la route et moi. PAF ! Je tombe sur les fesses et me frotte le front douloureusement. Je me retourne, de peur que Stéphane m'ait aperçue, mais heureusement il est rentré et n'a pas assisté à cette monumentale chute. La honte. Je me frotte toujours le front quand une main se tend pour m'aider à me relever. Je ne parviens pas à voir l'homme qui se trouve devant moi, le soleil m'aveugle. Je me relève péniblement :

— Merci, Monsieur, c'est gentil.

— Depuis quand tu m'appelles Monsieur ?

En entendant cette voix, je retombe violemment de mon petit nuage. Mon sang ne fait qu'un tour et mon petit cœur bat la chamade. Je ne m'étais donc pas trompée. C'est bien lui que j'ai aperçu hier en arrivant aux Diablerets. Ce fantôme qui me poursuit partout où je vais. Bon, il faut que je me ressaisisse.

— Salut, Mathieu. On peut savoir ce que tu fais là ?

— Patrick m'a dit que vous passiez le week-end ici, j'ai eu envie de vous voir.

— De « nous » voir ?

— Bon, OK, Léane, j'avais envie de te voir, ça te va ?

— Désolée, je dois y aller, je travaille.

Mathieu me retient par le bras. Il me regarde droit dans les yeux d'un air si déterminé que tous mes sens se mettent à frétiller.

— J'aimerais te voir ce soir. Viens chez moi quand tu auras terminé ta journée.

— Je dois vraiment y aller, Mathieu.

Il s'approche de moi, si près que je peux sentir son parfum, puis il passe sa main derrière mon cou, me plaque contre une cabane et m'embrasse passionnément. Une fois son baiser terminé, il me laisse haletante et lance, triomphant :

— À ce soir. Je t'appelle.

Je me retourne en le regardant s'éloigner et aperçois Stéphane à quelques mètres de là en train d'observer la scène. Son regard est glacial. Il tient mon bonnet à pompon dans ses mains et a l'air terriblement déçu. Malgré tout, il s'approche de moi et siffle entre ses dents en me tendant le bonnet :

— Vous aviez oublié votre bonnet.

— Merci.

À peine ai-je eu le temps de prononcer ces mots que Stéphane a déjà tourné les talons.

Eh merde.

Je me dépêche d'appeler Patrick pour le rassurer. J'ai juste le temps de filer sous la douche de l'hôtel et de mettre une combinaison de ski avant de rassembler les 250 employés puis de foncer vers la plateforme de jeux.

• • •

Une fois les équipes réunies, les Fun Games et la compétition peuvent commencer. Les combinaisons de toutes les couleurs se confondent soit dans une chenille soit dans une chute de chambre à air. Ils crient, ils rient, et je suis heureuse qu'ils s'amusent. Par contre, je déprime devant toute cette joie et ces enfantillages. Je t'envoie une boule de neige par-ci et je construis un bonhomme de neige par-là. Moi qui adore jouer comme une folle et rigoler à en avoir mal aux abdos, en ce moment, j'ai juste envie de me faire emporter par une avalanche. Je tente d'accrocher le regard de Stéphane. En vain. De plus, le stress de ma chronique commence petit à petit à me tordre les entrailles. Mais une étrange activité du côté des télésièges me force à reléguer cette angoisse dans un coin de ma tête pour gérer une urgence d'un autre type. Qu'est-ce que c'est que ce bordel ? Toute l'équipe tente vainement d'installer les djembés sur les petits télésièges. Un par un. Pendant que Patrick glisse inexorablement sur la neige verglacée en portant sur son épaule virile un djembé, les renforts essaient de ficeler les percussions une par une de manière précaire. Vont-ils tenir le voyage mouvementé et cabossé jusqu'au chalet où se tiendra la seconde consolidation d'équipe ? Je flippe et en même temps éprouve un sentiment de réjouissance : ce serait drôlement jubilatoire de voir la piste de ski parsemée de djembés.

• • •

Il est l'heure : nous devons emmener nos 250 participants en haut de la montagne (non, pas à cheval que diable !). Le reste de l'équipe de Peps met les bouchées doubles à 1 700 m pour installer les djembés sur la terrasse, allumer les torches et préparer le petit kiosque de thé.

Un quart d'heure de télésièges plus tard, la joyeuse troupe arrive aux Mazots. Là, à ma grande surprise, je suis estomaquée. Les flambeaux dessinent un chemin orangé jusqu'aux djembés installés sur la terrasse du chalet. Nos pieds crissent sur la neige, laissant des empreintes de bottes dans lesquelles viennent se perdre des éclats de lumière. La montagne se dresse majestueusement devant nous et un silence presque religieux nous enveloppe alors que la procession rejoint lentement les percussions. C'est magique.

Lorsque le son des djembés remplit la nuit et que le rythme des 500 mains s'unit pour ne faire qu'une seule et même mélodie, je suis heureuse. Malheureusement, la félicité ne dure pas. Pensez-vous, sinon je ne ressentirais pas cette envie viscérale de changer d'emploi et de me trouver à des centaines de kilomètres de Peps (dans les Caraïbes sur une chaise longue avec une pina colada, ce serait parfait).

La seconde activité de consolidation d'équipe achevée, les petits gourmands crèvent de faim. Au programme : fondue au fromage et vin blanc à volonté dans le petit chalet aux nappes à carreaux et aux boiseries typiques. Là, je panique ! Dans moins d'une demi-heure, je dois me produire en direct ; ce qui fait très vedette du rock. Rien n'est prêt et je dois me trouver un endroit calme et non, les toilettes ne sont pas une option ! J'attends toujours l'avalanche censée me sortir de ce sacré pétrin. Malgré les nombreux flambeaux que j'ai allumés (les flambeaux valent-ils un cierge ?), mes prières ne semblent pas avoir été entendues. Bon, je me faufile au milieu des caquelons, file récupérer mon ordinateur portable et enfile bonnet, gants et écharpe. Après tout, mes spectateurs ont le droit de vivre cet évènement en direct avec moi et même si mon look est radicalement différent de celui que j'arbore habituellement lors de mes présentations, je dois assumer mes engagements. Je prends mon courage à deux mains et sors du chalet.

Il fait au moins 8 000 degrés sous zéro à l'extérieur. Ma peau hurle son mécontentement et mes doigts menacent de geler à l'intérieur de mes gants de ski triple épaisseur. J'allume l'ordinateur et me connecte au réseau sans fil du chalet.

Il est exactement 20 h 59. L'heure de savoir si je suis capable d'animer une chronique en direct. L'heure de savoir si les gens me suivent. L'heure de savoir s'ils m'aiment…

Trois…

Deux…

Un…

— Bonsoir à tous et bienvenue à la neige ! lancé-je d'un ton guilleret.

Deux minutes plus tard, je sens mon portable sonner dans ma poche.

Patrick, Patrick, Patrick clignote sur l'écran. Non, non, non, ce n'est pas le moment. Je le range dans ma poche malgré le vibreur digne d'un vibromasseur, bien au chaud sous mon double collant et mon pantalon. Je dois me concentrer pour ne pas bafouiller comme une bègue et me force à l'ignorer tout en préparant mentalement une excuse béton pour justifier le fait que je ne réponds pas.

— Comme vous pouvez le constater, je vous parle en direct de la Suisse, j'ai donc décidé de vous faire part de quelques petites coutumes typiquement régionales pour cette grande première. J'ai tout d'abord pensé à la recette de la fondue puis je me suis dit qu'il y avait plus jouissif comme sujet. Alors, je me suis dit que vous seriez sûrement intéressées par un ragot de premier choix. Un ragot portant sur un de ces chanteurs à succès que vous adorez… comme le charmant James Blunt. Oui, oui, je viens d'apprendre que le chanteur est un habitué d'une station voisine. Autant vous dire que je compte bien y faire un tour pour vérifier s'il est aussi craquant en doudoune. Mais finalement, pas besoin d'aller chercher de midi à 14 h, je peux vous dire que les moniteurs de ski et autres responsables de station sont tout aussi chauds ! On en mangerait !

Je passe le quart d'heure suivant à raconter à mes internautes ma rencontre avec Stéphane.

— Puis, bon, pour ne pas mourir con, je vais quand même vous donner la recette d'une délicieuse fondue au fromage suisse : il vous faut 400 g de gruyère et autant de vacherin, 1 gousse d'ail, un peu de Maïzena, 3,5 dl de vin blanc, une pointe de jus de citron, un petit verre de kirsch et une pincée de poivre de Cayenne !

J'explique la recette en détail et poursuis.

— Si vous avez encore une toute petite place, testez les meringues et la double crème de la Gruyère, c'est un régal. Pour celles qui se le demandent, mon rouge à lèvres, c'est du Chanel ; pour la doudoune, vous pouvez vous renseigner auprès de mon amie Tessa, ma styliste et journaliste de copine. Promis, la prochaine fois, vous aurez des nouvelles de Paris ! En attendant de vous retrouver bientôt sur YouTube, je vous fais des bisous de Suisse. Ciao !

Voilà, c'est fait. J'ai l'impression que je vais exploser tellement je suis heureuse ! Mais, heureusement que c'est terminé, car après ce quart d'heure passé à l'extérieur, je dois ressembler à un bonhomme de neige verglacé. Je ne sens plus mes doigts et je ne vous parle même pas de mes orteils, qui resteront sûrement collés à mes chaussettes ce soir.

Ne faisant ni une ni deux, je file à l'intérieur sans avoir trouvé d'excuse. Je vais donc devoir éviter Patrick à tout prix parce qu'avec ses 6 coups de téléphone en 15 minutes, il a dû s'énerver tout seul. Tiens, je viens de voir que j'avais reçu deux messages sur mon téléphone.

> *Ouaaaaah ma poulette, tu assuuuures ta race ! Comme j'ai adoré ta chronique en direct. Quel talent, quel talent ! Tu es la nouvelle EnjoyPhoenix du style de vie !*
> *Plein de bisous de mon canapé dans lequel je me prélasse alors que tu te les gèles à la montagne !* Love ! *Tess*

Je retrouve le sourire instantanément. Quelle bulle de bonheur ! Je tombe ensuite sur le second message et mon moral redescend en flèche :

> *Salut. J'ai envie de toi, viens vite. Mon imagination déborde et j'ai envie de te refaire ce truc avec ma langue que tu adores. XXX Mat*

À l'intérieur, les convives imbibés de vin blanc chantent et dansent sur les tables au son de tubes tendance. Il faut prévenir les gueules de bois et surtout, les débordements. Je ne tiens pas à ce qu'il y ait du vomi partout sur les jolies poutres du chalet de montagne. Puis, il faut préparer les paires de raquettes et les flambeaux, ultime solution que nous avons trouvée pour remplacer la luge. Mais, j'appréhende la descente, les chutes et les divers incidents. Enfin, surtout pour moi : comme vous le savez, je ne suis pas très adroite.

Une fois la petite troupe de joyeux drilles descendue sans accident à déclarer malgré des taux d'alcoolémie plutôt alarmants, je retrouve Stéphane au petit kiosque de vin chaud. Il discute avec un collègue lorsqu'il m'aperçoit. Il lance un bref regard dans ma direction puis il se retourne, ignorant ma présence. Le violent pincement au cœur que je ressens me surprend. Je me sers un verre de vin chaud et m'éloigne de quelques mètres afin de prendre du recul. Je réfléchis tout en dégustant le délicieux liquide épicé. Les effluves de cannelle apaisent les battements de mon cœur. Au troisième verre, je commence enfin à me détendre. Si Stéphane m'ignore, tant pis pour lui. Je retrouverai bien un magnifique jeune homme sportif, drôle, amusant et terriblement craquant dans les prochaines semaines avec qui je peux passer 20 minutes à rire aux larmes. Le problème ? Je sais que c'est faux.

Je marmonne encore dans ma barbe lorsque je sens une présence derrière moi.

— Bonsoir, Mademoiselle Dubois.

Je me retourne violemment, éclaboussant de vin chaud Stéphane qui s'est matérialisé à côté de moi.

— Oh, Stéphane, vous m'avez fait peur.

Là encore, je ne trouve rien de plus spirituel à dire.

— Désolé de vous avoir effrayée.

— Désolée d'avoir ruiné votre combinaison de ski, réponds-je du tac au tac.

Il rit doucement et me regarde presque tristement.

— Je voulais vous dire…

Qu'il a adoré passer l'après-midi avec moi ? Qu'il souhaite m'inviter dans son chalet pour passer le reste de la saison ? Qu'il sait dorénavant ce qu'est un véritable coup de foudre ?

Les lumières tamisées et l'ambiance adoucie nous poussent aux confidences.

— Excusez-moi, Léane, je n'aurais pas dû me montrer aussi amical tout à l'heure.

Quoi ? Comment suis-je censée rebondir là-dessus ? Surtout, ne pas perdre la face ! Je ne dois pas lui montrer ma déception. Pourtant, ses mots me font l'effet d'un coup de poignard dans le cœur. Je me ressaisis et tente de paraître le plus naturelle possible.

— Pitié, ne vous excusez pas, j'ai passé le meilleur moment de la journée avec vous.

— Peut-être, mais votre copain n'a pas dû aimer.

Nous y voilà, le cœur de la discussion. Le véritable enjeu. Je souris tristement.

— En fait, ce n'est pas mon copain. C'est mon ex. Il n'aurait pas dû se trouver là et ce que vous avez vu n'aurait pas dû se passer non plus…

Je me sens obligée de me justifier, ne souhaitant surtout pas qu'il croie que je suis en couple. Le silence qui suit se passe de commentaire.

— C'est compliqué, expliqué-je.

— Je comprends. Ah, je vois que le vin chaud commence à manquer, le devoir m'appelle. Bonne soirée, Léane, me souhaite-t-il en me fixant d'un regard intense qui me rend toute chose.

— Bonne soirée, Stéphane.

Une heure plus tard, tous les employés de Tarapak sont allés se coucher. La journée a été éreintante et je suis épuisée. Je fais quelques pas dans la neige, j'ai besoin de prendre l'air après toutes ces émotions. Le vent glacial gèle les larmes qui coulent le long de mes joues à cause de ce que je m'apprête à faire. Pourtant, la tentation est la plus forte et quelques minutes plus tard, je m'arrête devant un chalet charmant. Je frappe trois petits coups. Quand la porte s'ouvre, une main m'attire et je retrouve le corps de Mathieu, nu sous l'étoffe de son peignoir. Il m'attire contre lui et glisse une main au creux mes reins tout en déboutonnant mon pantalon de l'autre.

— Je savais que tu viendrais, glisse-t-il dans un souffle.

Moi aussi, je le savais, pensé-je en essuyant une dernière larme sur mes lèvres.

Chapitre 6

Un rencard, un match de hockey et une bière !

Si nous sommes dans la joie, gardons-nous de porter nos pensées au-delà du présent.
— Horace

Le lendemain, j'émerge de cette nuit agitée en culpabilisant. Je n'aurais jamais dû aller chez Mathieu. Chaque fois c'est pareil. Je regrette d'avoir succombé et je me sens vide. Tellement vide. Décrocher. Fuir. Ma faiblesse ne s'arrêtera jamais. C'est si simple pour lui. Il suffit qu'il se pointe pour que je cède, pour que je délaisse mes foutues résolutions, pour que je redevienne une loque. Une soumise. Une salope. Pour que je me déteste. Je veux passer à autre chose, j'en ai besoin. Je le sais. Pourtant, l'attraction malsaine que je ressens pour Mathieu est toujours plus forte que ma raison.

Nous ressemblons à deux aimants. Impossible à décoller et cependant, la force de répulsion qui se met en marche quand mes neurones recommencent à fonctionner est colossale. Cependant, quelque chose de curieux s'est passé hier, alors qu'il me faisait des trucs incroyables avec sa langue. Je ne pensais qu'à une chose : revoir Stéphane. Bizarre non ?

Quand je rentre le matin à l'hôtel, j'ai l'impression d'avoir porté des éléphants toute la journée d'hier tellement mes muscles sont endoloris. J'ai des courbatures dans tous mes membres et lorsque je vais aux toilettes, je me tiens au lavabo. Dès que je franchis la porte du luxueux palace, je suis sur le qui-vive et observe les clients d'un mauvais œil. J'espère de tout mon cœur ne croiser personne de l'agence à cette heure aussi matinale, sinon ils auraient des soupçons quant à ma réputation de jeune fille recommandable. À peine l'entrée de l'hôtel franchie que le réceptionniste m'intercepte.

– Mademoiselle Dubois ?

Pitié, je ne veux parler à personne, je veux passer incognito, je veux disparaître dans un igloo. Laisseeeez-moi. Je fais semblant de l'ignorer. Peut-être me laissera-t-il tranquille ? Je regarde à droite, soudainement absorbée par la tapisserie du mur.

– Mademoiselle Dubois ?

Je continue mon petit manège et fonce vers l'ascenseur. Je parviens presque à me convaincre que cette voix n'existe pas.

– Mademoiselle Dubois !

Son insistance me force à me retourner.

– Quoi ?

Mon ton n'est pas des plus aimables, il faut l'avouer. Peu importe, je pourrais mordre quiconque m'adresse la parole en ce moment.

– Quelqu'un a déposé cela à l'accueil pour vous.

Il me tend une enveloppe sur laquelle mon prénom a été soigneusement inscrit.

– Ah, euh…

Fichu « euh », il est revenu !

– Merci, Monsieur.

Je meurs de curiosité, mais je me retiens de déchirer le papier devant le réceptionniste. Je file vers l'ascenseur en accélérant le pas, l'enveloppe coincée sous le bras. Alors que je monte les étages en courant, c'est plus rapide et moins risqué que l'ascenseur finalement, je me jette sur la lettre.

Mademoiselle Dubois (j'aime bien vous appeler Mademoiselle),

Veuillez excuser mon comportement d'hier, j'ai été maladroit. Pourtant, je m'étais juré de ne pas succomber à votre charme et m'étais promis de me tenir à l'écart de toute situation compliquée que je ne saurais gérer. Mais si vous êtes encore là ce soir, il me ferait plaisir que vous veniez assister au match de hockey auquel je participe.

J'espère de tout cœur vous y croiser.

Stéphane

Un sourire aussi large qu'une citrouille se dessine sur mon visage. Je saute dans les escaliers en poussant des cris de joie puis cours jusqu'à ma chambre en chantonnant le prénom de Stéphane. Quand je me glisse dans mes draps pour récupérer quelques heures de sommeil, je flotte sur un petit nuage et m'endors aussitôt.

Driiiing. J'enfonce la tête sous mon coussin. Non, cette sonnerie, je ne veux pas l'entendre. Driiiing. Mon iPhone cesse de couiner, remplacé par la sonnerie agressive du téléphone de la chambre. Je tends péniblement le bras.

– Mmmhallo.

Pitié, faites que ce soit une erreur. Je ne suis pas prête à gérer un problème et j'ai besoin de dormir.

– Mademoiselle Dubois ?

La réceptionniste tente d'être polie, mais elle ne sait pas ce qu'elle risque si elle ne raccroche pas tout de suite ce téléphone. J'essaie de le lui faire comprendre en lançant un assassin :

— Mademoiselle Dubois dort encore.

— Je suis navrée de vous déranger, mais un homme vous attend à la réception. Il dit qu'il a tenté de vous joindre plusieurs fois sans succès.

Je me redresse aussi vite qu'un ressort. Stéphane ! Il est là, il m'attend ! La journée commence merveilleusement bien. Je réponds, surexcitée et de bien meilleure humeur soudainement :

— J'arrive !

Je mets un jean en quatrième vitesse, avec la certitude que je pourrais participer à ce championnat débile où il faut sauter dans sa culotte le plus vite possible en étant sûre de gagner, avant de me ruer dans la salle de bain. Je ne reviens pas de la tournure des évènements. Ce sentiment d'euphorie m'avait quittée depuis bien longtemps au profit d'une résignation amère et muette concernant l'amour et mon ex.

Quinze minutes plus tard, j'arrive à l'accueil. Un homme patiente de dos, accoudé à l'accueil. Tiens, il me semblait que Stéphane était plus grand et plus costaud. J'ai dû me tromper. Quand on apprécie quelqu'un, on a tendance à l'idéaliser non ? Je m'approche de lui, plaque mon sourire Colgate le plus éclatant sur mon visage et lui tapote doucement l'épaule.

— Ah, Léane, il était temps.

Je reste muette devant la vision d'horreur qui s'offre à moi.

— Ah, Patrick.

Merde, mon patron. Comment ai-je pu le confondre avec Stéphane ? Je connais pourtant sa silhouette par cœur. À croire que je n'ai qu'une seule envie : revoir le mignon moniteur.

— Nous devons redescendre les djembés du chalet. Tu avais oublié ? Nous avons déjà 30 minutes de retard !

Oui, en effet, j'avais oublié. Non seulement parce que j'ai couché avec mon ex, que je suis crevée et que j'ai peut-être rencontré le futur homme de ma vie, mais aussi parce que ce boulot ne représente pas toute mon existence et que s'il me fallait choisir entre deux heures de sommeil et redescendre des percussions de la montagne, je choisirais indubitablement mon lit !

Je dois me mordre la lèvre pour m'empêcher de débiter ce discours à voix haute.

— Excuse-moi, Patrick, je suis crevée.

— Moi aussi, Léane, je suis crevé !

Mais toi, tu es le patron, bordel. Tu dois assumer les problèmes et tenir la baraque, c'est ton choix. D'ailleurs, ton salaire représente tes responsabilités, et si tu es sur le point de divorcer, si ta femme te hait et si tu n'as pas de véritables amis, c'est bien parce que ton travail est toute ta vie. Pour continuer dans cette voie, sache que les horaires des employés ne devraient pas couvrir la tranche horaire de 20 à 6 h et que mes heures supplémentaires, accumulées depuis près de 2 ans, devraient m'autoriser, après un rapide calcul mental, à prendre 2 mois de vacances au bas mot.

Cette tirade me brûle la langue. Je toussote afin de changer de sujet, sinon je risque de faire un croche-pied à Patrick et l'envoyer dans une chute vertigineuse en bas de la montagne.

Nous voilà, neuf heure, en pleine piste de ski à charger nos djembés adorés sur les télésièges. Mes jambes ne me portent plus et mes yeux se ferment tout seuls malgré la piqûre du froid. Une vague de haine me saisit. Je me vois en train de balancer le lourd tambour, poussée par une force surhumaine, sur la tronche de mon patron tyrannique avant de l'observer, hilare, en train de dévaler la pente abrupte de la colline. La seule pensée qui me tient réveillée est celle, réconfortante, de retrouver Stéphane le soir même, de me plonger dans ses yeux coquins et de l'entendre me confier à quel point il est fou amoureux de moi. Mouais. Je rêve. En fait, je n'ai jamais eu de chance avec les hommes.

Avant mes 18 ans, j'avais toujours eu l'impression de tomber amoureuse des mauvais garçons (comprenez ceux qui ne m'aimaient pas, et non ceux qui pratiquaient des mœurs étranges). Peu après, Mathieu était arrivé dans ma vie et j'avais complètement craqué pour lui. La rupture avait été un moment extrêmement douloureux de mon existence et je m'étais juré de ne plus tomber dans le panneau. Passée ma période « Je ne veux plus jamais aimer de mecs » et « Tous les mecs sont des salauds », j'avais peu à peu repris espoir de rencontrer un homme bien. Je ne savais pas exactement ce que signifiait « un homme bien », mais la définition incluait que le mec en question éviterait de me faire pleurer chaque semaine (pleurer de rire ou de joie n'entre en effet pas dans la description).

Ensuite, la rupture avec Mathieu s'était avérée plus compliquée que prévu à gérer et j'avais détecté chez moi une fâcheuse tendance à éviter les autres hommes. Je restais dans ma bulle avec mon ex pour seul horizon masculin. Mais là, l'arrivée de Stéphane avait été une petite étoile brillante dans mon firmament de trous noirs. Pour la première fois depuis plusieurs années, je ressentais ce petit pincement au cœur si typique qui me rappelait mon adolescence et le stress que je ressentais chaque fois qu'un mec m'invitait à sortir avec lui.

Quelques heures plus tard, je suis enfin assise sur mon lit à l'hôtel et je retire mes chaussettes le plus doucement possible. Mes orteils sont couverts de vilaines cloques à cause de ces derniers jours et du marathon que j'ai parcouru, et la matinée a été incroyablement longue. Si longue que je ne sens plus mes pieds. Les djembés sont tous repartis chez le fournisseur, les employés de Tarapak sont tous rentrés chez eux et Patrick est en rendez-vous. Nous quitterons ensemble la station tard dans la nuit. Il faut que je profite de cette mini accalmie, car dès mon retour à Paris, l'organisation d'une avant-première pour le film *For Eternity*, une nouvelle production hollywoodienne, risque de prendre pas mal de temps à l'agence. Même si je me réjouis de cet évènement (pour une fois, je ne devrai pas porter un tailleur d'employée psychorigide), je sais pertinemment que ce sera la course, un sprint, bref un programme à 300 km/h comme d'habitude.

Mon rendez-vous avec Stéphane approche et je n'ai toujours pas réglé les problèmes inhérents à ce genre de rencard : dois-je mettre une robe ou plutôt un pantalon de ski ; est-il plus judicieux de porter des talons hauts ou des bottes ; faut-il que j'assortisse ma culotte à mon soutien-gorge et dans ce cas, dois-je m'épiler ?

Je choisis finalement un jean et un col roulé noir que je trouve plutôt classe. En guise de chaussures, pas question de jouer la cruche en escarpins. Déjà qu'en chaussures de ski je perds l'équilibre et je glisse sur la neige, il ne manquerait plus que je me prenne la honte de ma vie en m'écrasant en talons hauts. Je choisis donc des bottes en daim plates afin d'assurer au moins ma dignité.

Par contre, question coiffure, je laisse ma chevelure exprimer sa joie. Ce sera cheveux détachés ; après tout, le blond sur un pull noir ressort bien, comme dit ma mère. C'est drôle, je ne peux m'empêcher de regarder l'horloge toutes les cinq minutes. C'est pire qu'un examen, ce rendez-vous. D'ailleurs, il est l'heure de partir ! À force de scruter l'heure, j'ai même oublié de regarder où se situe la patinoire dans ce patelin.

Un quart d'heure plus tard, de longues minutes que je passe à errer avec un air hagard planté sur la figure, je trouve la patinoire. Un flot de personnes se dirige vers l'immense structure en bois. Je me positionne bien en évidence à l'entrée puis patiente tout en prenant un air distant. Afin de ne pas faire la fille qui est arrivée des plombes en avance, je sors mon portable et prends un air très intéressé par mon écran même si personne ne m'a écrit. Ainsi, au cas où Stéphane arrive, j'aurai l'air très occupée ! Mais 20 minutes plus tard, toujours pas de trace de mon mignon moniteur. Vingt minutes passées à regarder un écran vide de portable, c'est long. Je décide de me renseigner près des caisses ; après tout, le village est plutôt petit et tout le monde doit se connaître.

— Bonjour, excusez-moi, je cherche Stéphane, vous savez celui qui travaille pour Mountain Activity. Vous le connaissez ?

— Bien sûr, ce garçon est fantastique, un véritable soleil. Mais il est sur la glace ma petite, numéro 10. Dépêchez-vous, le match va bientôt commencer.

Je paie donc ma place, légèrement interloquée. Je me retrouve au milieu d'une foule hurlante, vociférant des chansons de partisans, positionnée entre deux gros gaillards qui descendent des bières plus rapidement que je mets mes tongs pour aller à la plage.

Quand l'équipe des Diablerets marque le premier but, l'un des deux hommes m'arrose de bière en levant les bras. Je tire une grimace. Ah. Mais ce n'était pas prévu du tout! Moi qui pensais déguster un martini tout en rigolant avec Stéphane, je dois me rendre à l'évidence : mon plan tombe à l'eau (enfin, à la glace pour être plus précise). Je n'avais pas compris qu'il jouait! Je tente de repérer le numéro 10 parmi les sportifs qui s'affairent en bas des gradins.

J'aperçois enfin la rondelle et me prends rapidement au jeu. Au moment où le numéro 10 passe les défenseurs balèzes de l'équipe adverse et déjoue le gardien, je bondis en l'air en même temps que les autres spectateurs. Je crois même que je crie plus que les autres. Stéééééphaaaaane! Je tape des mains à m'en faire mal aux paumes et tente de suivre les chants des partisans. Les deux brutes me sourient et m'apprennent les paroles.

Après la troisième période, j'ai bu quatre bières et je connais par cœur le nom de tous les joueurs. L'équipe de Stéphane a gagné et toute la foule est en liesse. Je suis les nombreux partisans qui quittent lentement la patinoire jusqu'à l'extérieur et me rends à la sortie des sportifs, comme me l'ont conseillé mes voisins. Voilà, une demi-heure plus tard, j'aperçois Stéphane, les cheveux encore mouillés à cause de la douche et un grand sourire aux lèvres dès qu'il m'aperçoit, sortir du bâtiment. Il se dirige droit vers moi. Son petit air coquin me fait craquer et la bière aidant, ma bouche dévie légèrement lorsqu'il me donne une bise. Ses lèvres ont un goût de vanille et de savon. Caramba, j'aurais dû viser encore plus mal, j'ai à peine dévié sur la commissure de ses lèvres.

— Léane, je suis vraiment content que vous soyez venue !

— Oh, pitié, Stéphane, tutoyez-moi, j'ai l'impression d'être une vieille peau quand vous vous adressez à moi comme ça !

Il rit franchement et m'observe de ses yeux verts perçants.

— Parfait, alors Léane, laisse-moi t'offrir un verre. Ils n'ont que de la bière bon marché, mais l'ambiance n'est pas si pourrie, tu verras.

Il m'entraîne dans la foule en me tenant par la main, saluant des gens par-ci par-là. Il connaît tout le monde et moi, j'ai un sourire béat plaqué sur la figure. Une petite tente réservée à l'équipe se dresse juste devant la patinoire. Stéphane me présente aux autres membres de l'équipe et m'offre une bière dans un coin tranquille de ce pavillon de fortune.

— C'est sympa d'être venue…

— Tout le plaisir est pour moi. Regarder des mecs mignons patiner derrière une rondelle tout en buvant des bières, c'est plutôt sympa…

— Hé, ils ne sont pas tous mignons, feint-il de se rebiffer.

— Non, c'est vrai, pas tous.

Je soutiens son regard.

Il me fait un effet fou alors que je le connais à peine. Un frisson me parcourt de la tête aux pieds. Il effleure ma main.

Je tente de garder mon calme ; après tout, je n'ai pas été touchée par un autre mec que Mathieu depuis des décennies. J'ai peur. Peur de ne plus savoir apprivoiser un autre corps, peur de sortir de mes habitudes, peur de ne pas être à la hauteur. La relation que j'entretiens avec mon ex me maintient dans un cadre familier. Pas de surprises, je suis en terrain connu et je dois avouer que l'idée me rassure. Mes angoisses de me retrouver confrontée à quelqu'un d'autre me paralysent ; devoir tout apprendre de lui, recommencer à zéro. Mais Stéphane m'inspire confiance. Je le sens (non, je ne « transforme pas mes fantasmes dans une réalité qui n'a aucune chance d'exister », comme l'affirmerait mon psy). Je reste persuadée que les femmes possèdent une sorte de sixième sens leur permettant d'identifier les hommes dangereux pour elles ou, à l'inverse, les mecs qui les rendront heureuses. Il faut se fier à son instinct. Mon corps tout entier me crie de mettre le grappin sur Stéphane. Pourtant, un stupide réflexe de trouille me pousse à retirer ma main. Vite, Léane, dis quelque chose pour distraire son attention, vite. N'importe quoi. Mais dis quelque chose, bon sang !

— Alors, euh, Stéphane, tu organises des Fun Games toute l'année ?

Je souris, fière de moi. J'ai réussi à sortir une phrase tout à fait intelligible et de plus, je passe pour une fille qui s'intéresse à lui. Eurêka ! Tu es trop forte, ma fille, tu es trop forte !

Il rigole. Pire. Il se prend un vrai fou rire. Mais arrête, enfin. Qu'ai-je donc dit de si drôle ? Au bout de trois bonnes minutes (et trois minutes à se sentir stupide, c'est très long), il se reprend et parvient à articuler :

— Léane, je sais que c'est la Suisse et que les Parisiens ont tendance à croire qu'il y fait froid toute l'année, mais non, je n'organise pas des Fun Games tout le temps. À vrai dire, j'avais envie de faire une pause dans mon vrai emploi et j'ai trouvé ce travail saisonnier. Je travaille dans un milieu difficile avec des gens superficiels et Paris m'étouffait. J'avais besoin de m'éloigner de tout ça et de me rapprocher de la nature. La montagne, le grand air, c'est la vraie vie ! J'avais besoin de me sentir revivre. De me rapprocher de vraies valeurs. Tu comprends ?

J'ai envie de lui sauter sauvagement dessus et de grignoter sa lèvre inférieure.

Comme je le comprends. Je le comprends tellement que je suis à deux doigts de me jeter sur lui et de lui proposer de fonder un club de jeux dans une forêt perdue, très éloignée de toute forme de civilisation. Une petite cabane perchée dans les arbres. Nous pourrions discuter avec les écureuils, marcher pendant des heures sur de petits chemins escarpés et humer l'air du bois humide. Nous bavarderions à propos du sens de la vie, il me dirait qu'il avait toujours attendu une femme comme moi et qu'il remerciait le hasard de m'avoir mise sur son chemin, au milieu d'une piste de ski en ce mois de janvier.

— Tu viens de Paris ? questionné-je, particulièrement intéressée par cette dernière information.

Mon cœur vient de faire un bond dans ma poitrine. Je rêve !

— Oui, je travaille là-bas. La dernière fois que j'ai pris le métro, j'ai cru que j'allais commettre un meurtre tellement la foule m'oppressait. C'est là que j'ai compris que j'avais besoin d'une pause.

Stéphane passe le reste de la soirée à me parler de son emploi de folie, un emploi qui me faisait d'ailleurs rêver tellement il offrait de possibilités captivantes, et je l'écoute, passionnée par ses anecdotes. Enfin, je tente vainement de ne pas trop me laisser distraire par ses yeux pétillants et son sourire ravageur. Quand il me raccompagne à l'hôtel, la lumière de la lune se réverbère sur les sommets enneigés, coiffant de rouge les pics blanc cassé. Juste avant de me laisser, Stéphane m'attire contre lui d'un geste doux et susurre au creux de mon oreille :

— Merci.

Il m'embrasse doucement puis s'en va en effleurant ma main et en y déposant un petit bout de papier chiffonné. Je glisse le bout de papier dans la poche de mon jean puis rejoins Patrick, la tête dans les étoiles, trop occupée à revivre la soirée pour sortir le petit mot de Stéphane de mon pantalon.

Chapitre 7

La soirée avant-première de *For Eternity*

L'espoir est comme le ciel des nuits : il n'est pas coin si sombre où l'œil qui s'obstine ne finisse par découvrir une étoile.
— Octave Feuillet

De retour à Paris, je me retrouve dans mon petit studio vide à déprimer comme une larve suicidaire. Plus de montagne, plus de neige et surtout, plus de Stéphane. Dès que j'arrive chez moi, je laisse ma valise dans un coin poussiéreux et pose mes fesses (dont les muscles sont encore douloureux) dans mon canapé. L'urgence de la situation et mon ras-le-bol généralisé me poussent à faire une razzia dans mon réfrigérateur, histoire de me remonter le moral. Ne faisant ni une ni deux, je saisis mon énorme pot de glace tout en évitant stratégiquement de regarder l'étiquette affichant le nombre de calories. Bon avec cinq kilos en plus, je ne suis pas sûre d'être plus heureuse mais tant pis, c'est trop bon.

La glace à la vanille fond sous ma langue et les noix de macadamia craquent sous mes dents. Pendant quelques instants, j'oublie mon existence pourrie et je me sens flotter sur un petit nuage de sucre. Je branche le lecteur DVD et décide de visionner tous les épisodes de *Sex and the City* à la suite depuis la première saison avec le fol espoir que les aventures des filles de Manhattan me remotivent.

Tant pis si demain matin je ne suis pas d'attaque chez Peps, je dormirai derrière mon ordinateur en faisant semblant de travailler.

Quelques heures plus tard (comment, il est déjà une heure ?), je pique du nez sur le canapé et manque de m'endormir dans mon pot de glace. Je mets mon pyjama Snoopy (celui que je porte quand je suis toute seule et que je n'assume pas devant des mecs, sinon ce serait la honte internationale), puis je file au lit en culpabilisant d'avoir ingurgité une telle quantité de glace. Déjà que je suis célibataire avec un peu de cellulite (alors quoi, comme toutes les femmes d'ailleurs !), que je poursuis une relation avec un ex dont je ne parviens pas à m'affranchir et que je travaille comme une forcenée pour un boulot que je hais, je ne souhaite pas ajouter à la liste de mes malheurs un régime draconien. Sans frappuccino au caramel de chez Starbucks, sans carré au chocolat, sans glace, il ne me resterait plus qu'à faire un tour à l'hôpital psychiatrique pour soigner ma profonde dépression.

Le lendemain matin, j'ai l'impression de ne pas avoir fermé l'œil de la nuit, de vilains cernes ornent mes yeux, me donnant l'air d'un panda, et j'ai la tête de la fille qui a passé une semaine à faire la fête en buvant des mixtures alcoolisées sans arrêt. Mon cerveau ne cesse de cogiter sur ma vie, mon emploi, ma chaîne YouTube… après un rapide coup d'œil au réveil, je saute du lit. Merde, je suis déjà en retard ! Je mets à contrecœur mon tailleur et m'autorise une petite fantaisie en mettant un t-shirt rose bonbon sous ma veste sinistre. Tant pis pour le code vestimentaire de l'entreprise qui me force à porter une chemise blanche (essayez de garder une chemise BLANCHE toute une journée quand on vous sert des pâtes bolognaises, de la pastèque et des muffins au chocolat à la cafétéria de l'entreprise !), je commence à me rebeller. C'est bien, Léane, c'est bien !

• • •

J'arrive au bureau à 7 h 30, soit un bon quart d'heure avant la réunion d'équipe organisée par Patrick pour préparer notre prochain évènement. Tout le monde est sur le qui-vive, ce qui donne à l'agence l'air d'une immense fourmilière où les ouvrières s'agitent dans tous les sens. Apparemment, je suis la seule à rester zen et à observer cette agitation d'un mauvais œil. Normal puisque je suis aussi la seule qui se fiche royalement des promotions, des responsabilités et du fait de monter en grade dans l'entreprise. La raison de tout ce remue-ménage est simple : Patrick s'apprête à annoncer le nom du responsable de l'organisation de l'avant-première ainsi que l'équipe qui l'assistera. Inutile de préciser que tout le monde souhaite gérer cette soirée pour le prestige qui lui sera associé.

Tout le monde sauf moi. Du coup, tous les employés se regardent de travers, se jugent d'un air mauvais, et tentent de grappiller des infos par-ci par-là quant à l'identité du futur chef de projet, ne manquant pas de vanter leur mérite au passage. Moi, je les observe en ricanant.

— J'ai particulièrement bien réussi mon dernier évènement. Par conséquent, je pense que ce serait logique que ce soit moi qui gère l'avant-première…

— Moi, j'ai le plus d'ancienneté, donc je suis le plus expérimenté pour mener ce projet à bien…

— Moi, j'ai déjeuné avec Patrick la semaine passée et il m'a confié que je ferais un excellent candidat, mes performances ont atteint des sommets récemment…

– Moi, je lui ai léché les bottes…

– Moi, je lui tire la révérence chaque fois qu'il passe devant moi…

– Moi, je suis le meilleur, il serait donc logique que…

Ils me fatiguent à radoter comme des prétentieux. Rien d'autre ne semble important à leurs yeux si ce n'est le succès et l'argent qu'ils pourront engranger pour s'acheter des voitures hors de prix ou faire d'autres achats statutaires destinés à montrer à la face du monde leur richesse et leur pouvoir. Pauvres types. En ce qui me concerne, je deviens profondément allergique aux mots tels que « performance », « résultats », « productivité » et « mérite ».

Quand Patrick franchit les portes de la salle de conférence, tous les bavardages cessent d'un coup. Le silence qui règne dans la pièce est terrifiant, épais, brumeux. Patrick branche son ordinateur au projecteur sous les yeux des employés impatients et commence la présentation du projet devant un parterre de collaborateurs pétrifiés, feintant d'être attentifs alors que tout ce qu'ils attendent est la proclamation du chef de projet.

L'avant-première du film promet d'être énorme. Gigantesque. Un évènement pour 500 personnes dans l'un des plus grands cinémas des Champs-Élysées avec toute la presse spécialisée. Chouette, n'est-ce pas ? Il y a encore mieux ! Si, si, je vous le jure ! Les deux vedettes du film, Ashton Kutcher et Lizzie McLane, seront présentes à la soirée. Des vedettes ! Là, en plein milieu de Paris. J'ai beau ne pas aimer ce travail, il faut que je participe à cette soirée. Imaginez comme ce serait le pied de porter une robe de cocktail dessinée par un grand couturier. En plus, une telle robe me changerait de ces fichus tailleurs de pingouins. Puis, si je fais boire suffisamment de champagne à Ashton, je pourrais profiter de lui en toute impunité ! Cette soirée m'ouvre des possibilités de plus en plus intéressantes. Mais je ne me fais pas trop d'illusions quant à ma participation au projet puisque les avides requins qui m'entourent possèdent davantage d'expérience et que, contrairement à moi, ils tueraient père et mère pour diriger ce projet.

Quant à moi, je n'ai aucune envie d'être la responsable en titre, car un tel poste demande un investissement beaucoup trop conséquent. Rentrer à 23 h pour repartir à 6 h 30 du matin, non merci, je préfère prendre des rendez-vous avec mon lit plutôt qu'avec une super production hollywoodienne. Par contre, si Ashton souhaite me voir plus souvent, il y a moyen de s'arranger. Tout ce que j'ambitionne, c'est d'occuper un poste d'assistante dont mes seules fonctions consisteraient à appeler l'acteur pour m'assurer qu'il a reçu une bouteille de champagne à son hôtel et accessoirement le raccompagner le soir pour la déguste avec lui. Lorsque Patrick aborde les questions budgétaires et le programme, je suis davantage absorbée par les restes de mon vernis à ongles fuchsia, que je tente de retirer en l'arrachant par morceaux, que par l'annonce du chef de projet.

— Léane !

Je me sens prise en faute et me prépare à me faire engueuler devant tous mes collègues. Qu'est-ce que j'ai loupé ?

— Oui ?

Je regarde en l'air.

— Alors, qu'est-ce que tu en penses ?

Qu'est-ce que je pense de quoi ? Du projet, de ma coupe de cheveux ou d'Ashton ? Je reprends mes esprits et prends ma voix la plus professionnelle.

— Le projet a l'air très intéressant.

— Tu es d'accord ?

Je me sens à côté de la plaque. Fichu vernis à ongles. Bon, je ne risque rien après tout.

— Oui, oui, tout à fait, je suis d'accord.

— Bien, la réunion est terminée. Merci à tous d'être venus. Léane, si tu as besoin d'aide, viens me voir dans mon bureau. Je suis conscient que c'est un boulot titanesque, mais tu y arriveras !

Il me tend un énorme dossier. Non ! Il ne veut pas dire que… non ! Ce n'est pas possible. Mes collègues me lancent des regards noirs. Merde ! Je suis cheffe de projet et… je vais mourir, sûrement assassinée par mes collègues à la sortie du travail.

Je retourne à mon bureau, complètement sous le choc de cette annonce inattendue, sans la moindre force pour refuser cette fonction. Je consulte mes courriels dans l'espoir de me changer les idées un court instant. Raté. Plus de 22 messages attendent déjà une réponse de ma part. Ils sont tous de Patrick et concernent la soirée de l'avant-première. Tous, sauf un.

Je l'ouvre, légèrement stressée.

Je n'arrête pas de penser à toi depuis notre nuit aux Diablerets. Tu m'excites tellement. Tu portes quoi comme sous-vêtements ?

Je sors ce soir au VIP Room. Rejoins-moi là-bas, tu connais l'adresse.

XXX Mat

Je reste devant son message sans pouvoir bouger. Mais qu'est-ce qui m'a pris de succomber à ses charmes encore une fois ? Une vague de tristesse me submerge. Je ne sais pas comment aller de l'avant. Patrick me tire de mes pensées en faisant irruption dans mon bureau. Il faut que je prenne un air sérieux et que j'abandonne ma mine de merlan frit.

— C'est bon, tu as lu le dossier ? s'informe-t-il.

Bien sûr, je lis plus vite que mon ombre. Cent pages à consulter en 10 minutes, je le fais les doigts dans le nez ! Vite, un petit mensonge, je pourrai toujours me rattraper ensuite.

— Oui, c'est tout bon.

Je tente d'ouvrir le dossier en cachette sous la table.

— OK, j'attends la liste des invités et des journalistes demain matin. Il nous reste deux mois, j'ai déjà bien avancé sur le projet, il faut juste peaufiner les détails. Tu as des questions ?

Au moins un milliard ! Qui dois-je inviter, que vont-ils manger, quel hôtel dois-je réserver ? Qu'est-ce qui a été fait ? Si je me suicide, est-ce qu'il y aura des gens à mon enterrement ? Dans l'optique où je me suicide vraiment, y a-t-il une vie après la mort ? Parce si je survis à cet évènement, ce sera un véritable miracle. Si je foire, ce sera peut-être l'occasion de me faire virer. Ha. Après, je ferai quoi ? Puis, rien que pour me tenir au bras d'Ashton Kutcher, je tenterai d'organiser de mon mieux cette avant-première, même si le jeune acteur reste ma seule motivation.

— Euh, non, ça va aller.

— Léane, ça ne doit pas juste « aller ». Nous devons cartonner. Il y aura tous les plus grands journalistes de la presse, les acteurs, la production du film. Le gratin hollywoodien sera à Paris, nous ne pouvons foirer ne serait-ce qu'un détail de cette avant-première. Tu dois assurer, j'ai été assez clair ?

— Oui, Patrick, très clair.

Il sort de mon bureau d'un pas assuré tandis que je profite de son absence pour me laisser aller à mon profond désespoir. Je baisse la tête et m'effondre sur mon clavier d'ordinateur. J'ai envie de pleurer. Quand je me relève, près de 10 minutes plus tard, je sens que j'ai les lettres de mon clavier imprimées sur la peau. Pour contrer ma subite baisse de moral, je sors une barre chocolatée de mon tiroir et mords avec avidité dans le chocolat au lait avant de me rendre à l'évidence… je ne vais pas mieux. Comment vais-je m'en tirer cette fois-ci ? J'ai envie d'une vodka bien tassée. D'une cigarette, aussi. Même si je ne fume pas. Bon, je me ressaisis et ouvre le document Excel pour poursuivre la liste des invités amorcée par Patrick et ouvre le fichier presse de Peps qui recense tous les journalistes par médias (presse écrite, télé et radio) et par titre. Le travail qui m'attend est titanesque. À 21 h 40, je suis toujours sur ma foutue liste d'invités et je connais la plupart des noms de journalistes par cœur. Tant pis pour ce soir, j'abandonne, sinon je risque de piquer une crise et d'envoyer un courriel d'insultes à tous les journalistes. Une fois mon fichu fichier refermé, je file rejoindre Mathieu en ville. Je me hais. Enfin, comprenez-moi, j'ai besoin de me détendre et je sens que si je rentre chez moi directement, je risque de dévaliser mon réfrigérateur puis de me suicider avec des biscuits.

Une fois dans le club, je fonce tout droit au bar et commande une vodka-pomme que j'avale presque cul sec. Je réclame ensuite au barman de me servir un mélangeur de Sex on the Beach bien tassé, je me verse trois doses à la suite et commence à me détendre. Oublie le boulot Léane, détends-toi, ça va aller. Tu peux réussir à gérer ce fichu évènement (*tu vas voir ASHTOOON*, me répété-je comme une litanie pour me donner du courage), tu n'es pas plus bête qu'une autre.

Je cherche Mathieu du regard et l'aperçois en train de danser collé serré avec une brune torride de l'autre côté de la piste de danse. *M'énerve*, me dis-je en rongeant mon frein. Quoique, après réflexion, je crois finalement que je suis plus bête qu'une autre. En effet, qui viendrait se fourrer dans un tel guet-apens orchestré par son ex-copain ? Il me manque une case. Après trois autres doses, j'arrête de me poser des questions et peste à voix haute contre Mathieu, qui se trémousse toujours comme un beau diable sans même se donner la peine de me chercher dans la boîte de nuit. Quel culot de m'inviter et de draguer outrageusement une autre femme ! Nous avons beau être séparés, ce fait sans grande importance pour lui n'est pas une raison suffisante pour lui permettre de se conduire comme un con. Mon sang ne fait qu'un tour et je fonce vers eux, bien décidée à provoquer un scandale. Parvenue à leur hauteur, je tapote l'épaule de la fille et lui chuchote quelque chose à l'oreille. Elle regarde Mathieu, horrifiée, et lui balance la plus monumentale gifle que j'aie vue de ma vie. Je l'observe alors qu'il porte sa main à sa joue et insulte la brune d'un air énervé pendant que celle-ci quitte la piste d'un pas rapide. Dans ma tête, un petit combat se livre quant à l'attitude à adopter par rapport à Mathieu, qui me jette un regard assassin.

1) Jouer la fille totalement indifférente. Garder mes distances et faire comme si je n'étais absolument pas blessée par son attitude alors que j'ai mal au cœur à en crever.

2) Tout simplement me barrer sur-le-champ et montrer que je ne tolère pas ce comportement. Soit une attitude que je n'ai jamais osé mettre en pratique.

Vas-y, Léane, choisis, là, maintenant. TOUT DE SUITE ! Nom d'un chien, je suis une loque. Je ne bouge pas, mes muscles sont atrophiés, j'ai l'impression d'être paralysée. Mathieu me fixe comme si j'étais une débile profonde.

— Non mais c'est quoi ton problème ?

Je ne réponds pas. Je lâche le mélangeur et tourne les talons pour m'enfuir en courant. Mathieu me talonne et m'empoigne par le bras.

— Léane, c'est quoi ton foutu problème ? crie-t-il.

Je le regarde, les larmes aux yeux.

— C'est toi, Mathieu, mon problème.

Je me libère brusquement et fonce vers la sortie de la boîte. Je ne peux retenir mes larmes plus longtemps et pleure comme une gamine en rentrant chez moi. J'en n'en peux plus de ce petit jeu. Il me tue. Il. Me. Tue.

Chapitre 8

Pétage de plombs

Je l'ai trop aimé pour ne point le haïr.
— Jean Racine

Quel enfoiré ! Quel petit merdeux ! Quel connard international ! Mufle, goujat, malappris, triple buse ! Je le hais, je le méprise, je souhaite qu'il attrape la peste bubonique, qu'il choppe l'éléphantiasis ou qu'il s'étrangle avec son whisky pur malt ! Je VEUX qu'il disparaisse de ma vie, qu'il retourne en enfer avec son pote le Diable et qu'ils élaborent des plans pour rendre la vie impossible à de gentils êtres humains comme moi (oui, je suis une personne gentille ; chiante, gourmande et rêveuse, mais gentille !) loin de mon existence. Bref, je ne le comprends pas. Pourquoi est-il aussi méchant ? Pourquoi s'acharne-t-il à me rendre folle ? Je donne un coup de pied rageur dans une poubelle qui tremble dans un boucan de vieille ferraille, emplissant le silence de la nuit.

Aïe, ça fait mal.

Mon orteil est tout endolori et une fois la colère et l'incompréhension passées, une vague de tristesse me submerge et me plonge dans un profond désespoir.

Chapitre 9

Un message qui remonte le moral ! Ou pas...

L'attente est en proportion du bonheur qu'elle prépare.
— Michel Dupuy

Une fois au lit, impossible de dormir, je n'arrête pas de sangloter dans mon coussin ; un filet de bave à la lèvre et de la morve au nez, je renifle et me mouche encore une fois. Même si je souhaite de toutes mes forces passer à autre chose et laisser derrière moi cette partie de ma vie, j'ai l'impression d'attendre que Mathieu prenne une décision, mette le point final. J'ai besoin qu'il me parle, qu'il m'avoue ses sentiments s'il en a ou qu'il me rejette une bonne fois pour toutes.

Pourtant, je me sens incapable d'agir, que ce soit d'amorcer la discussion ou de lui dire que tout est définitivement terminé. J'attends qu'il le fasse parce que j'ai encore besoin de ce lien qui nous unit. J'ai besoin de compter pour lui, même si j'ignore de quelle manière il me considère. Ni de quelle manière il considère notre relation.

Impossible de dormir malgré la fatigue. J'ai l'impression de ne plus avoir besoin de dormir tant mon corps et mon cœur me font souffrir. Je me relève et constate avec agacement que ma valise de la consolidation d'équipe de l'autre jour se tapit toujours dans son petit coin. Bon, autant me rendre utile et ranger vite fait bien fait mes vêtements de montagne. De le faire remettra peut-être de l'ordre dans ma tête.

Les trois quarts des vêtements rejoignent directement le panier à linge après un rapide examen constitué d'un reniflement des aisselles de mes chandails. Je vide les poches de mes pantalons machinalement quand je tombe sur un petit morceau de papier chiffonné. Je ne suis même pas capable de garder mes poches de jean propres. Je m'apprête à jeter la petite feuille quand un doute s'empare de moi. Ce serait trop bête de balancer quelque chose d'important.

Je le déplie lentement.

Je ne reconnais pas l'écriture…

Puis, je remarque la signature apposée tout en bas.

Comment ai-je pu oublier ?

Je me souviens pourtant de tout : des glissades dans la neige, du contact de sa main sur la mienne, de ses lèvres sur ma joue, de sa douceur, de sa tendresse.

Un sourire s'étale sur ma figure au fil de ma lecture.

Comment te dire que tu m'inspires,
Comment te dire que tu m'enivres,
Je crois que j'aurais besoin de toi pour illuminer ma grisaille parisienne.
Appelle-moi : 06 37 25 36 05
Stéphane

Je souris et malgré l'heure tardive, saisis fébrilement mon portable. Je renifle encore et me mouche une dernière fois pour éviter de salir mon iPhone puis je compose un message. Un message porteur de beaucoup de sens pour moi et de beaucoup trop d'espoir, comme je le comprendrai par la suite. Sur le moment, ce texto me semblait être une excellente idée.

> *Stéphane, merci pour ces magnifiques moments, tu as redessiné un sourire sur mes lèvres. D'ailleurs, j'aurais aimé rester sur les sommets enneigés juste pour pouvoir observer le lever du soleil avec toi. Puis, j'aurais aimé que tu m'apprennes à jouer au hockey, je suis sûre que j'aurais été très douée. Appelle-moi, je t'offrirai une bière dans le Marais à la hauteur de celles que nous avons bues à la patinoire !*

Je vais me coucher, le moral légèrement en hausse. Mais un sentiment bien connu m'assaille : l'angoisse. Désormais, la balle n'est plus dans mon camp, j'ai joué ma carte et relancé la balle. Pire ! À partir de maintenant, j'attends sa réponse.

• • •

Le lendemain matin, je me rue sur mon portable, excitée comme une puce. J'ai l'impression d'être le matin de Noël ! Je saisis mon portable, regarde l'écran et… l'écran est vide. Comment, vide ? Pas possible, je ne suis pas encore réveillée. Je fais semblant de n'avoir rien vu, repose le portable puis je regarde à nouveau mon téléphone. Toujours rien. Ce doit être une erreur. Il faut que j'appelle mon fournisseur de service, car de toute évidence, mon abonnement ne fonctionne pas comme il le devrait et je ne reçois pas les messages ! J'ai envie de crier au scandale. Non, l'idée que Stéphane n'ait tout simplement pas répondu ne m'a pas effleuré l'esprit une seule petite seconde. Non, pas une. Ce n'est pas une option.

• • •

La semaine s'écoule sans que je reçoive de nouvelles de Stéphane. Ni de Mathieu d'ailleurs. Après la soirée catastrophique en boîte de nuit où j'avais glissé à cette fille que Mathieu était marié et père de six enfants, je m'attendais au moins à ce qu'il s'excuse par texto pour m'avoir crié dessus. Puis, après mon message particulièrement spirituel destiné à Stéphane, je m'attendais au moins à une réponse de sa part.

Après avoir effacé le numéro de Stéphane de la mémoire de mon téléphone dans une crise de rage, je balance son petit mot dans la cuvette des toilettes et tire la chasse d'eau. Pourquoi m'avoir écrit si c'est pour m'ignorer par la suite ? Je ne sais plus quoi penser. Heureusement, pour une fois, je suis ravie de devoir me dévouer corps et âme à mon travail, cet engagement m'évite de cogiter sur ces mecs qui n'en valent pas la peine.

• • •

Avec cette avant-première à préparer, je consacre la plupart de mon temps à son organisation et je n'ai plus une minute à moi. Ma liste d'invités est prête, les meilleurs journalistes sont conviés à la soirée, des personnalités françaises seront présentes pour appâter les paparazzis et nous assurer une visibilité dans les magazines, et la présence des deux vedettes du film a été confirmée par leurs agents respectifs. Moi, je ne pense qu'à une seule chose : je vais voir Ashton

Kutcher. JE VAIS VOIR ASHTON KUTCHER. Ha, ha ! Je suis presque hystérique à l'idée de rencontrer l'un des acteurs américains les plus séduisants de sa génération. Bon, j'aurais beaucoup aimé m'occuper de Ryan Gosling ou de Ryan Reynolds, mais l'ancien petit ami de Demi Moore est quand même diablement craquant. Seul petit point négatif dans ce beau tableau : le programme que j'ai établi pour ma chaîne YouTube va sérieusement en prendre un coup. Pour la première fois de ma vie, je me sens vraiment douée pour quelque chose. Mieux, j'adore m'en occuper, je suis complètement dépendante. Impossible de ne pas m'y connecter quand je rentre du bureau pour répondre aux commentaires et préparer mes futures chroniques.

Depuis quelques mois, ma chaîne est devenue une véritable plateforme d'échanges où on me demande des conseils beauté et des avis de lecture. En plus, le nombre de visiteurs ne cesse de grimper à tel point que j'ai repris confiance en mes qualités de chroniqueuse. Les statistiques du nombre de vues ont explosé à la suite de mon passage en direct aux Diablerets et j'ai récolté de nombreux commentaires positifs qui m'ont beaucoup encouragée. Ah, si seulement je pouvais réaliser mes vidéos à temps plein au lieu de me coltiner des feuilles Excel auxquelles je ne comprends toujours rien, je serais la femme la plus heureuse du monde !

Chapitre 10

Je veux croquer du Ashton!

Le sex-appeal, *c'est pour 50 % ce que vous avez, et pour 50 % ce que les gens pensent que vous avez.*
— Sophia Loren

Le jour de l'avant-première approche à grands pas et le stress me gagne au fur et à mesure que le calendrier avance. Pour me changer les idées, je m'autorise régulièrement des pauses-café au Starbucks de l'Opéra avec Tessa. Je ne sais pas pourquoi, mais la crème fouettée de mes frappuccinos possède des vertus curatives et semble soigner tous mes maux. Ainsi, nous prenons une petite heure sur nos horaires de fou pour râler sur nos emplois respectifs et sur les mecs, ce qui donne à peu de choses près des conversations de ce type :

— Je hais mon travail, commencé-je en pestant.

— Moi aussi.

— Je déteste Patrick.

— Je déteste ma collègue.

— Je hais les mecs, Mathieu et Stéphane.

— Idem. Enfin, je les hais tous les deux parce qu'ils ne sont pas fichus de t'apprécier, me réconforte Tessa.

Je la regarde et lui souris, touchée par sa gentillesse. Je trifouille le fond de mon café dans l'espoir de récupérer une cuillère de crème parce que j'ai besoin de sucre, mais il faut me rendre à l'évidence : il n'y a plus rien. Non… car qui dit café *finito* dit boulot illico. Pour changer, la motivation n'est pas au rendez-vous. Tessa observe mon petit manège.

– Ils n'en valent pas la peine.

– Je vais tenter de me rabattre sur Ashton. Je te jure que dès que je le vois, je lui saute dessus.

– Rêve, ma biche. Il sera accompagné de ses gardes du corps et d'une actrice qui pèse deux fois moins que toi et qui possède des seins deux fois plus gros. Oui, c'est injuste. Sans compter qu'elle gagne plus d'argent en un jour que toi en un an…

– Oh, arrête ! Tu n'as pas de mots bienveillants qui pourraient éviter de me donner envie de sauter sous un camion ou de m'étouffer avec un bretzel ? protesté-je, déprimée.

– Nan, désolée. Je suis à court d'attitude positive. Mes réserves sont épuisées. Puis, puisque tu ne veux pas m'inviter à cette foutue avant-première, je ne vois pas pourquoi je devrais te sauver la vie !

Elle me fait un clin d'œil complice.

– Même avec tes clins d'œil séduisants, tu n'auras pas d'invitation, ma belle. Je n'ai pas le droit de convier une copine journaliste qui connaît toute ma vie et mes plans ultra-secrets concernant Ashton à cette soirée ultra-archi-importante !

Tous les potins que je n'aurais jamais dû raconter à quelqu'un ne travaillant pas à l'agence du même coup. Pourtant, j'aurais adoré avoir Tessa à mes côtés pour déguster des coupes de champagne tout en draguant Ashton. La soirée prendrait à coup sûr une tournure paradisiaque. Mais je sais pertinemment que mon programme se cantonnera à courir sur des talons de 10 cm dans tous les coins du cinéma pour répondre aux sollicitations des invités et du personnel, avec une oreillette et la peur au ventre, redoutant une catastrophe, comme Lizzie qui s'étouffe avec une cacahuète.

La pause-café terminée, je file chez Peps pour retrouver mes feuilles Excel. Au bureau, c'est le stress total. Le jour J approche à grands pas et ces deux mois ont filé à vitesse grand V. J'ai bossé avec Patrick, j'ai sué, j'ai beaucoup pleuré et j'ai englouti des tonnes de glace. Mais l'évènement est sur pied et je n'attends qu'une seule chose : qu'il se termine pour retrouver la sérénité. Ainsi que ma chaîne. Pourtant, si j'avais su ce qui allait se passer, j'aurais peut-être mis encore plus de cœur à l'ouvrage. J'aurais peut-être bu moins de champagne aussi…

Chapitre 11

Veille du jour, le stress va me bouffer toute crue

Ce sont les évènements qui commandent
aux hommes et non les hommes aux évènements.
— Hérodote

Je suis stressée. Pire, je sens la panique se répandre en moi et des gouttes de sueur glacée glisser dans mon dos. Je vois ma dernière heure arrivée, mon cœur s'emballe, je distingue une lumière blanche et… ah non, c'est juste la lumière du couloir qui vient de s'allumer à cause de Patrick. Sur ce coup-là, nous sommes deux fidèles compagnons de galère et tentons de ne pas couler sur notre bateau. Accoudée à mon bureau, je vérifie scrupuleusement la liste des invités en parcourant la feuille Excel. Je vois les petites cases en double tellement je suis épuisée, mais peu importe, tout doit être absolument parfait. Patrick me l'a suffisamment répété, à peu près 15 fois par jour depuis qu'il m'a nommée cheffe de projet. Tant et si bien que j'ai réussi à me convaincre que cet évènement allait être LA soirée de l'année. Je n'ai pas le choix, je dois tout donner.

Les enjeux sont colossaux, les sommes investies, exorbitantes et la publicité que l'agence pourrait en retirer représente une occasion fantastique. En effet, grâce à la présence des vedettes américaines, les plus importants journalistes des tabloïdes et du cinéma se bousculeront au portillon, faisant de cet évènement la soirée la plus médiatisée de l'histoire de Peps.

J'ai reçu ce matin même la confirmation des agents de Lizzie McLane et d'Ashton Kutcher m'informant qu'ils avaient bien pris l'avion à l'aéroport de Los Angeles. Les deux vedettes seront bien là demain pour promouvoir leur dernière comédie romantique, *For Eternity*, déjà numéro un au box-office américain. Je commence dès lors à me détendre avant de remarquer un détail curieux. Mais, c'est quoi ce gâchis ?

J'avais commandé depuis plusieurs semaines une magnifique limousine 11 places avec à son bord du champagne, des médicaments anti-décalage horaire et les douceurs préférées des deux vedettes, dont des M&M's desquels je dois encore enlever un par un les bleus, car la starlette ne supporte pas cette teinte, afin de faciliter le transfert jusqu'à leur hôtel. Le rendez-vous prévu à 17 h à l'aéroport Roissy-Charles de Gaulle était pris depuis plusieurs semaines, mais assise devant mon ordinateur, je reçois un courriel de Patrick qui chamboule mon programme réglé à la minute, me forçant à mettre de côté les paquets de M&M's que j'avais achetés pour Lizzie.

URGENT : Léane, merci de commander une seconde limo pour l'aéroport, je compte sur toi, nous ne pouvons pas foirer.

Sans blague. C'est un véritable comique, mon patron. Le temps qu'il m'écrive son courriel, il aurait eu le temps d'appeler notre société de location de voiture pour résoudre le problème. Mais non, il aurait été trop bête de me laisser tranquillement trier les M&M's de madame McLane ! Je saisis mon téléphone avec toute la mauvaise volonté dont je suis capable et appelle la société Big Limo. Mais je raccroche juste avant d'entendre leur pimbêche de secrétaire me seriner que son patron est injoignable alors qu'il déguste un cognac en lisant des magazines de charme, car un détail curieux m'intrigue. Pourquoi donc faut-il deux limousines ? Les coûts pour une voiture de luxe 11 places représentent une petite fortune. Je décide d'éclaircir ce point épineux et appelle Patrick pour être certaine qu'une deuxième voiture est indispensable. Après tout, les deux vedettes possèdent sûrement un ego capable de coopérer le temps d'un transfert d'une petite demi-heure.

— Patrick, j'ai bien reçu ton message, mais je me demandais pourquoi Lizzie et Ashton ne peuvent pas prendre la même limo alors qu'ils arrivent en même temps. Ils sont à bord du même vol, j'ai réservé les places en classe affaires moi-même.

— Oh, c'est juste une question de confort.

Je sens à des kilomètres que mon patron me ment. J'ai un sixième sens pour ces choses-là.

— Mmmh, Patrick, je peux presque sentir ton nez s'allonger depuis l'autre bout du téléphone ! Si tu ne souhaites pas que je commette une gaffe, tu ferais mieux de me confier de quoi il retourne exactement.

— Bon, tu as raison. Mais promets-moi de tenir le secret, les tabloïdes ne doivent se douter de rien, sinon ce sera la catastrophe.

— Pourquoi tu fais tant de mystère ? Le transfert ne dure qu'une trentaine de minutes jusqu'à l'Hôtel Napoléon.

Ils ont passé plus de neuf mois à se bécoter et à jouer les amoureux pour le film. Alors, c'est quoi le problème ?

Je perçois son hésitation. Allez patron, crache le morceau, ce n'est tout de même pas si horrible. Il finit par avouer. Je crois que j'aurais préféré qu'il ne dise rien.

— Les deux pseudotourtereaux ne peuvent même pas se voir en peinture. Ils se détestent. Il paraît qu'ils se faisaient les pires crasses lors du tournage et que ç'a failli mal tourner. La robe de Lizzie a pris feu à cause d'Ashton qui voulait juste plaisanter avec une bougie. Sans l'intervention rapide de l'équipe technique, elle ne tournerait plus de films, crois-moi.

— Tu plaisantes, ce n'est pas possible ! Dis-moi que tu plaisantes, Patrick. Ce n'est pas sérieux ?

Quel sens de l'humour il a, mon patron ! Un vrai petit clown.

— C'est un détail. Tu vas pouvoir gérer Léane.

Il me raccroche au nez. *Non, non, non, ce n'est pas possible, même pas envisageable une seule seconde !* Je travaille d'arrache-pied pour cette fichue soirée depuis des mois et elle risque d'être gâchée par un petit « détail » ? C'est, au contraire, un énorme problème pour la soirée parfaite que je tente d'organiser. Tout, je dis bien ABSOLUMENT tout, doit se dérouler sans heurts. Le fait que les deux vedettes se détestent risque de causer quelques problèmes.

Misère ! Les deux suites que j'avais pris soin de réserver à l'hôtel se situent côte à côte, par conséquent, cette histoire pourrait virer au carnage avant même que les vedettes n'arrivent au cinéma. Je stresse de plus en plus et j'ai le trouillomètre qui franchit un nouveau palier quand j'appelle la société Big Limo pour réserver la seconde voiture.

Chapitre 12

La soirée de ma vie!

Dans toutes les existences, on note une date où bifurque la destinée, soit vers une catastrophe, soit vers le succès.
— La Rochefoucauld-Doudeauville

Jour J : je vais mourir

À cause du prestige de la soirée, Patrick a demandé à l'équipe de porter des vêtements chics et de faire honneur au sens de la mode parisienne. Basta les tailleurs mornes et gris, vive les robes de grands couturiers! Il m'a ainsi confié la carte de crédit de la société pour que j'aille faire les boutiques en ville. Il ne sait pas ce qu'il risque. Je m'évade donc sur les Champs-Élysées dès les premières lueurs de l'aube après une nuit sans sommeil. *Détends-toi, Léane, tout est prévu, tout est réglé.* Enfin, sauf cette histoire de vedettes qui vont s'étriper pendant ma soirée parfaite!

Je descends du métro numéro un à l'arrêt Charles de Gaulle Étoile et profite un instant de la vue imprenable sur l'Arc de Triomphe avant de fouler la plus belle avenue du monde sous une fine pluie de printemps en chantonnant *Aux Champs-Élysées, padadada…* pour me détendre, mais mon stratège ne fonctionne pas. Le printemps fleurit sur l'avenue, les oiseaux gazouillent malgré la bruine légère qui fouette les pavés et les bourgeons timides peinent à développer leur tendre secret sans la chaleur du soleil. Ah, ce que j'aimerais me promener le nez en l'air, humant l'odeur du goudron humide avec pour seule préoccupation la chronique que je compte filmer !

Mais ce n'est pas dans mes plans, contrairement à l'achat de ma robe. Je vais régler cette histoire en 10 minutes avant de filer au cinéma qui se trouve à quelques centaines de mètres, histoire de vérifier que les meubles ambiance loft sont bien arrivés et que l'aménagement des buffets est achevé.

Lorsque je débarque dans la boutique d'Yves Saint Laurent située à la rue du Faubourg Saint-Honoré, j'ai la vague impression d'être une impostrice. Je me sens comme Julia Roberts dans *Une jolie femme* au moment où elle franchit la porte des magasins de luxe d'Hollywood. Je suis un petit parasite, une fausse riche qui vient s'offrir une robe bien au-dessus de ses moyens.

Patrick a précisé « une robe chic et chère ». Bon, il a ajouté après qu'on la revendra lors d'une vente privée, mais je ne compte pas céder ma robe aussi facilement, faut pas pousser mémé dans les orties tout de même.

Une fois à l'intérieur de la boutique de luxe, un sentiment de malaise me saisit alors que je regarde les immenses murs boisés crème. Les vendeuses me passent en revue en regardant mon tailleur, mes chaussures et mon sac à main, jugeant et évaluant allégrement les moindres pièces de ma garde-robe.

— Bonjour, me lance une petite blonde aux cheveux courts. Puis-je vous être utile ?

— Oui, volontiers. Je cherche une robe de soirée pour un évènement qui a lieu ce soir.

— Quel type d'évènement ? fanfaronne-t-elle d'un air de dédain en me regardant comme si j'étais une idiote.

Mais, qu'est-ce que le type d'évènement peut bien changer ? Une robe, c'est une robe non ? Il semblerait que l'art subtil des robes de soirée haute couture m'échappe et que les vendeuses comptent bien me le faire savoir.

— Disons le type d'évènement dans lequel il y a des gens importants, des journalistes, des acteurs, un film.

Le visage de la fille se fige. Sa bouche s'entrouvre et ses yeux s'écarquillent. Mon Dieu, est-elle en train d'avoir un malaise ? Il ne semble pas puisqu'un son finit par sortir de sa bouche.

— Ne me dites pas que…

— Que quoi ? Vous allez bien, vous êtes toute blanche ?

Là, la vendeuse pousse un cri perçant qui me vrille les oreilles.

— Ne me dites pas que vous allez à l'avant-première qui a lieu au cinéma sur les Champs-Élysées !

— Si, j'y vais. Enfin, c'est encore plus compliqué, disons que je dois l'organiser et que j'ai vraiment besoin d'une tenue adéquate, sinon je vais me faire étriper par mon patron et je me prendrai la honte de ma vie devant des vedettes.

— Dites-moi, c'est vrai qu'Ashton Kutcher sera présent ?

— Peut-être bien… mais comment savez-vous que…

J'ai à peine terminé ma phrase que la vendeuse appelle du renfort.

— Véronique, amène-moi diverses tenues de soirée et des robes de cocktail, Cendrillon va au bal ce soir !

Elle me regarde de haut en bas avant d'ajouter :

— Un 38 s'il te plaît et apporte un café pour mademoiselle, elle aura besoin d'énergie. Vous allez être sublime !

Nous allons vous trouver exactement ce dont vous avez besoin. Suivez-moi.

Elle me fait un clin d'œil complice et m'installe dans un petit salon d'essayage privé, une jolie pièce crème également et décorée de plantes et de fleurs colorées.

Dix minutes plus tard, Véronique et ma nouvelle copine Magalie (c'est inscrit sur son badge) arrivent en tirant un portant sur lequel sont accrochées cinq magnifiques robes. J'ai du mal à croire que je suis vraiment dans la boutique d'Yves Saint Laurent, sur le point d'acheter une petite merveille à un prix d'or. Enfin, Peps est sur le point de payer une robe de folie à une employée qui ne compte pas faire ses vieux jours à l'agence, mais il s'agit d'un détail que personne ne sait encore. Je me demande quand j'aurai enfin le courage de démissionner lorsque je suis interrompue par Magalie.

— Laquelle souhaitez-vous essayer en premier ? Je vous suggère la robe jaguar en satin. Elle est sublime, très contemporaine, très animale, me déclare-t-elle, une lueur de folie dans le regard.

— D'accord, si vous le dites ! Alors, c'est parti.

J'entre dans la cabine de la taille de ma chambre à coucher et me dévêts en tentant d'éviter de regarder mes cuisses à la lueur des lampes assassines. Je mets la robe doucement en prenant garde à ne pas abîmer le tissu fragile puis je m'observe dans la glace, sceptique. Je ressemble à Jane, la femme de Tarzan. Grrr. Ne comptant pas me balancer sur une liane et crier dans la jungle, je préfère choisir quelque chose de moins sauvage et de plus conventionnel. Je ressors en tendant le vêtement à Magalie.

— Elle est magnifique, mais j'aimerais une tenue, disons, moins… originale. J'oserais aussi vous demander un second café. Je crois que j'en aurai besoin pour la soirée qui s'annonce.

— Très bien, je vous l'apporte tout de suite.

Il n'y a pas à dire, c'est le pied de se faire chouchouter de la sorte. Dire que ce soir, les rôles seront inversés et que je me retrouverai à faire des courbettes en grognant sur tous les invités derrière leur dos. Quelques minutes plus tard, un café fumant pur arabica est déposé dans ma loge. Je déguste le liquide brûlant d'une main tandis que j'essaie la seconde robe vert bouteille en mohair. Elle est jolie, mais je risque de mourir de chaud en courant partout si je la porte. Je décide de la retirer et essaie d'ouvrir la fermeture à glissière, mais malheureusement, elle a l'air coincée. Ne m'avouant jamais vaincue, je m'acharne et je tire dessus, mais ma main glisse sur le fermoir, envoyant un magistral coup de poing dans ma tasse de café. Le liquide brun éclabousse le mur blanc de la cabine dans un fracas de verre cassé. Quelle maladroite ! Je jette un coup d'œil rapide sur ma tenue en retenant ma respiration. Ouf ! La robe est sauvée. J'ai eu chaud ! Merde, je savais que ce fichu vêtement n'était pas fait pour moi. Je le sentais. Il n'y avait aucune connivence entre nous, pas la moindre étincelle, pas le moindre sentiment d'amour réciproque quand je l'ai aperçue sur le portant. Je me tortille pour apercevoir l'arrière de la robe en mohair en priant pour qu'elle n'ait pas subi les foudres de ma maladresse. Mon cœur manque un battement quand j'aperçois les dégâts dans le miroir. Une énorme tache de café recouvre l'ourlet du chef-d'œuvre et s'étale sur un diamètre de 10 cm. J'ai taché une robe Yves Saint Laurent. Je vais me faire tuer. Je ne verrai peut-être jamais Ashton. Je devrai rembourser les frais de teinturier. Enfin, si la robe se nettoie. Mais si ce n'est pas le cas, je devrai m'acquitter du prix de la tenue. Je dormirai sous un pont, car je deviendrai pauvre et…

— Alors, comment trouvez-vous ce modèle-ci ? C'est l'un des plus chers de la collection, mais il les vaut largement. Son tissu est d'une rare exception. Vous l'avez touché ? Il est tellement doux, tellement fluide, tellement volatile et tellement pur !

— Euh, oui en effet, il est merveilleux, articulé-je tant bien que mal.

Je vais mourir. Je dois trouver une solution. L'acheter et la porter telle quelle ce soir en prétendant que les taches sont à la mode ? Avouer la catastrophe et faire amende honorable ? Mentir et soutenir mordicus que la tache de café était déjà là ? Faire semblant de rien et rendre la robe à Magalie en priant pour qu'elle ne s'aperçoive de rien ? Si je la tends du côté propre en repliant légèrement l'arrière, il y a des chances pour que mon subterfuge fonctionne. Je retire le vêtement et me convaincs que l'étendue des dégâts n'est pas si catastrophique. Je tente de maîtriser ma main qui tremble alors que je rends fébrilement à travers la porte de la cabine la robe maculée de café à la vendeuse.

— Merci !

Vite, je dois l'occuper avant qu'elle n'ait le temps de regarder la robe. Il faut que je fasse diversion. Je prends l'air le plus hautain dont je suis capable et adopte un ton bourgeois.

— Magalie, pourriez-vous me donner la robe beige rapidement s'il vous plaît, le temps presse et j'ai encore mille choses à faire avant de recevoir Ashton, précisé-je en la fixant.

J'insiste bien sur le prénom Ashtoooon en écarquillant les yeux comme si je souhaitais l'hypnotiser ou, du moins, garder le contact visuel le plus longtemps possible afin qu'elle ne regarde pas la robe en mohair.

Pose cette robe sur le portant, vite. Vas-y, c'est bien. Pose-la. POSE-LA ! J'ai envie de crier victoire quand elle installe la tenue sur le portant. Ouuuuf.

Je respire. C'est toute guillerette que j'essaie la troisième robe, une pure merveille en soie beige caramel. J'en mangerais. C'est la bonne, je le sais, je le sens au plus profond de moi ! La longueur est parfaite, juste au-dessus du genou, et le tissu est léger comme un nuage. Points bonus : elle cache mes hanches et mes fesses et possède un décolleté discret mais séduisant. Ashton, prépare-toi, je suis parée !

— Je la prends ! déclaré-je, ravie de mon choix.

Vite que je paie et que je m'éclipse avant que Magalie ne remarque ma gaffe. Quand j'arrive à la caisse, la vendeuse a déjà emballé ma robe dans du papier de soie blanc nacré. Je sors la carte de crédit de Peps de mon portefeuille et la glisse dans la machine avec un petit sourire puis saisis le paquet griffé Yves Saint Laurent et sors du magasin en le serrant contre moi. Prochaine étape : vérification de la salle de cinéma. Alors que je me dirige vers les Champs-Élysées, je vois Magalie qui ressort en courant de la boutique, la robe en mohair dans les mains, tournant frénétiquement la tête de droite à gauche pour scruter la rue. Je suis déjà à plusieurs dizaines de mètres et accélère le pas. Je l'entends crier « Mademoiselle ! » alors que je tourne dans une rue et commence à courir ! Je ne m'arrête que lorsque je suis sûre et certaine que je ne suis pas poursuivie par Magalie. Je l'ai échappé belle cette fois, et c'est le cœur battant la chamade que j'arrive au cinéma Gaumont, le cinéma mythique des avant-premières de films. Je grimpe quatre à quatre les escaliers recouverts d'un tapis rouge soyeux (ne sait-on jamais, Magalie m'a peut-être suivie jusqu'ici) et entends une voix familière s'élever de la salle. Patrick est déjà sur place et s'amuse à terroriser tout le monde en criant « Et que ça saute, bande d'incapables ! » Ils bosseront plus vite selon lui. Moi, je reste sceptique quant à sa méthode. Mais quand je pénètre dans la salle, je suis ébahie par le spectacle. J'ai beau avoir conçu les plans et choisi la décoration, je trouve la pièce magnifique. Il y a un coin buffet avec des palmiers et des plantes tropicales, des canapés beiges et des tables basses signés Philippe Starck, et des affiches de tous les personnages du film *For Eternity*. Afin de donner un esprit zen à l'évènement et rendre hommage au film qui se déroule en Amazonie, nous avons installé des cascades géantes et des murs d'eau. Des chants d'oiseaux et des bruits de jungle seront diffusés durant la soirée entre les tubes de musique lounge et les succès du moment.

Alors que les techniciens sont en train de terminer les essais son et lumière, je crois que je me fais attaquer par un toucan. En fait, ce n'est que Patrick qui me tapote l'épaule. Enfin, Patrick avec un petit sourire sadique.

— Salut, Léane, prête à affronter la soirée de ta vie ?

— Oui, Patrick, tout va bien.

— Enfin presque tout. Tu n'es pas coiffée, pas assez maquillée et pas habillée.

Je tente de cacher mon sac Yves Saint Laurent. Trop tard, les yeux de Patrick s'arrêtent sur le paquet.

— Je vois que tu t'es fait plaisir, me lance-t-il d'un ton sévère.

– C'est pas faux. En même temps, tu m'as dit que je…

– Oui, tu devais t'acheter une robe haute couture, car je doute que tu possèdes une robe aussi luxueuse dans ton placard.

Ouille.

Oui, en effet et ce n'est pas avec mon salaire de misère que je pourrais m'offrir une tenue de cette valeur. En même temps, si c'est pour la porter devant ma télé en mangeant de la glace, je ne vois pas l'intérêt.

Je lance plutôt sobrement :

– Bon, je crois qu'il est temps que je file me changer et me préparer pour la soirée. Je te vois tout à l'heure.

Je file chez moi pour me préparer, stressée par la perspective des prochaines heures.

• • •

Quand je suis de retour, je marche péniblement sur mes escarpins noirs de 15 cm. Ce fichu talon n'est pas assez stable et j'ai l'impression de trottiner comme si j'étais bourrée. Je chaloupe de droite à gauche, la liste des invités dans une main et mon programme de la soirée dans l'autre, une oreillette coincée dans mon oreille, prête à mordre quiconque se pointera avec un problème à résoudre. Les deux vedettes du film sont arrivées à leur hôtel parisien sans s'étriper et leur arrivée est annoncée avec un retard d'environ deux heures.

Pour l'instant donc, tout est normal. Le calme avant la tempête.

Les journalistes et les photographes sont sur le qui-vive, prêts à foudroyer les acteurs et les producteurs hollywoodiens. Je suis extrêmement concentrée et parcours des kilomètres entre les différents postes stratégiques, écoutant attentivement, grâce à mon oreillette magique, les informations diffusées par mes collègues postés sur place : entrée, buffet, coin VIP, salle de cinéma, tapis rouge. Des groupies font le pied de grue devant l'entrée des Champs-Élysées, attendant fébrilement l'apparition de leurs idoles, des affiches à la main.

À ce stade de la soirée, c'est-à-dire relativement tôt, mes chaussures sont devenues de véritables engins de torture. Des cloques douloureuses se forment sur mes talons et entre mes orteils, provoquant des frottements douloureux, et chaque pas m'arrache une grimace même si j'essaie de plaquer un sourire sur mon visage dès que je croise un invité. Je tente donc de me concentrer sur des choses plus plaisantes, comme l'arrivée imminente de Lizzie McLane et donc, logiquement, celle d'Ashton Kutcher. Ma collègue qui se trouvait à l'hôtel Napoléon n'avait eu qu'un seul incident mineur à relater, quand Lizzie avait fait livrer à Ashton un plat de homard en le faisant passer pour du saumon. Enfin, ce geste altruiste et attentionné aurait pu paraître adorable si le jeune homme n'y était pas allergique.

— Léane, Lizzie McLane est annoncée, dépêche et fonce l'accueillir, me hurle Patrick dans l'oreillette.

Je vacille sur mes talons, pivote et fonce dans le sens opposé. Mon mini sac de soirée vibre violemment à cause de mon iPhone en mode silencieux. Mais qui tente de me joindre à ce moment inopportun ? La barbe, je n'ai pas le temps de m'occuper de mon iPhone tout de suite puisque je dois me rendre à l'entrée de toute urgence. Les flashs des photographes crépitent alors qu'une limousine noire entre lentement dans l'allée pile au moment où j'arrive.

La tension est palpable et l'équipe de sécurité se tapit dans un coin, prête à bondir au moindre problème. Je sens une goutte de sueur se former à la naissance de mes cheveux et dégouliner lentement le long de ma tempe tandis que la voiture s'immobilise à la hauteur des photographes. La portière s'ouvre sur une paire de jambes bronzées et sur des pieds portant une magnifique paire de Manolo Blahnik. Je suis jalouse à en crever. Des chaussures, soyons d'accord, pas de la rachitique jeune femme qui sort de la limousine : blonde peroxydée, mince comme un fil avec un hâle signé Sunset Tan, un sourire plaqué sur un visage de gamine gâtée et des dents blanches aussi éblouissantes que les nombreux flashs déclenchés par rafale dès que mademoiselle a pointé le bout de son nez. Ses chaussures. Il faudrait que je trouve un moyen de les lui piquer. Si je la fais boire suffisamment de champagne, je pourrais…

— Bonjour, Madame Dubois.

Oh, je ne l'avais pas vue venir, celle-là. Madame… je suis une madame. Qu'est-ce que je me sens vieille ! Je suis une vieille fille, célibataire et sans espoir, esclave de son emploi et profondément moisie. Ces pensées se bousculent dans ma tête alors que je me retourne pour tomber nez à nez avec une petite femme brune aux cheveux bouclés et à l'accent américain. C'est Julie, l'agente de Lizzie. Je suis en train de me demander comment font les Américaines pour avoir de si beaux cheveux brillants alors que les miens sont juste normaux lorsque je constate que je ne lui ai toujours pas répondu. Je me reprends et décide de redevenir une femme bien sage.

— Oh, bonjour, Julie ! Vous avez fait bon voyage ?

— Totalement épouvantable. Ils n'avaient plus de champagne en classe affaires, puis le transfert jusqu'à l'hôtel a été interminable. Vous auriez pu faire un effort, Léane, et trouver un palace plus près de l'aéroport ! Puis, Lizzie a trouvé un M&M's bleu dans sa coupelle, un vrai drame ! Elle a fondu en larmes en disant que le mal la poursuivait. Je regrette le manque de professionnalisme de votre équipe.

Moi, je regrette le manque de discernement de cette vieille harpie botoxée. Manque de professionnalisme, tu parles ! Je lui en foutrais moi du « manque de professionnalisme ». Qu'elle s'étouffe avec les M&M's bleus de sa protégée au lieu de m'emmerder pour un détail stupide ! Comme si je possédais le pouvoir de construire des palaces aux abords de l'aéroport. Malgré ma mauvaise humeur, je garde le sourire et je salue Lizzie, qui semble passionnée par son vernis à ongles vert pomme.

— Je suis désolée de ces petits désagréments, Julie, nous allons faire le nécessaire pour que le reste de votre séjour se déroule le mieux possible.

Je me tourne vers Lizzie, toujours absorbée par la contemplation de ses 10 doigts.

— Lizzie, j'espère que vous ne me tiendrez pas rigueur pour le M&M's bleu, j'ai quelques problèmes de daltonisme.

Évidemment, c'est un mensonge puisque les femmes n'en sont que très rarement atteintes, mais je me suis dit qu'en utilisant un mot compliqué et une anomalie oculaire, la jeune actrice se désintéresserait de la conversation et mon infâme erreur serait reléguée aux oubliettes.

Elle me regarde, répugnée, fait une moue de dégoût et après avoir demandé à son agente si c'était contagieux, s'éloigne chercher un Perrier gazeux. Les journalistes babillent tranquillement entre eux et les premiers invités bourrés marchant en zigzag à cause du champagne égaient les déplacements des convives. Je m'amuse follement à chronométrer le temps de parcours de certaines personnalités pour se rendre du buffet aux toilettes. Mais le spectacle est de courte durée, l'arrivée d'Ashton Kutcher semblant imminente. Je me prépare psychologiquement à affronter à nouveau les flashs, mais le simple fait de voir la vedette me rend folle de joie. Je vais voir Ashton Kutcher. JE VAIS VOIR ASHTON KUTCHER. En fait, je n'arrive toujours pas à prendre conscience que je vais lui parler, le toucher, enfin, je vais essayer… qui sait, avec quelques coupes de champagne et de la vodka bien dosée, mon plan peut marcher !

De plus, je dois, et c'est là l'une des missions clés de la soirée, le forcer à poser avec sa compagne dans le film, la jeune Lizzie. D'ailleurs, où est donc passée l'actrice ? Je ne la vois nulle part. Je l'ai aperçue il y a à peine une minute en train de baver devant les canapés au foie gras confit. Un homme d'une quarantaine d'années me bouscule alors que je tente vainement de me rendre à l'entrée pour profiter du spectacle. J'ouvre de grands yeux alors que je sens un liquide se répandre sur ma robe Yves Saint Laurent en soie beige. Beige ! Le sort s'acharne décidément sur mes robes haute couture. J'observe les dégâts avec horreur.

— Noooon, pas du vin rouge. Dites-moi, Monsieur, que ce n'est pas du vin rouge, pitié !

Là, une voix chaleureuse me répond avec un fort accent américain :

— Veuillez m'excuser, Mademoiselle en robe Yves Saint Laurent. Malheureusement, je dois vous avouer qu'il s'agit du Châteauneuf-du-Pape que vous avez très justement choisi pour cette soirée.

Mais, comment sait-il que je suis l'organisatrice ? Cet Américain me paraît louche. Je n'ai pas le temps de creuser le sujet et me contente de lui lancer mon regard de la mort-qui-tue. Je le fixe suspicieusement et sursaute en entendant la voix de Patrick s'élever dans mon oreillette.

— Léane, mais tu es où bon sang ? Ramène Lizzie, Ashton arrive ! Vite !

— J'arrive, lancé-je dans mon oreillette avant de jeter un autre regard au monsieur-au-vin-rouge.

Je repars en courant, tentant de maîtriser le stress qui m'assaille et oubliant ma robe tachée de vin. Mais où se cache donc Lizzie ? Dix minutes se sont écoulées et je ne l'ai toujours pas trouvée. Je file aux toilettes afin de vérifier si la jeune vedette se trouve dans cet endroit stratégique. À peine ai-je poussé la porte que j'entends un bruit suspect de succion et de baisers. La jeune femme se trouve dans une position délicate, les jambes enlacées autour d'un homme qui ressemble à…

Qui ressemble à l'homme au vin rouge de toute à l'heure. Sans trop les dévisager, je les sépare et m'empresse de récupérer Lizzie.

— *We have to go to meet Ashton*[1] !

Je lui saisis le bras et l'entraîne avec moi avant de traverser la foule au pas de course.

La jeune femme a l'air éberluée et fait la grimace.

— *I don't want to see Ashton, I don't like him*[2], pleurniche Lizzie, de fausses larmes naissant au coin de ses yeux bleus.

— Tant pis, nous devons vous faire poser avec lui ! *You have to do it, that's all*[3] !

1. Nous devons aller voir Ashton !

2. Je ne veux pas le voir, je ne l'aime pas.

3. Vous devez le faire, c'est tout.

Je parviens à traîner ces 48 kg toute mouillée jusqu'à l'entrée pile au moment où Ashton arrive dans une nouvelle limousine, là encore la portière s'ouvre et…

Je tombe amoureuse. Si, si, vraiment amoureuse. Comment peut-il être encore plus mignon en vrai qu'à l'écran ? Brun, grand (1,92 m) avec un regard pétillant, j'en ferais bien mon casse-croûte de la soirée accompagné d'une bonne coupe de champagne. Mes jambes flageolent et j'imagine qu'un sourire niais apparaît sur mon visage alors que j'ai l'impression que de petits cœurs me sortent de la tête et flottent dans l'air au-dessus de mon crâne. Quand je l'approche, Lizzie fermement tenue par le bras, je suis incapable de prononcer un mot. Ce fichu sourire béat ne semble pas vouloir disparaître. Je maudis Lizzie quand Ashton la saisit par la taille pour la séance photo et pose en souriant devant les journalistes. Je suis verte de jalousie. Après tout, ce n'est pas juste. Moi aussi, j'aurais pu faire carrière à Hollywood, être une actrice célèbre et poser avec des comédiens séduisants. Il n'y a pas à dire, la justice n'existe pas ! Je regarde autour de moi, les journalistes, le tapis rouge, les acteurs les plus prestigieux du moment et je ressens un sentiment de fierté d'avoir organisé un évènement d'une telle ampleur même si, au fond de moi, j'ai cette profonde impression de ne pas être à ma place. Je regarde ma robe tachée de vin et ne peux m'empêcher d'interpréter ceci comme un signe du destin. Je ne suis assurément pas faite pour ce métier d'organisatrice d'évènements.

De retour à l'intérieur après ce quart d'heure de folie, je m'octroie une petite récompense : une coupe de champagne. Je m'assieds sur un canapé blanc style loft et savoure les petites bulles de mon cru préféré. Tous ces flashs m'ont donné mal à la tête et de petit points blancs apparaissent chaque fois que je ferme les yeux. J'ouvre ma petite pochette beige brodée de perles nacrées afin de jeter un œil furtif à mon téléphone et mettre fin au suspense amorcé plus tôt dans la soirée. Je frissonne en constatant que je connais bien l'émetteur de l'appel.

Un appel en absence : Mathieu.

Tiens donc, il ne manquait plus que lui. Je range l'iPhone, la mine déconfite.

Soudainement, un homme se matérialise à mes côtés, une nouvelle coupe à la main.

– J'ai vu que vous en aviez besoin, me lance l'homme-au-vin-rouge. Veuillez m'excuser, nous ne nous sommes pas présentés. Je m'appelle Martin Kinsley.

– Léane Dubois, enchantée. Je remarque que vous avez un léger accent américain. Vous connaissez l'une des vedettes du film ?

– J'ai produit le film. Je travaille pour BOH.

Martin Kinsley, le célèbre producteur ! J'ai envie de me balancer des claques tellement je me sens stupide ! Je travaille dans l'évènementiel et je suis incapable de reconnaître les personnes que j'invite à mes soirées. Quelle cruche ! Je saisis la seconde coupe de champagne, termine la première cul sec et entreprends de vider la deuxième le plus rapidement possible pour faire disparaître le sentiment de malaise qui me submerge. Quelques minutes plus tard, je me sens légèrement pompette. À cause du stress, je n'ai rien avalé de la journée sauf du café à haute dose. Je suis une vraie pile électrique, je sautille dans tous les sens. Alors là, deux petites coupes de champagne me font l'effet de trois mojitos bien tassés et je commence enfin, pour la première fois de la journée, à me détendre et à respirer normalement.

— Ouah, parviens-je à articuler comme une groupie à l'adresse de Martin.

Quand j'ai bu, j'ai du mal à articuler correctement. Malgré ma bouche sèche et pâteuse, je me sens étrangement bien avec ce Martin Kinsley.

— Oh, vous savez, c'est un boulot comme un autre, m'informe Martin d'un ton blasé.

Oui, pensé-je, *excepté le fait que vous petit-déjeunez avec Steven Spielberg, déjeunez avec Brad Pitt et dînez avec Georges Clooney.*

— Oui, il n'empêche que beaucoup de monde envie ce prestige et ces paillettes.

— Certes. Mais c'est avant d'y travailler et de baigner dans cet univers de fou.

— Je comprends, énoncé-je avec empathie. C'est un peu comme mon travail dans l'évènementiel.

À peine les mots sortis de ma bouche, je les regrette déjà. L'alcool me pousse à faire des confidences. Mais que se passerait-il si Martin allait rapporter mes propos à Patrick ? Je serais virée vite fait bien fait ! Peu importe.

— Je me doute qu'il n'y a pas que ce travail dans votre vie Mademoiselle-à-la-robe-Yves Saint Laurent. Qu'est-ce qui vous plaît vraiment ? Avez-vous une passion secrète ?

Il me regarde de ses yeux bleus perçants et là, je ne sais vraiment pas ce qui m'a pris. Mais pourquoi, pourquoi, pourquoi ai-je fait une telle chose ? Je n'aurais pas dû. J'aurais dû me retenir. Retenir ces mots qui restaient au fond de moi depuis plusieurs mois maintenant. Fichu champagne. J'ai tout simplement annoncé :

— Je rêve de présenter ma propre chronique télé.

Il va me prendre pour une folle. Pour une vraie mythomane. Je me sens stupide. Comme lorsqu'étant une petite fille, j'avais été humiliée par le don Juan de la maternelle qui m'avait fait croire qu'il était amoureux de moi (d'ailleurs, Samuel, si tu me lis, sache que je m'en suis très bien remise, merci).

— Avez-vous déjà tenté votre chance sur une chaîne française ?

Dois-je lui avouer à quoi j'occupe presque toutes mes soirées ? Il va me trouver complètement ridicule. Je ne sais pas pourquoi, mais cette fois encore, les mots sortent tous seuls de ma bouche.

— En fait, je tiens une chronique sur YouTube. Elle s'appelle *La vie est belle* et près de 15 000 internautes me suivent dès que je publie une vidéo. Je donne divers conseils de mode, recommande des livres et dispense des petites recettes beauté comme un nouveau masque hyper hydratant pour les peaux sèches, euh, enfin, vous voyez, m'interromps-je, mal à l'aise lorsque je constate que ma tirade ne doit pas l'intéresser.

Que je dois lui paraître totalement ridicule. Après tout, Martin Kinsley est l'un des producteurs le plus en vue d'Hollywood et moi, qu'est-ce que je fais ? Je lui sors mon baratin sur ma petite chronique Web. Je suis pathétique.

— J'ai un projet d'émission à Los Angeles pour lequel je cherche une jeune Parisienne. Vous parlez anglais, Léane ?

Quoi ? Il cherche une Française pour une émission dans la cité des anges ! Il vient de me demander si je maîtrise l'anglais ! Vous imaginez ? Moi, Léane, la petite Parisienne, ayant ma propre émission télé. Ce serait le pied. Le rêve de ma vie. Je pourrais envoyer balader Patrick et tous ces programmes à réaliser sur Excel !

— Oui ! m'exclamé-je. Oui, je parle anglais. Je suis partie un an en Californie pour terminer ma maîtrise.

La conversation est en train de prendre une tournure totalement irréelle.

— Très bien. Pouvez-vous me donner le lien de votre chaîne YouTube pour que j'aille jeter un coup d'œil à ces fameuses chroniques ?

Je sens que mes joues virent au rouge tomate. Je n'en crois pas mes oreilles. Un producteur de BOH souhaite visionner mes rubriques.

— Je vous la note tout de suite.

Je me lève d'un bond pour piquer la serviette du vieillard qui se trouve à la table d'à côté (d'ailleurs, que fait un aîné dans ma soirée ultra branchée ?) et sors un stylo de ma poche. J'ouvre le bouchon et me mets à noter, en tremblotant, le nom de ma chaîne. Puis, je tends la serviette à Martin Kinsley. Mon stress semble le divertir. Je le décèle à la lueur d'amusement qui danse dans son regard. Il est peut-être en train de se ficher de moi.

— Merci, Mademoiselle Dubois. Il ne me manque plus que votre carte de visite et je pourrai quitter la soirée l'esprit tranquille.

Je sors une carte de ma poche et lui tends le petit carton rose vif qui contient mon numéro de portable, mon adresse courriel du bureau, leane.dubois@peps-events.com, et mon numéro de fixe.

— Si j'ose me permettre, utilisez plutôt mon numéro de portable pour m'appeler.

Je n'ai pas envie de me faire virer à cause de vous ! pensé-je très fort.

Martin Kinsley prend congé et quitte la soirée en compagnie de la jeune vedette Lizzie McLane, qui l'embrasse à pleine bouche sur le trottoir dès qu'ils sont hors de vue des autres invités. Elle a sans doute abusé du Dom Pérignon. Quant à moi, je suis complètement abasourdie par la conversation que je viens d'entretenir avec le producteur. Que vient-il de se passer ? Ma vie pourrait changer du jour au lendemain grâce à cette rencontre étonnante. J'ai l'impression de vivre dans un rêve. Je dois appeler Tessa. Elle ne va pas le croire !

À l'extérieur du cinéma, l'avenue bourdonne toujours d'activité quand je termine à 5 h 30. Épuisée, je sors et inspire une grande bouffée d'air frais. C'est là que j'aperçois une silhouette dans la nuit. Mathieu m'attend près d'un arbre, une rose rouge à la main.

Chapitre 13

Une soirée Meetic...

Le rire sucre les larmes.
— Robert Sabatier

Tessa n'en a pas cru ses oreilles quand je lui ai raconté la soirée et ma rencontre inattendue avec le producteur. Elle m'a cependant fait promettre de ne pas trop y croire. Je lui ai fait la tête. Quoi ? En tant que meilleure amie proclamée, elle doit me soutenir, non ? Même si l'espoir que j'y parvienne est faible, j'ai besoin d'être positive et de faire confiance au destin.

Puis, fait rare et étonnant qui devrait être inscrit aux records Guinness de l'ex bizarre, Mathieu m'a surprise en s'excusant de son comportement le soir de notre sortie en boîte. Étrange, car le mot « excuse » ne fait habituellement pas partie de son vocabulaire. Vous me connaissez, je n'ai pas cédé aussi facilement, il en fallait plus pour que j'accepte de lui pardonner son attitude de goujat. Par conséquent, il a dû mettre deux heures et demie et une bouteille de champagne pour me convaincre de passer la nuit en sa compagnie. Bon, si, vous me connaissez bien, vous savez que je n'ai pas réussi à résister. Il était tellement séduisant dans son jean et son polo moulant ses muscles. Pour ma défense, je plaiderais que j'étais encore tout émoustillée par ma rencontre avec Ashton Kutcher. Encore plus frustrée de ne pas avoir pu l'approcher de la soirée. Heureusement, tout s'était bien déroulé lors de l'évènement et aucun incident n'a été à déplorer entre les deux vedettes, même si j'aurais juré voir Ashton tenter de mettre le feu aux cheveux de Lizzie alors qu'elle s'extasiait sur son portrait en carton grandeur nature.

• • •

Deux semaines après l'évènement, nous sommes samedi, et je me sens encore toute flapie en me réveillant. Malgré plus d'une dizaine d'heures de sommeil, je suis toujours aussi fatiguée. Je broie du noir au fond de mon lit, confortablement protégée de toute agression extérieure sous mon coussin en plumes. J'ai même la flemme d'ouvrir mes stores. Du coup, je baigne dans une lueur de film d'horreur à cause de la télé allumée. Vous savez, cette lueur bleutée qui rayonne juste avant que le méchant ne passe son fameux coup de fil qui fiche la trouille ? La vie me semble fade et sans intérêt malgré le soleil qui brille dehors. En plus, je n'ai pas eu de nouvelles de Martin Kinsley depuis la fameuse soirée de l'avant-première et je m'en veux d'avoir cru que je pouvais devenir chroniqueuse professionnelle. Mais comment ai-je pu être aussi naïve ? C'est la faute du champagne. Léane, tu ne vis pas dans le monde des Bisounours et Martin a dû se foutre de ta gueule en constatant ton amateurisme. Il s'est peut-être même moqué de toi avec Steven Spielberg et Brad Pitt, et il a gardé les vidéos pour te faire passer dans le segment des Inoubliables d'une émission de télévision. La honte.

L'électrochoc d'avoir revu Mathieu après la soirée ne m'aide ni à positiver ni à passer à autre chose. Pire encore, ses excuses m'ont bouleversée, m'engluant encore davantage dans une situation inextricable. Que dois-je faire pour m'en sortir ? Cette relation est accrochée à mes basques comme une gomme à mâcher colle au goudron.

Bon, reprends-toi, ma fille ! Il me faut un remède contre la déprime. Je saisis mon ordinateur et surfe sur Internet dans l'optique de trouver une potion miracle qui me sortirait Mathieu le Moisi de la tête. Je commence par taper « je ne veux plus penser à mon ex, il me pourrit la vie et me colle à la peau comme une sangsue sur un hippopotame » dans la barre de recherche Google, mais malheureusement, les résultats n'ont rien de concluant. Je poursuis et recommence en simplifiant mes recherches. « Remède contre ex collant. » Eurêka, une liste improbable de sites de magie noire se dresse sur mon écran. Euh… apparemment, il me faudrait un chaudron, des pattes de dragon, trois œufs de caille et d'autres ingrédients qui me semblent plutôt difficiles à se procurer en France, même à Paris. J'ai peur et décide de me tourner vers une thérapie plus sûre : la lecture. Ah, les bons vieux guides et les conseils de psy ou de filles larguées, il n'y a rien de mieux !

Je me rue sur Amazon pour me constituer un florilège des meilleurs classiques du genre : *Comment survivre à une rupture difficile, Votre ex ne vous méritait pas* et *Dix conseils pour vous remettre d'aplomb après une rupture*. Ces ouvrages iront parfaitement bien avec les 10 autres livres du même type qui trônent déjà dans ma bibliothèque, rutilants et neuf de chez neuf. Forcément, je ne les ai pas encore ouverts.

Une fois ma commande terminée, j'ouvre le journal *ICI Paris* du week-end pour lire les articles de Tessa et tombe, par le plus grand des hasards (si, si je vous jure), sur la page des petites annonces dans la section Rencontres.

Grand mâle 1,68 m, 47 ans, sportif, musclé et intelligent vous attend, vous, belle jeune femme, poitrine opulente de min. 93 cm, entre 20 et 25 ans pour passer des moments romantiques à 2. Code 987b.

Je doute fort que ce monsieur ait la même conception du romantisme que les femmes. Je poursuis ma lecture, un léger sourire aux lèvres.

Gentil homme, 34 ans, informaticien, aimant Sartre et Bourdieu, la philosophie et les tortues attend sa moitié depuis trop longtemps. Vous, belle femme entre 48 et 60 ans, libre et aimant la physique quantique, contactez-moi pour des discussions passionnées et passionnantes autour d'un thé. Code 989a.

À ce stade-là, autant vous avouer que je pleure. De rire. Quelle femme aimerait réellement discuter de physique quantique. Sérieusement ? Je ne me doutais pas que la lecture des petites annonces me remonterait le moral à ce point-là, si bien que je décide dès lors de les collectionner dans un classeur pour l'ouvrir dès qu'un méchant coup de blues pointera le bout de son nez. Après une bonne demi-heure de rigolade, j'aperçois l'heure et sursaute. Bon, faut tout de même que je bouge mes fesses, là, fesses qui me semblent d'ailleurs grossir à vue d'œil depuis que les pots de glace ont remplacé les épinards hachés de mon ex dans le congélateur. En plus, Tessa ne va pas tarder à passer au studio puisqu'elle termine son piquet à la rédaction d'*ICI Paris* dans 10 minutes.

En page trois s'étale d'ailleurs son dernier papier sur le festival de l'ail, soit un pur sujet « régio », comme elle le dirait en utilisant un ton dédaigneux destiné à me faire comprendre qu'elle en a marre de travailler sur des articles qui ne la passionnent pas. Bon, je ne sais pas s'il est judicieux de parler de passion, puisque le type de sujets qui la captivent vraiment se rapproche davantage des bons plans mode, des dernières collections de Jimmy Choo ou encore des lieux les plus tendance afin de troquer ses ballerines Gucci contre des escarpins Yves Saint Laurent.

Une fois que j'ai terminé de lire les quelques lignes de Tessa, je pars à la recherche des articles de sa nouvelle collègue dans le but de comparer les styles rédactionnels et vérifier si les propos de Tessa, à savoir que « la nouvelle possède le QI d'une huître et son tour de poitrine siliconé est justement proportionnel à sa connerie », sont justifiés.

Je repère sa signature, un simple « SDM », m'avait signalé Tessa, m'informant ensuite que c'était encore un de ses caprices de starlettes pour se différencier des journalistes signant de leurs nom et prénom. Cette fille a vraiment l'air d'une petite garce prétentieuse et je plains ma meilleure copine de devoir la fréquenter tous les jours.

J'entame ma lecture, mais suis rapidement interrompue par la sonnerie de mon portable. Nouveau message. C'est peut-être Stéphane ! Je n'ai toujours pas eu de ses nouvelles et autant vous avouer que mon amour propre est plus meurtri que jamais. Mon cœur palpite quand je saisis mon téléphone en récitant une petite prière. Pitié, pitié, pitié, faites que ce soit lui. Les yeux fermés, je termine ma supplication. Pitié ! J'ouvre un œil, j'y crois encore et…

Expéditeur : Mathieu. Merde.

Je pense à toi.

Quel poète. J'oublie un instant ma lecture au profit de mes souvenirs et de mon histoire avec Mathieu. Toujours la même question lancinante : pourquoi ne peut-il pas me laisser tranquille ? Je décide de lui répondre « Laisse-moi tranquille. »

Simple ? Oui, du moins suffisamment simple pour qu'un homme comprenne le message. Pas de code, juste trois petits mots. Concis ? Oui. Il devrait saisir le message sans ambiguïté. Efficace ? Sûrement pas. Il n'en fait toujours qu'à sa tête. Comme d'habitude, j'efface le message sans l'envoyer. Je ne suis jamais parvenue à être sèche et cassante avec lui, comme si malgré la souffrance qu'il m'inflige, je cherchais à le protéger. En véritable autruche professionnelle (je suis très douée également pour faire la dinde), je refuse de voir ma part de responsabilité dans cette situation difficile. Je tente de détourner ces images qui m'assaillent, parmi lesquelles apparaît Mathieu nu en train de me faire des choses indécentes, et replonge dans ma lecture.

Quand Tessa sonne à la porte, j'ai préparé les mojitos et l'assiette de biscuits. Elle arbore fièrement une jupe et des talons hauts de 15 cm, une veste vert bouteille à tomber par terre et un sac élégant. Elle semble tout droit sortie d'un magazine de mode ultra-luxe. En la voyant vêtue de la sorte, je peine à l'imaginer derrière un ordinateur à mettre en page des sujets régionaux pour le journal *ICI Paris*. Elle arbore une mine tristounette et ses yeux trahissent la fatigue de ces dernières semaines.

— La vie, ça craint, geint-elle en me faisant la bise.

— Salut, toi, ô ronchonneuse insatiable.

— Mais quelle cocotte. Quelle affreuse tête de tortue baveuse. Je la déteste, cette fille. À croire que le Diable l'a envoyée sur terre pour me rendre vache. Non mais, tu y crois, toi ? Cette salope m'a piqué mon idée de sujet à la séance de rédac hier matin, poursuit-elle en retirant sa veste et en l'envoyant voltiger sur le canapé.

— Comment ça ? m'étonné-je.

— Tu sais, mon idée de papier !

— Les sujets sur les créateurs, celui sur les chaussures des célébrités françaises ou celui sur les tendances de la mode surdimensionnée dans les défilés ? demandé-je en me fichant gentiment d'elle.

— Celui sur les nouveaux créateurs du Marais. Je lui en avais parlé le soir avant. Richard a adoré sa « fraîcheur et son audace », je cite. Je te jure, je vais lui faire bouffer la silicone de ses prothèses mammaires.

— Trêve de haine. J'ai eu une idée en t'attendant afin de bannir tous ces débordements d'animosité. Ça va nous remettre de bonne humeur.

— Il en faudra beaucoup, je te préviens.

Elle saisit un biscuit et le grignote distraitement.

— Nous allons nous inscrire sur le site de rencontre Meetic, lui annoncé-je fièrement.

Tessa s'étrangle avec son biscuit. Elle devient rouge, elle suffoque. Mon Dieu, dois-je lui faire la manœuvre de Heimlich ?

— Nous allons quoi ? éructe-t-elle en postillonnant des morceaux de biscuit sur mon pyjama Snoopy en coton rose.

— Nous allons nous inscrire sur Meetic ! Ben quoi, ça peut être marrant, non ? Il suffit de remplir correctement les champs du formulaire afin que l'outil de compatibilité puisse faire son boulot et trouver les célibataires correspondant à nos traits de caractère. C'est aussi simple que ça.

— OK ! Nous allons bien rire, cède Tessa en riant.

En deux temps, trois mouvements, j'allume mon ordinateur et inscris dans la barre de recherche l'adresse URL du site.

397 belles histoires par jour.
Et la vôtre, elle commence quand ?

— Maintenant ! crions-nous en cœur en lisant le texte.

Je ne vous ai pas encore raconté la vie amoureuse mouvementée de Tessa. Elle est encore pire que la mienne. À croire que Tessa réalise des erreurs de distribution permanentes. Elle est sortie deux mois avec un de ses collègues de travail avant de l'envoyer balader, car « elle n'avait pas envie de se laisser mourir d'ennui à regarder des reportages sur le Grand Rift est-africain », sa passion à lui, que je trouve par ailleurs très intéressante. Ensuite, elle est tombée dans les bras d'un animateur mignon en pleine ascension à Paris, avec qui elle a passé quelques nuits câlines. Son seul problème ? C'était un éjaculateur précoce. Pourtant, Tessa est une jeune femme magnifique, perchée sur des jambes d'une longueur impressionnante, les cheveux brun acajou, des yeux pétillants d'intelligence et un sourire mutin capable de réchauffer un Esquimau. Elle a un chat qui s'appelle Dafalgan, ce qui est une preuve indéfectible de son humour puisqu'elle l'avait acheté le lendemain d'une soirée trop arrosée et souffrait d'une migraine carabinée, et elle travaille comme journaliste, soit un emploi qui lui permet d'obtenir des sésames pour se rendre gratuitement à tous les spectacles de la capitale. Pour moi, Tessa représente tout simplement la fille idéale si on met de côté son amour pour les chaussures, les emplettes et sa maniaquerie légendaire. C'est simple, si c'était un mec, je l'épouserais ! Mais puisque nous ne pouvions pas nous marier, n'étant lesbienne ni l'une ni l'autre, nous devions reprendre notre vie amoureuse d'hétéro en main. Nous allions commencer aujourd'hui. Le grand amour, prépare-toi, nous arrivons !

Tout d'abord, nous devons sélectionner ce que nous cherchons, puis il faut définir l'âge de nos futurs prétendants. Je sélectionne entre 25 et 50 ans.

— Espèce de folle, me crie Tessa en jetant un œil sur l'écran de mon ordinateur. Tu veux un petit jeunot ou un petit vieux ?

— Ma bichette, je te rappelle que 25 ans, c'est l'âge de Robert Pattinson et que Georges Clooney aura bientôt 50 ans. Si je trouve un clone de l'un de ces deux spécimens, je signe tout de suite le contrat de mariage.

— C'est pas faux, reconnaît-elle avant de modifier ses critères de sélection.

Après avoir indiqué nos date de naissance, lieu de résidence, code postal et pseudonyme, mot de passe et adresse courriel ainsi que coché la petite case certifiant que nous étions majeures (inutile de préciser qu'en ce moment, nous avons 16 ans d'âge mental), nous marquons une petite pause. Jusque-là, tout va bien, c'est plutôt facile. L'étape suivante requiert l'insertion d'une photographie. Malheureusement, rien dans notre disque dur ne semble correspondre à l'image parfaite ; comprenez : la photo chargée de faire de nous les célibataires les plus courtisées du célèbre site Internet. La solution ?

— Tessa, il faut que nous fassions une séance photo !

— Quoi, maintenant, ici ?

— Non, dans 20 ans, quand nous serons des vieilles filles moches. Oui, maintenant ! Chiche ?

— Chiche ! répond-elle en riant.

Je décide de sortir toute ma panoplie de fille, ce qui comprend fond de teint, poudre, mascara et ligneur, ombres à paupières, différentes teintes de rouges à lèvres sensuels qui se retrouvent sur mon lit dans un bruit de flacons et de tubes qui s'entrechoquent. Je m'attelle ensuite à rassembler la totalité de mon matériel de coiffure, sèche-cheveux, brosses, lisseurs, bandeaux et épingles puis je force Tessa à s'asseoir et commence à lui étaler de la crème hydratante sur la figure.

Une fois le maquillage terminé, je me rue vers le placard.

— Qu'est-ce que tu veux mettre pour séduire l'homme de ta vie ? lui lancé-je, nichée derrière la porte de ma penderie.

À son tour, elle lève son popotin du lit et me rejoint devant le placard. Deux secondes plus tard, elle reluque mes fringues d'un air songeur.

— Tu sais ce qui nous manque ? déclare-t-elle, les yeux malicieux.

— Euh, réponds-je en cherchant les vêtements branchés que je ne possède pas. Des jupes Miu Miu, des sacs Gucci, des escarpins Louboutin ?

— Mais non, patate ! s'énerve-t-elle. Nos mojitoooos, *caliente* ! Nous n'avons encore rien bu. Ça manque d'ambiance, cette soirée. Si nous allons draguer sur le Net, il faut que nous soyons en mode « chasse ».

Pour Tessa, le mode « chasse » signifie être pompette (soit complètement bourrée) en dansant sur les succès du moment. Nous nous rendons dans la petite kitchenette de mon studio et commençons à mixer tous les ingrédients nécessaires à la fabrication des cocktails. Pendant que j'écrase les limes avec les feuilles de menthe poivrée et le sucre de canne, elle remplit le mélangeur de rhum et d'eau minérale gazeuse. Nous servons notre délicieux élixir dans des verres que j'égaie de deux pailles rose fluo pour nous donner l'illusion d'être sous les tropiques en vacances et non à Paris.

La stéréo à fond, nous chantons à tue-tête le tube *Telephone* de Lady Gaga, des limes en guise de micro. Trois mojitos plus tard, nous sommes par terre en pleine crise de fou rire en parlant de SDM (bimbo) silicone et en l'imaginant se faire percer ses prothèses par un talon aiguille tenu par Karl Lagerfeld durant la semaine de la mode. Mais notre inscription sur Meetic demeure en suspens et au vu des efforts consacrés à nous pomponner, nous ne pouvons décemment pas en rester là. Nous nous traînons donc jusqu'à ma penderie pour procéder aux essayages. Mon taux d'alcoolémie se rapprochant dangereusement de la limite du vomissement, je décide d'adopter la tactique du « bébé rampant », c'est-à-dire à quatre pattes. Tessa, plus aventurière comme à son habitude, fait le pari d'y arriver en véritable Homo erectus. Étant donné les bruits de casse, je juge que les angles de ma chambre n'ont pas été négociés avec succès et qu'elle aura de magnifiques ecchymoses sur ses gambettes demain.

— Tessa, ça va ? parviens-je à articuler en tournant la tête au ralenti.

— Mouais, j'ai pas le radar enclenché, là, indique-t-elle en se tenant à la porte.

— Tu veux mettre quoi ?

— Je veux vomir.

— Tessa, arrête, pas dans la chambre.

— Je rigole, je tiens beaucoup mieux l'alcool que toi, petite nature.

— Tu t'en vantes ?

Elle me rejoint en tentant de mettre un pied devant l'autre, mais au lieu de viser mon armoire, elle manque de peu de se faire un croche-patte et se rattrape de justesse au lit.

— Je ne savais pas que tu habitais sur un bateau. Ça tangue fort.

Nous éclatons à nouveau de rire et essayons de nous concentrer sur les nombreux vêtements qui se trouvent dans mon placard, même si la totalité de mes fringues semblent s'être soudainement dédoublées. Je finis par choisir un haut vert pomme et un jean alors que Tessa me pique une petite robe noire séduisante. Nous mettons nos tenues en tentant de garder l'équilibre même si ma chambre bouge toute seule. J'opte pour une solution stable et m'assieds par terre ; au moins, je ne tomberai pas plus bas. Quant à Tessa, elle se tortille comme un ver et essaie de mettre la petite robe en se tenant au placard. Pour parfaire ma tenue, je chausse mes escarpins en daim noir et refile à Tessa mes bottes à talons. Mais elle est incapable de les mettre tant l'alcool qu'elle a dans les veines lui fait ressentir la gravité. Elle est attirée vers le sol en permanence.

Un quart d'heure plus tard, nous sommes prêtes à nous prendre en photo. Euh, manque plus que l'appareil photo, qui est dans le salon en fait.

— La première arrivée au salon a gagné, crié-je à Tessa, qui s'élance aussitôt dans le couloir en titubant.

En arrivant enfin à destination, nous nous échouons sur le canapé telles deux baleines. Mais notre but de la soirée n'est pas encore atteint. Je saisis l'appareil photo et tente de faire la mise au point sur Tessa.

— Vas-y, ma belle, donne tout ce que t'as !

Je la mitraille de clics alors qu'elle joue parfaitement le jeu et prends des poses de vedette. Mais soudainement, je la vois vaciller, perdre l'équilibre puis s'étaler de tout son long sur le sol. Je m'esclaffe, mais je ne la vois pas se relever. Je pose l'appareil et fonce vers elle en titubant.

— Tess, ça va ? Tu m'entends ?

J'entends un vague « mgrflll » en guise de réponse.

— Tess, dis quelque chose !

— Quelque chose…

Je pars dans un fou rire que je ne parviens pas à arrêter.

Une fois que nous sommes toutes les deux debout, appuyées contre le mur que je remercie de vive voix pour son soutien, nous publions nos photos et nos profils sur le site. Il n'y a plus qu'à attendre l'amour avec un grand A. Tessa chante à tue-tête *Quand on n'a que l'amour* en massacrant les notes de la chanson de Jacques Brel. Les photos terminées, nous avons ajouté à nos tenues des boas en plumes et sommes parties nous installer dans un endroit sûr : le canapé. Nous dégustons nos mojitos en pariant sur nos chances de tomber sur un sosie d'Ashton Kutcher. Mais quelques heures plus tard, je reçois un message de Mathieu. La barbe !

Putain, Léane, on peut savoir ce que tu fiches sur Meetic ? Arrête ces conneries, ça m'énerve.

Pardon ? Je relis le message, persuadée que l'alcool m'induit en erreur avant de constater que ce n'est pas le cas. Mais pour qui se prend-il ? « Et toi, veux-je lui écrire, pourquoi vas-tu consulter des profils sur Meetic ? » Mais la dose de mojitos que j'ai dans le sang m'empêche de me concentrer suffisamment pour écrire cette tirade. Je tapote :

M'en fous, tu m'aimes pas alors va te frrrrrr...

Tessa m'arrache le portable des mains. À croire qu'elle a un sixième sens lorsque j'écris à Mathieu. Elle a raison de me le subtiliser parce que j'avoue que la rédaction de message en état d'ébriété est profondément déconseillée dans mon cas. Dans tous les cas d'ailleurs. Je regrette souvent les textos envoyés dans cet état... enfin, quand je m'en souviens le lendemain. Je sors de ma profonde réflexion juste au moment où Tessa s'enfuit en direction de la cuisine. J'aperçois sa petite robe en train de disparaître par le pas de la porte. Le temps que l'information « elle a mon iPhone » monte à mon cerveau et je me lève cinq minutes plus tard. Je fonce en zigzag en criant « reeeends-moi mon précieeeux » en imitant la voix de Gollum. Je la retrouve alors qu'elle referme le congélateur.

— Encore un mojito ? propose-t-elle d'une voix mielleuse en remplissant le pichet.

J'avise le plan de travail en plissant les yeux d'un air suspicieux. Bizarre, il y en a deux ! Je me passe un peu d'eau sur le visage et me concentre. L'alcool rend ma vision floue, zut.

— A plus de limes ni de menthe, bafouillé-je.

— Tant pis, faisons des mojitos au rhum et au sucre. Tu verras, c'est bon !

Elle n'a pas tort. En même temps, le degré d'alcool dans notre sang nous permettrait de boire de la vodka pure. Cul sec en plus. J'ai la tête qui tourne et je retourne au salon pour m'affaler sur le canapé juste avant d'entendre Tessa médire sur l'effet de l'alcool.

– Je vais vomir !

Elle court aux toilettes pour soulager son estomac alors que je ferme les yeux et m'endors en tanguant sur mon vieux canapé.

Chapitre 14

Tu n'es pas la femme de sa vie

Toute vérité n'est pas bonne à dire.
— Proverbe français

Le lendemain en me réveillant, j'ai un mal de tête de cheval et des nains dansent dans ma tête en me criant que je suis stupide d'avoir descendu autant de mojitos. J'essaie de me convaincre sans grande conviction que ce n'est pas une boisson si malsaine puisque j'y ai mis des fruits et des herbes.

Tessa vient de quitter mon studio en marchant de travers et en saluant le paillasson. Elle compte passer chez elle se faire un ravalement de façade complet avant notre sortie hebdomadaire au Starbucks. D'ailleurs, heureusement que je la vois parce que j'ai complètement oublié de lui parler de certains détails concernant Mathieu. En effet, je n'ai pas encore raconté à Tessa la bombe qui m'est tombée dessus cette semaine. Comment ai-je pu oublier de lui raconter cette histoire hier ?

Donc, comme je le disais, mon ex continue de me perturber même si je tente de toutes mes forces de le rayer de ma vie. C'est extrêmement curieux ce réflexe masculin de nous poursuivre à partir du moment où on décide de les ignorer, non ?

Je dois passer à autre chose même si Mathieu n'a pas l'air d'avoir totalement compris le concept d'« ex ». Moi non plus, d'ailleurs.

Je regarde l'horloge de mon salon et constate qu'il est l'heure de filer ; Tessa doit déjà être en train de se prélasser dans un canapé au Starbucks. Avant de partir, je cherche mon iPhone, mais impossible de mettre la main dessus. Où donc ai-je pu mettre ce fichu téléphone ?

Je me sers un verre d'eau pour étancher ma soif de vieille alcoolique et ouvre mon congélateur pour me servir des glaçons. Juste à côté de mes moules à glaçons roses en forme de cœur, je vois un objet technologique qui ne devrait pas s'y trouver normalement. Oh, un iPhone ! Mais… mes méninges travaillent à la vitesse de la lumière. Hier, Tessa, mojitos, cuisine, Tessa refermant le congélateur. Eurêka ! Je n'étais pas si bourrée, alors. Je file au Starbucks, mon iPhone congelé dans la main et mon sac sur l'épaule.

Installée confortablement sur un canapé avec mon café moka couvert de crème chantilly, je commence à raconter à Tessa le nouvel épisode du feuilleton Mathieu. Mon ex m'a invitée il y a quelques jours à devenir son amie sur Facebook et je trouvais cette proposition complètement scandaleuse.

Une fois que j'ai terminé mes lamentations et que j'ai répété une bonne quinzaine de fois à quel point Mathieu est bête et à quel point il m'énerve, elle me rétorque tout simplement :

— Pas étonnant, tu le revois, alors il me semble logique qu'il t'invite sur Facebook. Tu ne peux pas lui en vouloir.

Quoi, quoi, quoi ? Comment ose-t-elle me dire une telle atrocité ? Ma meilleure amie qui défend mon ex… l'homme qui m'a brisé le cœur. L'homme le plus sadique et cependant le plus séduisant au monde. Je m'égare…

J'enrage en postillonnant.

— Quoi ? Mais si, je peux lui en vouloir. Pour tout ce qu'il m'a fait d'abord et puis pour sa bêtise sur Facebook ensuite !

— Léane, tu as encore couché avec lui la semaine passée et tu t'étonnes parce qu'il ose t'inviter sur ce site ?

— Eh bien oui ! J'essaie de l'oublier !

— Laisse-moi rire, lance-t-elle, cynique.

— Qu'est-ce que tu viens de dire ?

— Que là, tu es ridicule.

— Pardon ? réponds-je en m'étranglant avec mon muffin.

— Tu cèdes au moindre de ses désirs. Il débarque dans tes soirées à l'improviste, il t'écrit des messages, il sort peut-être même avec une autre fille, il veut te voir et toi, tu accours chaque fois. Arrête d'être stupide et de t'étonner de ce qui t'arrive. Si tu voulais vraiment le faire disparaître de ta vie, tu aurais pu le faire depuis bien longtemps.

— Mais…

Je souhaiterais qu'elle cesse de parler sur-le-champ. Chacun de ses mots me transperce le cœur. Chaque vérité qu'elle énumère me martèle la tête. Elle n'a pas encore terminé de me dire ce qu'elle pense réellement puisqu'elle poursuit :

— Léane, si tu étais la femme de sa vie, il réagirait. S'il ne fait rien pour te récupérer, c'est que tu n'es pas la bonne et c'est tout !

Je l'écoute, les yeux ronds, totalement mortifiée. Je n'en crois pas mes oreilles. Elle ne m'a jamais parlé sur ce ton. Comment ose-t-elle être aussi méchante avec moi ? J'éclate en sanglots. Mon corps entier est secoué de tremblements. Je décide de me lever et recule ma chaise afin de sortir. Tessa ne tente même pas de me retenir quand je quitte le café en courant.

Chapitre 15

Une remise en question et un coup de téléphone

Ton futur dépend de tes rêves.
Ne perds pas de temps, va te coucher.
— Coluche

En me réveillant ce lundi matin, je me sens complètement dans les choux et la première chose qui me vient à l'esprit est mon rendez-vous désastreux du samedi avec Tessa.

Elle a peut-être raison. Si je n'étais pas la bonne ?

Je ne peux m'empêcher de penser à toutes ces nuits passées avec Mathieu, à tous ces textos, à toutes ces prises de tête et à tous ces messages d'une connasse postés sur son mur Facebook. Évidemment, je n'avais pas pu m'empêcher d'aller espionner sa page. Il a peut-être une nouvelle copine, comme le laissent présager les petits mots que j'ai pu y lire. Pourrait-il vraiment être amoureux d'une autre ? Mon cœur se serre et je comprends que je ne le supporterais pas. Je souffrirais profondément de constater qu'il fait des efforts dans sa nouvelle relation tandis que pour moi, il n'en a fait aucun. Je crèverais s'il s'engageait sérieusement avec une femme, s'il arrivait à l'heure à ses rendez-vous avec elle, s'il la chouchoutait et la faisait passer avant ses potes, la fête, le sport, ses parents et le travail. Bref, je ne supporterais pas qu'il lui donne ce que je n'ai jamais eu, car les questions que ce comportement soulèverait me tueraient : pourquoi je ne le méritais pas, moi ? Qu'avais-je fait de mal ? N'étais-je pas assez bien pour qu'il fasse des efforts ?

Je me sens tellement vaseuse que j'ai l'impression qu'un rouleau compresseur s'est amusé à faire des allers-retours sur mon corps durant toute la nuit et je n'ai aucune envie d'aller au travail pour écouter des tarés de carriéristes s'exciter sur un programme pour cinq minutes de décalage entre l'arrivée des petits fours et le discours du PDG de la société Y.

Je finis par m'extirper de mon lit, qui semble me supplier de ne pas le faire, et je file sous la douche dans l'espoir de retrouver ma copine « motivation » sous un jet d'eau brûlante. Une fois sous l'eau, j'entends mon portable sonner dans la chambre. Mais qui donc m'emmerde déjà à 6 h 30 ? À tous les coups, il s'agit d'un client avec une demande extra-urgente du genre un champagne avec des paillettes d'or, un tigre blanc pour entrer en scène ou un gâteau en forme de Télétubbies pour son évènement. Tant pis, je ne suis pas folle au point de sortir toute mouillée du jet d'eau chaude qui représente mon seul réconfort de la journée pour répondre à un emmerdeur. Quand je reviens dans la chambre, je vérifie mon téléphone et m'aperçois que j'ai deux appels en absence. L'un d'un numéro inconnu, ce que je ne peux m'empêcher de trouver étrange et l'autre de mon ex à 4 h 30. L'un d'eux a laissé un message sur ma boîte vocale :

— Léane. C'est moi. Mais qu'est-ce que tu fous au lit à cette heure-ci ? Je peux venir chez toi ? En fait, tu me manques. J'ai envie de toi. Là, tout de suite. Hein ? Eh mec, touche pas à ma caisse…

Bip, bip, bip. De toute évidence, Mathieu avait beaucoup trop bu. Je décide d'effacer son message en pensant à

Facebook et aux messages amoureux de la pétasse même si une envie irrépressible d'en savoir plus sur elle et leur relation me torture l'esprit. *Oublie-le et pense à quelque chose d'agréable,* me répété-je en fermant les yeux et en me concentrant. Ma chaîne YouTube, mes chroniques, l'espoir, Martin Kinsley !

Mais depuis la soirée *For Eternity,* l'euphorie du moment s'est envolée et mes rêves se sont évanouis en même temps que le producteur, qui, soyons réalistes, a dû m'oublier en deux secondes au moment où il s'est installé dans son fauteuil de première classe dans l'avion qui le ramenait sous les palmiers hollywoodiens. Moi, je dois me contenter des réverbères parisiens, des métros puants et des gens stressés. Sans oublier mes clients pointilleux, mon patron pénible et mon ex collant. J'ai effleuré du bout des doigts mon rêve le plus fou, mais je dois me rendre à la triste évidence : il n'y a pas de miracles dans la vie.

Mon téléphone me ramène brusquement à la réalité. Le sèche-cheveux dans la main droite et ma brosse dans la main gauche, je contemple mon triste reflet dans le miroir, les yeux vides et l'esprit ailleurs, depuis 10 minutes. Le numéro de l'agence s'affiche sur l'écran. Mon cœur se serre comme c'est le cas depuis plusieurs mois parce que ma motivation décline de semaine en semaine et que je crains de me faire percer à jour par Patrick. Je réponds, stressée.

— Allô ?

— Léane, qu'est-ce que tu fais ? Ça fait une demi-heure que je t'attends à l'agence. Tu as oublié le rendez-vous avec l'agent de Paris Hilton ?

Le simple son de la voix de Patrick me fait paniquer. Je commence à détester la situation. Les emmerdes avant huit heures, j'en ai ras la casquette ! Je me retiens de lui envoyer ce que je pense à la figure (oui, je viens d'apercevoir les factures sur la table basse et je tiens à les honorer) et je sors une excuse bidon :

— J'arrive immédiatement, Patrick. J'étais au téléphone avec un client potentiel.

Ne me demande pas qui ! Pitié, pitié, pitié. Je peux mentir légèrement, mais de là à trouver un nom de client potentiel intéressant pour mon requin de patron à 7 h 30, ce n'est tout simplement pas possible.

— Bien, alors dépêche-toi. Il va arriver d'ici une heure !

Clac ! Il a raccroché. Le bruit résonne dans ma tête comme si je m'étais réveillée avec une violente gueule de bois. J'ai envie de pleurer et de tout laisser tomber. Les rendez-vous, les évènements, les soirées, les avant-premières, l'agence. La frustration accumulée depuis quelques mois me frappe de plein fouet. Je pourrais lui dire que je suis malade. Que j'ai eu un malaise dans ma salle de bain et j'ai dû aller à l'hôpital ! Oui, je vais rappeler Patrick et lui sortir cette excuse aussi minable que bidon. Après tout, comme il le disait lui-même : « Tout le monde est remplaçable », affirmation que je trouve particulièrement triste. Même si je sais pertinemment que Peps Events me survivrait, j'ai tout de même envie que mes collègues et mon patron regrettent mon départ, ma bonne humeur et ma jovialité. Quoi qu'il en soit, je dois enclencher la quatrième vitesse et me rendre à mon travail si je ne veux pas être virée sur-le-champ. Je termine de me coiffer en deux minutes (j'ai la tête d'un écureuil après l'hiver) et fonce sur ma penderie. Je mets un jean, une chemise blanche et mon veston puis termine ma mutation en employée modèle en chaussant des bottes en daim noir. J'avoue que sans Tessa, je n'aurais aucun sens du style et que la moitié des vêtements contenus dans mon placard ne seraient que survêts et gros pulls confortables. Sans même jeter un regard à mon reflet dans le miroir, je claque la porte de mon studio et file en direction du métro.

Une demi-heure plus tard, j'arrive au bureau.

— Léane, dépêche-toi ! Patrick t'attend en salle de conférence, manque de s'étouffer Sophie, la plus gentille des secrétaires du monde (enfin, quand elle ne me crie pas dessus dès mon arrivée) au moment où je franchis la porte.

— OK, Sophie, j'y cours, j'y vole, j'y fonce, lui lancé-je en manquant de peu de me prendre le ficus de l'entrée dans la figure.

Je négocie le contour de l'accueil en courant sur mes talons, un exercice des plus périlleux si l'on ne travaille pas au cirque, et manque de trébucher sur un homme en costard. Je lève la tête, surprise, lui souris avant de repartir de plus belle dans ma course effrénée. J'arrive enfin devant la porte fermée de la salle de conférence en soufflant comme un vieux fumeur. *Pitié, faites que l'agent ne soit pas encore là. Sinon, je suis grillée.* De plus, l'agent ne me fera jamais confiance si j'arrive en retard ! S'il ne me fait pas confiance, Patrick ne me fera plus confiance, je me taperais le sale boulot chez Peps et me retrouverais à devoir rédiger les offres de mes collègues et à répondre au téléphone. Argh. Une syncope ! Je vais mourir. Je décide de mettre en pratique les quelques leçons de yoga que j'ai prises avec Tessa (enfin, l'unique cours, car après l'initiation gratuite, il fallait payer l'abonnement au centre sportif) et respire profondément. Je recoiffe ma tignasse d'écureuil et frappe à la porte. Les minutes qui s'écoulent ensuite semblent durer une éternité.

• • •

Lorsque nous sortons de ce rendez-vous interminable, j'ai la nausée. Heureusement, je suis arrivée trois minutes avant l'agent. Patrick avait juste fermé la porte pour être tranquille. Nous avons passé trois heures à discuter et à négocier pour nous mettre d'accord sur le prix à payer pour faire venir Paris Hilton à une soirée au Crystal, une boîte branchée parisienne qui souhaite se faire un petit coup de pub en invitant la célèbre héritière. J'ai envie de leur dire de garder leur sale fric pour rendre le monde meilleur, sauver des pingouins ou financer une étude sur les hippopotames. C'est vrai, après tout, amener une blonde maigrelette dans la capitale ne va sûrement pas révolutionner la planète, mais j'avoue, à mon plus grand regret, que la stratégie va s'avérer payante.

Je sors enfin du bureau pour prendre l'air et profiter de ma pause déjeuner. Lorsque mon iPhone vibre dans mon sac, je le sors avant de constater que je ne connais pas le numéro. Tant pis, je ne réponds pas. Je déteste les gens qui m'appellent sur mon portable privé ; si je ne les connais pas, c'est que je n'ai pas envie de les entendre. J'ai assez de problèmes sans me préoccuper de parasites. Je suis déjà coincée avec mon ex, j'en ai assez merci !

Je tente de me calmer et file dans une sandwicherie près du pont Neuf afin d'apaiser les grognements de mon estomac. Je commande une salade de cresson et un énorme sandwich au jambon cru (vous ne pensiez tout de même pas que j'allais me contenter d'une salade ?).

Je marche vers le pont et m'assieds sur l'un des rebords en regardant la tour Eiffel et la Seine qui coule paisiblement à mes pieds.

Mon iPhone vibre à nouveau. J'hésite entre l'écraser à l'aide de mes deux pieds ou le jeter dans la rivière. Je décide, avant de faire quelque chose que je pourrais regretter amèrement, de regarder le numéro. Peps, Peps, Peps, m'apprend l'écran. Je regarde ces lettres cauchemardesques clignoter et comprends que je n'en peux plus. La situation ne peut plus durer. Je ne réponds pas. Je décide de reléguer dans un coin de mon cerveau la petite voix qui me dit que je suis en train de faire une bêtise monumentale. Je range bien gentiment le téléphone vibrant de toute son énergie dans la poche de ma veste et marche d'un pas lent en direction des petits bouquinistes qui pullulent des deux côtés du plus vieux pont de Paris. Je me balade sans but sous la fine pluie des giboulées de printemps.

• • •

Quand je me décide enfin à rentrer chez moi, il fait nuit noire. Je n'ose pas sortir mon téléphone de peur d'y trouver des messages stressants, déplaisants et qui pourraient remettre ma vie en question.

Quand je pousse la porte de mon petit studio après avoir passé 15 minutes dans le métro, le regard vide et l'esprit embrumé, je n'ai qu'une envie : me glisser sous la couette avec un verre de lait et un paquet de biscuits. Je n'ai même pas la force d'appeler Tessa pour que nous nous excusions de notre dernier rendez-vous pourri et que nous arrangions les choses. Je tente de repousser les vilaines pensées qui me dépriment. Que ferais-je demain ? Quelle excuse vais-je bien pouvoir inventer pour justifier mon absence au travail et mon silence téléphonique ?

Un drame familial (mon frère a tenté de se suicider en avalant le dernier gâteau que j'ai cuisiné) ? Un problème de santé (une mouche m'a piquée et je me suis sentie soudainement très, très mal) ? Un enlèvement (par qui ? Mon ex !) ? Aucune excuse ne semble suffisamment crédible. Je décide que la nuit porte conseil et allume une bougie avec l'espoir que la solution magique me frappe de plein fouet dans un rêve d'ici au lendemain matin.

Bip. Bip. Biiiiiiip. Je tends la main et écrase mon réveille-matin. Merde. C'est le matin. Je tente vainement d'ouvrir un œil. Sans succès. Je veux encore dormir. On oublie tout quand on dort, les soucis, le travail et les ex, c'est magique, le sommeil ! Le nuage brumeux qui se trouve dans mon cerveau ne semble pas vouloir se dissiper. Quel jour sommes-nous ? Mmmh. Hier, nous étions… (oui, je suis lente le matin), le premier jour de la semaine. MERDE ! MARDI ! Il n'en faut pas plus pour que j'ouvre les yeux. En grand. Pire. Je suis totalement paniquée. Je vais me faire tuer ! Quelle excuse avais-je trouvée hier soir ? J'en avais forcément trouvé une, non ? Je suis une fille intelligente. Alors, qu'avais-je donc inventé ? Souviens-toi, Léane, souviens-toi ! Néant. *Niente*. Nada. Je sors du lit en catastrophe et prie pour que l'idée du siècle me frappe sous la douche. Je suis de nature très positive, mais là, je dois admettre que je n'ai aucune sacrée sainte idée de la manière dont je vais me tirer de ce pétrin. Une demi-heure plus tard, je sors de chez moi sans avoir trouvé la solution miracle. Je réfléchis à 300 km/h. Me jeter sous le métro ? Trop risqué, je ne souhaite pas mourir. Avaler des sushis avariés ? Impossible d'en trouver à 7 h 30, même à Paris.

Je traîne les pieds et hésite encore à entrer dans le bâtiment de Peps. Mon cœur bat la chamade. Mon iPhone est toujours éteint. Je cherche une échappatoire, mais mon esprit semble trop lent à trouver une solution convenable à tout ce micmac. Je me sens tellement lasse que j'hésite à pousser les battants de l'entrée. Courage, Léane, tu n'es pas une poule mouillée. Tu peux entrer. Il s'agit juste de pousser la porte. Vas-y, vas-y ! AAAAArgh ! La gentille secrétaire, me voyant hésiter depuis cinq bonnes minutes, vient m'ouvrir la porte.

— Merci, Sophie, lui dis-je en feignant un sourire. J'étais perdue dans mes pensées.

J'ai l'impression de me rendre à l'échafaud. Je parcours le long couloir blanc en jetant sans cesse des regards à droite et à gauche de peur de me retrouver nez à nez avec le roi de la savane qui, soit dit en passant, ne ferait qu'une bouchée de la maigre gazelle que je suis parmi la meute de loups de l'agence. Ouf ! Personne. Je me jette sur la chaise de mon bureau. Faire semblant de travailler. Sauver les apparences. Je me cloître comme un cloporte savant qui sait pertinemment que le propriétaire du lieu l'attend avec sa bombe insecticide, prêt au moindre mouvement à bondir sur le malheureux insecte. Je parvins à me planquer ainsi deux bonnes heures. Avant que ma vessie ne me rappelle à l'ordre. Merde. Pourquoi ai-je avalé un café ce matin ? Je devrais cesser de boire et de manger dans de pareilles circonstances, non ? Après tout, je vais peut-être me faire virer dans la journée. J'ouvre donc la porte de mon bureau et sors en catimini. Je vois la porte des toilettes depuis mon bureau. Le problème ? L'antre du lion qui se trouve en travers de mon paisible chemin. Je me faufile, prête à atteindre l'oasis de mes rêves quand une voix sourde me fait sursauter.

— Léane !

Mon Dieu, faites que ce ne soit que l'écho de mes troubles pensées. Pitié ! Je suis tellement fatiguée que j'entends des voix.

— Léane !

Là, j'hésite. Finalement, il ne me semble pas que mon esprit me joue des tours. Je me retourne et tombe sur Patrick qui me regarde bizarrement. Je sens mes mains devenir moites. Voilà, c'est fini. Le point final à mon histoire chez Peps. Je sens le moment approcher. Je vais mouriiir. Virée. Sans le moindre égard. Après tout, des dizaines de filles souhaitent travailler à ma place. Peut-être même les nouvelles prétendantes de Mathieu.

— Je voulais juste te dire…

Je ferme les yeux. Prête à entendre les mots les plus durs de ma vie. Je serre les dents. J'attends la guillotine. Le sifflet fatal. La mort.

— … que l'agent de Paris Hilton t'a trouvée adorable hier. Il veut que tu t'occupes spécialement d'elle lorsqu'elle arrivera dans la capitale. Bravo, bien joué ! me félicite-t-il avec un clin d'œil malicieux.

Je sens une vague de déception m'envahir. Comment, une vague de déception ? Mais c'est quoi mon problème ? Je garde mon emploi, ma situation et ma vie d'avant. Je suis surtout trop lâche pour démissionner alors que je souhaite provoquer un bouleversement dans ma vie qui ne me convient plus. Je ne suis apparemment pas prête à l'assumer totalement. Il est encore trop tôt. En outre, je n'ai aucun plan de secours.

Malgré ma conscience, mon cœur crie son envie de vivre une autre existence et d'assumer enfin ce que je souhaite faire secrètement depuis des mois. Un secret bien gardé que j'avais cependant révélé à Martin Kinsley. Comme je m'en voulais. Je souhaitais revenir en arrière et rembobiner cette partie de la soirée *For Eternity*. Mais pour le moment, je dois rappeler l'agent de Paris Hilton. Je me maudis, comme d'habitude.

• • •

Le soir, je rentre épuisée dans mon studio. Pourtant, je dois avouer qu'après avoir effectué la tâche la plus importante de la journée, soit appeler le fameux agent de mademoiselle Hilton, je n'ai absolument et délicieusement rien fait. J'ai ainsi passé le temps à regarder *Ugly Betty* et *Seconde Chance* en télévision de rattrapage sur mon super et magnifique Mac. Je décide, dans un éclair de lucidité, de rallumer mon iPhone. Six appels en absence. Deux de Mathieu, trois de Tessa (je souris) et un de l'étrange numéro d'un expéditeur inconnu, celui-là même qui avait déjà tenté de me joindre le jour précédent. Curieux. Les six appels en absence ayant donné lieu à deux messages vocaux, j'appelle ma boîte vocale sans hésitation.

– Premier nouveau message, annonce la voix électronique.

– Léane, c'est Tessa. Pourquoi tu ne réponds pas ? Normalement, ton iPhone est toujours allumé. Mais qu'est-ce que tu fais de si important à la fin ? Si tu es avec Mathieu, je te tue. Alors, appelle-moi pour me rassurer s'il te plaît ! Merci. Bisous bichette et… excuse-moi pour samedi.

Bip. Bip. Bip. J'hésite à la rappeler. En fait, je n'ai aucune envie de discuter même si je suis soulagée qu'elle m'ait contactée. Je souhaite filer sous la douche et oublier ma vie sous un jet d'eau bouillante. C'est d'ailleurs l'option que je choisis peu après avoir avalé une barre chocolatée.

Après avoir dégusté mon péché mignon avec délectation, je file dans la salle de bain, la musique à fond dans le salon, les portes grandes ouvertes. Je m'amuse à faire un petit effeuillage langoureux à mon portemanteau ; aucune fenêtre ne donnant sur les appartements voisins, je peux faire ce que je veux. Je retire mon pull très lentement et le lance sur le canapé. Je m'attaque aux chaussettes et les fais tournoyer au-dessus de ma tête avant de les envoyer valser sur la télé. Toujours en rythme sur *Waka Waka* de Shakira, je déboutonne mon jean et le fais glisser le long de mes cuisses. Merde, il bloque. Je force légèrement. Le tissu ne bouge pas. Je tire plus fort. Le pantalon reste collé à ma peau. Je m'acharne encore davantage. Tire, tire. tiiiire. Je m'étale de tout mon long devant la douche. À cause d'un vieux réflexe, je regarde à droite puis à gauche avant de me rendre compte que ma gaffe est passée totalement inaperçue. Forcément, je suis seule. J'éclate de rire devant le comique de la situation. Je reste ainsi deux minutes sur le sol, secouée par des soubresauts d'hystérie. Je ne peux plus me calmer. Mon fou rire se mue en sanglots et les larmes remplacent les bulles de bonheur qui me secouaient si délicieusement le ventre une minute auparavant. Je ne sais pas quoi faire pour me sortir de cette situation. De ce pétrin puant et visqueux. J'ai l'impression de me trahir et de violer mes rêves les plus intimes. Rien dans ma vie ne ressemble à ce que j'avais osé espérer il y a deux ans.

Après mes études, j'avais décidé de rentrer à Paris et de vivre enfin avec Mathieu. Je pensais me marier avec lui, travailler dans un domaine que j'adorais, ou que je croyais adorer, avoir une vie posée et heureuse avec un appartement, un mari, un emploi de rêve. Oui, j'étais idéaliste à l'époque. Mais tout le monde l'est un jour ou l'autre. Du moins, avant qu'on ne se rende compte que le chemin du bonheur est plus sinueux qu'il n'y paraît. Je suis sur le sol de mon studio depuis plus de 10 minutes, donc autant dire qu'il est temps de me glisser sous la douche et de me laver de toutes ces ondes négatives qui me collent à la peau. Je me lève péniblement, avec l'impression de porter tout le poids du monde sur mes frêles épaules et retire enfin mon jean avant d'actionner le robinet d'eau chaude. Je le pousse au maximum afin de sentir le jet brûlant sur ma peau. La douleur de cette chaleur me donne l'impression d'être toujours vivante.

Je mets mon pyjama et saute dans mon lit. Je me sens mieux, bien au chaud avec la sensation que rien ne peut plus m'arriver. Je souhaite rester ainsi toute ma vie ! Ne plus jamais bouger de mes draps moelleux et confortables. Je m'endors en 10 minutes, plongeant dans un sommeil ponctué de cauchemars dans lesquels Patrick et Mathieu me poursuivent avec des poulpes en guise d'armes criant : « À la pêche, tu vas l'attraper, cette vieille carpe ! »

Je me réveille en sursaut à trois heures, complètement trempée. Je file aux toilettes me passer de l'eau sur le visage et retourne au lit lorsque je le remarque. Mon iPhone, abandonné comme un vieux chiffon sur ma petite étagère. Il me semblait bien avoir omis un détail avant de me coucher, mais je ne parvenais pas à mettre le doigt dessus. J'avais oublié d'écouter le second message. L'écran de mon iPhone clignote encore, tentant vainement d'attirer mon attention comme si mon téléphone souhaitait me transmettre un message important. Je m'approche et le saisis doucement en actionnant la messagerie vocale. La petite voix électronique me fredonne :

— Second nouveau message.

Bip. Bip. Biiiip.

CHAPITRE 16

Pincez-moi, je rêve !

Le destin est ce qui nous arrive au moment
où on ne s'y attend pas.
— Tahar Ben Jelloun

Je sens le stress me submerger alors que mes doigts se crispent sur le téléphone. Je ne sais pas pourquoi, mais mon rythme cardiaque s'accélère. Ma gorge se serre. Mes mains sont moites. Tout mon corps est en alerte.

J'attends la fin du bip.

Une voix avec un accent américain à couper au couteau s'élève alors du téléphone. Une voix d'homme, sympathique et joviale, qui semble se trouver à des milliers de kilomètres de Paris.

Une voix qui sent bon l'océan et les palmiers de la côte ouest.

Une voix que j'ai rêvé d'entendre depuis des mois.

Une voix qui porte en elle mes rêves et mes espoirs les plus fous.

La voix de celui qui peut changer ma vie.

La voix de Martin Kinsley.

Je tressaille et retrouve en un instant toutes mes facultés mentales. Mes muscles sont tendus et je me concentre un maximum. Le message qui suit ressemble à ceci :

– Léane, comment ça va ? C'est Martin, *you remember* ? Nous nous sommes rencontrés à la soirée *For Eternity* avec Ashton. J'ai essayé de te joindre plusieurs fois, mais sans pouvoir te parler. Je lance une nouvelle émission à Hollywood dans laquelle je souhaite inclure une rubrique sur les modes de vie des Parisiens. J'ai regardé tes chroniques sur YouTube et j'adore. J'aimerais te proposer le travail d'animatrice pour la rubrique, *call me* au 1 805 922 8585… *See ya !*

Je raccroche, complètement ahurie. *Bon, Léane, respire.* Il est trois heures et je crois que mon cerveau me joue des tours. Je suis tellement fatiguée que si je voyais E.T. débarquer dans ma chambre et qu'il me disait « téléphone maison », je lui donnerais mon iPhone pour qu'il puisse appeler sa planète. Je reprends mon souffle et me force à inspirer et expirer de l'air trois fois de suite. Puis, je saisis à nouveau mon iPhone et recompose le numéro de la messagerie. Je m'attends à la trouver vide, sans aucun message, ce qui me permettrait de mettre fin à cette étrange mascarade.

Bip. Bip. Biiiip.

– Vous avez deux messages écoutés, martèle la petite voix.

J'efface frénétiquement celui de Tessa et attends impatiemment la seconde voix.

La même voix chaleureuse s'élève de mon iPhone et je sens une larme naître au coin de mes yeux, rouler sur ma joue et s'écraser sur mes lèvres. Je bouillonne et une foule de questions se bousculent dans ma tête. Est-ce une proposition sérieuse ? Vais-je vraiment tout quitter pour partir en Californie ? Il faut que je l'appelle pour vérifier qu'il ne s'agit pas d'une vilaine blague ! D'ailleurs, si je ne me trompe pas, il doit être midi sur la côte ouest. J'imagine Martin Kinsley sur une terrasse en train de savourer un martini à l'ombre d'un palmier sous un ciel sans nuages. Je compose le numéro et je patiente, stressée.

Mon cœur bat la chamade. Peut-être que ce n'était qu'un rêve ? Une illusion. Ou pire. Un canular ? J'entends la sonnerie angoissante et l'attente me semble interminable. Dix secondes plus tard, Martin Kinsley décroche son téléphone et mon destin bascule.

• • •

Le lendemain matin, je chantonne en allant travailler, ce qui ne m'est jamais arrivé ! J'ai le sourire aux lèvres, le cœur léger et je salue tout le monde sur mon passage. Je parle aux fleurs, je demande aux pigeons de faire attention aux passants et je confie aux platanes que ce n'est pas de leur faute s'ils ne ressemblent pas à des palmiers. C'est vrai, quoi, les pauvres !

En arrivant devant mon Mac, je regarde mon bureau, nostalgique. Je sais que je ne vais plus rester longtemps dans cette pièce. J'ouvre un document Word et commence à taper avec délectation ma lettre de démission.

Cher Patrick,

Je te quitte ! Je pars m'installer à Hollywood.

Vois-tu, on m'a proposé un poste pile-poil à ma mesure ! Un emploi sous les palmiers avec, en prime, un logement, un voisin qui ressemble à Brad Pitt (mais tiens, ce ne serait pas le vrai ?) et des boutiques prêtes à m'habiller gratuitement, forcément, puisque je vais passer à la télé, quel pied !

Je ne te dis pas merci pour le stress, les coups de téléphone en pleine nuit et la pression incessante que tu as décidé de m'infliger chez Peps, mais je te quitte cependant sans trop de rancœur, car bientôt, je serai heureuse et… quoi d'autre ? Euh. Libre ! Affranchie ! Indépendante ! Je ne ferai plus la tronche le matin et je mettrai des lunettes de soleil tous les jours. Pourquoi ? Tout d'abord parce qu'il y aura du soleil et puis parce que ça fait vedette de porter de grosses lunettes de mouche.

Je t'ai dit ce que j'allais faire ? Chroniqueuse télé ! Tu ne me crois pas ? Tant pis, je t'enverrai le lien Internet afin que tu puisses te délecter de mes performances !

Je ne devrai plus subir ta mauvaise humeur et tes remarques désagréables sur le fait que je n'accomplis pas mes tâches assez rapidement ou sur le fait que j'aurais dû envoyer une offre avant même que le client ne me la demande. Oui, cela s'appelle de « l'anticipation et de la proactivité Léane, et c'est notre boulot », JE SAIS.

À jamais, Patrick, et si tu souhaites venir à Los Angeles, s'il te plaît, ne me contacte pas. De toute manière, tu n'as pas mon nouveau numéro de téléphone !

Bon, j'écris plutôt tout simplement :

Paris, le 18 mai 2015
Léane Dubois
38, avenue de Flandre
75019 Paris

Patrick Deck
Peps Events
50, Quai Blériot
75016 Paris

LETTRE DE DÉMISSION (La rédaction de ces trois mots est jouissive.)
Cher Patrick,

C'est avec regret que j'ai pris la décision de vous quitter afin de m'envoler (ouiiii, m'envoler avec un Boeing 747 en direction de la cité des anges) *vers de nouvelles aventures. Je tenais à te remercier pour tout ce que tu m'as appris et pour cette merveilleuse occasion que tu m'as offerte* (ouais, je ne vais quand même pas lui dire que j'ai détesté travailler pour Peps Events) *en me permettant de travailler pour toi et ton agence.*

Je te souhaite le meilleur pour la suite et plein de succès avec nos chers et bien aimés clients (et bonne chance avec madame de Stalle, tu en auras besoin).

Léane Dubois

Après l'avoir imprimée, j'appose ma plus jolie signature en bas de la feuille et hésite à y noter 20 émoticônes contentes, mais je me retiens au dernier moment en constatant que ce ne serait pas très professionnel. Je glisse ma lettre dans une enveloppe et je file en direction du bureau de Patrick.

Arrivée devant la porte, je frappe. Pas de réponse. Je frappe encore. Toujours rien. Je commence à perdre patience et mon courage semble quitter mon corps à mesure que les minutes s'écoulent. J'ouvre la porte discrètement et jette un œil à l'intérieur. Caramba, encore raté ! Un homme me cache la vue sur mon patron. Mais… cette voix. Ce petit postérieur moulé dans un pantalon. Ce costume Armani merveilleusement coupé sur mesure. C'est… Non. Pas possible. Non ! Non ! NON ! Je dois rêver. Ce doit être une illusion d'optique à cause de tous ces chamboulements.

Je referme la porte et décide de quitter le couloir sans faire de bruit et surtout, sans me faire remarquer. Trop tard.

— Léane ! Attends, tu voulais me voir ?

Patrick sort de son bureau avec, à sa suite, un Mathieu fringant, affichant son plus beau sourire. *Qu'est-ce qu'il est mignon ce Moisi quand même.*

— Euh…

C'est la seule réponse que je parviens à articuler.

Encore ce fichu « euh ». Mais vu la situation, il me faut une réplique légèrement plus intellectuelle. Parle, Léane. Dis quelque chose. Maintenant. Parle, que diable, exprime-toi, ouvre la bouche, mais non, pas de cette manière béate et stupide, on dirait un poisson rouge dans son bocal ! Émets un son !

— Oui ! Mais ça peut attendre, parviens-je finalement à articuler.

Je tourne les talons et m'éloigne le plus vite possible. Sans compter sur la super glue présente dans l'ADN de Mathieu. Se faufilant tel un serpent derrière moi, il me suit jusqu'à mon bureau.

— Qu'est-ce que tu caches derrière ton dos, mon cœur ? susurre-t-il dans mon oreille.

Un couteau pour te l'arracher, le tien, de cœur si tu m'approches encore ! Je tente vainement de cacher ma lettre de démission à mon ex en trouvant refuge derrière mon bureau.

— Rien, lui lancé-je en sifflant.

— Tu n'as jamais su mentir ma belle.

Aïe, encore une petite pique. J'ai envie de lui répliquer que, en effet, contrairement à lui je n'ai jamais maîtrisé l'art du mensonge, mais avant même que je n'aie eu le temps de trouver mes mots, voilà Mathieu à mes côtés, me saisissant les bras comme lorsqu'on était en maternelle et que les garçons aspiraient à prouver aux filles qu'ils étaient les plus forts ! Suivant la tactique de l'éléphant en m'écrasant contre le mur, il saisit mes deux mains à l'aide de son bras gauche et s'empare de ma lettre de sa main droite libre.

— Alors, petite cachottière, c'est une déclaration d'amour qui m'est destinée ?

Petit malin, tu te crois irrésistible ? Bon, je dois avouer que de sentir le corps chaud de Mathieu contre le mien et me retrouver ainsi à sa merci a quelque chose d'excitant. Force est de constater qu'il me trouble toujours autant. Merde, merde, merde !

— Rends-moi cette lettre, Mathieu, si tu ne veux pas terminer en chair à pâté !

Trop tard. Mathieu est en train d'ouvrir ma lettre de démission. Il va savoir que je compte partir. Je ne pourrai jamais me débarrasser de lui.

Son visage devient livide. Son sourire s'efface. Il relève la tête lentement et plante ses délicieux yeux verts dans les miens.

— Tu t'en vas ? me dit-il sur un ton mêlant tristesse et incrédulité. Mais pour faire quoi ? Où ? Et... avec qui ?

Son inquiétude est tellement sincère qu'il me fait mal au cœur. Tient-il encore à moi ? Vraiment ?

— Oui, je pars, répliqué-je calmement.

À la suite de ma réponse, Mathieu tourne le dos et quitte la pièce. Hein ? Quoi ? Mais c'est quoi ? Je me rue à sa suite en criant :

— Hé, le handicapé de la communication, là, arrête-toi ! C'est quoi, ton problème ?

À ce stade-là, je ne parle plus, je hurle ! Dans le couloir. Oui, parfaitement. Le couloir de mon futur ex-travail. C'est comme si ma rancœur accumulée envers lui depuis des années souhaitait sortir de mon corps. Cette attente, ces questions sur nous deux, ses hésitations. Je veux avoir la réponse à mes questions et puisque je mets de l'ordre dans ma vie à tous les niveaux, autant que le problème « Mathieu » soit réglé ; je partirai l'esprit tranquille et sans regret. Même si je ne pensais pas le faire aussi rapidement. Pas ainsi, pas maintenant. Mais apparemment, le destin en a décidé autrement. Le moment de la confrontation est arrivé.

— Qu'est-ce que tu veux, à la fin ? crié-je en lui saisissant le bras.

Mathieu daigne finalement se retourner et je lui crache au visage.

— Tu m'écris chaque fois que tu te sens mal, nous couchons ensemble régulièrement…

Oups, je n'aurais peut-être pas dû crier cette information aussi fort dans le couloir.

— … tu m'écris que tu tiens à moi, alors parle, Mathieu. Qu'est-ce que tu veux ? Parce que là, j'en ai marre de ton manège mesquin. Je n'en peux plus, tu m'épuises.

Voilà, c'est dit. Après un long silence, Mathieu me fixe. Son regard devient glacial.

— Rien, Léane, je ne veux absolument rien. Alors, arrête de te faire des films.

Sur ce, il tourne les talons et franchit la porte me laissant seule. Voilà, cette fois, c'est bien fini. Cette douleur si familière, celle de ne pas compter, celle qui me fend la chair, m'assaille de nouveau et les larmes me montent aux yeux. Pourquoi ? J'étais pourtant persuadée qu'il ne pourrait plus me faire pleurer. Mais apparemment, ma relation, ou l'absence de relation, avec Mathieu est pleine de surprises.

Chapitre 17

Une déclaration inattendue

L'amour, c'est que tu sois pour moi le couteau
avec lequel je fouille en moi.
– Franz Kafka

Les évènements de la semaine dernière m'ont entièrement chamboulée. J'ai l'impression de devenir bipolaire. D'un côté, je n'arrête pas de pleurer en pensant à mon altercation avec mon ex et de l'autre, je suis extrêmement joyeuse, car je vais devenir chroniqueuse ! À Los Angeles ! Je suis hystérique en y pensant. Cerise sur le gâteau : je ne dois plus me rendre chez Peps. Plus de feuilles Excel, vous imaginez mon bonheur ? Patrick a accepté ma démission (forcément, ce n'est pas comme s'il avait eu le choix), ce qui fait que je passe dorénavant mes journées à régler de la paperasse et à remplir mes valises. Quel boulot de préparer une nouvelle vie !

Pourtant, tous les soirs, je me retrouve en larmes à cause de Mathieu. Je ne digère pas notre dernière rencontre, son regard froid et ses paroles blessantes. Imaginer partir de cette manière me donne un goût d'inachevé. Mais c'était sans compter le côté imprévisible de mon ex.

Quelques jours plus tard, je reçois un texto de Mathieu.

Léane, j'aimerais te voir vendredi soir. RDV au Mystery Cuisine, rue de Montpensier. Rejoins-moi à 21 h. XXX

Que faire ? Deux options s'offrent à moi :

1) Y aller et passer pour une soumise de première.

   Point négatif : bien, euh, passer pour une soumise prête à faire tout ce qu'il demande sans protestation.

   Point positif : la fameuse discussion dont j'ai besoin afin de mettre un point final à cette histoire aura bien lieu. Je pourrai le cuisiner sur ses sentiments pour moi et lui tirer les vers du nez concernant ses potentielles relations.

2) Ne pas y aller et passer pour la rebelle intouchable et blasée. En bref, ce que j'avais toujours essayé de faire sans jamais y parvenir.

   Point négatif : ne pas pouvoir lui dire ses quatre vérités et rester une frustrée le reste de ma vie. Une pauvre femme incapable de parler à un homme. En choisissant cette option, je finirai vieille fille avec un chat prénommé Mathieu en souvenir de ma jeunesse ! Beh !

   Point positif : ne pas le voir et l'oublier à tout jamais. Donc, faire un déni monstrueux de tout ce qui s'est passé entre nous et ne jamais avoir les réponses aux nombreuses questions qui me tiraillent.

J'ai finalement fait un choix. En jeune fille parfaitement raisonnable, vous me connaissez, j'ai décidé… de le rejoindre au Mystery Cuisine.

Afin de me préparer à la soirée et accessoirement pour décider de la tenue appropriée à porter, je fais ma petite enquête sur le Net. Le Mystery Cuisine est répertorié comme étant un restaurant très classe, très cher et… très romantique. Merde. Cette histoire me semble louche. Pourquoi Mathieu souhaite-t-il m'emmener dans un endroit romantique ? Parce que c'est intime et tout petit, pardi ! Pour passer incognito, cachés entre les épais rideaux rouges. C'est pour cette raison qu'il a choisi cet endroit, j'en suis sûre. Je ne comprends rien à toute cette histoire. De toute manière, je n'ai jamais rien compris à la psychologie complexe de mon ex.

Si Mathieu y voit encore une occasion de m'humilier, je risque bien de lui faire bouffer les rideaux rouges de force et de l'enterrer moi-même dans un parc.

Le jour J, je me pomponne pendant des heures, mets une petite robe brune que j'ai achetée en solde chez Morgan puis sors de chez moi en claquant la porte et en sautillant comme une puce dans les escaliers. Je cogite et mille questions se bousculent dans ma tête.

Je prends la ligne de métro numéro 7 en direction du Palais Royal et m'installe sur un petit strapontin défoncé. Je suis tellement obnubilée par mes pensées que le trajet file à toute vitesse. Lorsque mon arrêt arrive, je n'ai pas envie de sortir. Je suis bien là finalement, dans la chaleur étouffante du métro parisien entre les odeurs corporelles de mes voisins et la jeune fille qui gueule dans son téléphone (« Comment ça, elle a dormi chez toi et il ne s'est rien passé ! »).

Puis, il faut dire que je n'ai pas vraiment envie de voir Mathieu là tout de suite. Plutôt mourir écrasée par un panneau ou à la suite d'une morsure de rat. Je prends mon courage à deux mains, retrouve l'air libre de la capitale et profite des quelques minutes de marche qui me séparent de la rue de Montpensier pour calmer mes nerfs en pelote. Je me regarde toutes les 10 secondes dans une vitrine de peur d'avoir un morceau de salade coincé entre les dents ou un bout de papier toilette collé sous mes semelles. Depuis quand suis-je aussi parano ? Depuis que tu as rendez-vous avec Mathieu, pardi ! Tiens donc, une vraie lumière, ma conscience. En moins de temps qu'il n'en faut pour m'en rendre compte, je poireaute devant l'entrée du restaurant. Un coup d'œil à ma montre m'indique qu'il n'est que 20 h 45. C'est tout moi ! J'ai tellement peur de faire attendre les autres que je débarque toujours des plombes en avance. Alors, je me retrouve comme une truffe à patienter et à faire les cent pas toute seule. J'en profite pour lire les nombreux articles magnifiant le restaurant et observe avec délice les personnes se rendant au théâtre du Palais Royal, situé juste en face.

• • •

Une demi-heure plus tard, Mathieu pointe le bout de son nez, fringuant comme un cheval de course et vêtu d'un costume coupé à merveille. Il est beau comme un dieu et je sens mes jambes en flageoler de plaisir. Lorsqu'il m'aperçoit, il sourit, ravi de me trouver là avant lui ou surpris tout court de ma venue, même si je suis persuadée qu'il savait que je viendrais… j'étais toujours venue, fidèle à nos rendez-vous.

Au moment de nous dire bonjour, le malaise entre nous est perceptible. Bisou, baiser ou bise ? Je ne sais pas ce qu'il convient de faire. Mathieu semble hésiter et finalement, nous ne faisons rien et restons plantés l'un en face de l'autre en nous regardant dans les yeux.

— Salut, finit-il par articuler.

— Salut, lui renvoyé-je, gênée.

— Tu vas bien ?

Depuis quand s'enquiert-il de mon état ?

— Bien et toi ?

— Oui, merci. Tu es prête ?

— Je te suis.

Je pénètre dans le restaurant à la suite de Mathieu. Le décor est somptueux, les tables jouent à cache-cache au milieu des lourds rideaux en velours rouge et l'odeur douce des fleurs installées çà et là me chatouille les narines, titillant mes sens. Les murs en pierre et la lumière orangée rendent le lieu incroyablement intime et je sens un frisson me parcourir le dos. Nous nous installons dans une petite alcôve au fond du restaurant. Je regarde, émerveillée, le relief de la roche et les lys blancs délicats, quand je remarque que mon ex n'a rien perdu de mon air ébahi. Mathieu plonge ses yeux dans les miens et murmure d'une voix suave :

— Je savais que tu aimerais ce lieu. Je l'ai su quand je suis venu la première fois.

Ma seule pensée à ce moment est : mais avec qui est-il venu la première fois ? Je me retiens de faire une remarque assassine, car l'endroit ne se prête pas vraiment aux scènes de ménage, mais plutôt aux déclarations d'amour enflammées les yeux dans les yeux. La sollicitude de Mathieu me touche même si j'essaie de le cacher de toutes mes forces.

— Oui, c'est vrai, je le trouve magnifique.

Nous nous observons durant de longues minutes, sans prononcer un mot. Je me sens de plus en plus mal à l'aise. Pourquoi donc suis-je venue ? Mon ex finit par rompre ce silence pénible.

— Tu vas vraiment partir à Los Angeles ?

La question me frappe de plein fouet. Je prends mon ton le plus professionnel possible.

— Oui, je vais vraiment partir. J'ai besoin de prendre un nouveau départ, de voir autre chose.

Je bois une gorgée d'eau en attendant sa réaction. Il ne tarde pas à me demander sur un ton sérieux :

— Tu veux t'éloigner de moi ?

Je m'étrangle avec mon eau gazeuse. Il poursuit :

— Je plaisante, Léane, détends-toi.

Il se marre, ne pensant pas une seule seconde qu'il pourrait avoir raison.

— Je suis ravie de voir que tu possèdes toujours ce sens de l'humour si particulier, Mathieu.

— Oh, arrête de faire ta rabat-joie, ça me fait vraiment plaisir de te voir. J'avais envie de te parler.

Ah, nous y voilà. Dix minutes à peine après avoir franchi la porte du restaurant, Mathieu va enfin me confier ce que j'attends si ardemment. Je vais enfin le savoir. Malheureusement, c'est à ce moment précis que nous sommes interrompus par le responsable du restaurant, approchant de notre table avec deux mojitos magnifiquement servis. Les verres éclairés par une lumière jaune-vert grâce à un support débordent de glace pilée et de feuilles de menthe d'un vert éclatant. L'homme nous confie qu'il fait les meilleurs mojitos de Paris, ce à quoi j'ai envie de répliquer qu'il a tort puisque les plus savoureux sont concoctés par Tessa et moi-même, mais quelques gorgées de la boisson délicieusement sucrée plus tard, je dois avouer que le cocktail est exquis. Je commence enfin à me détendre et m'enfonce un peu plus dans mon siège en cuir noir, bercée par la musique lounge du restaurant.

— Il est bon, n'est-ce pas ? Si je me rappelle bien, c'est ton cocktail préféré, énonce Mathieu avec un sourire.

— En effet, c'est vrai.

— Tu te souviens de la cuite que nous nous étions prise à Malte ? C'était vraiment fou…

Je rigole de bonne grâce. C'est vrai que cette soirée demeure un excellent souvenir… enfin les bribes de la soirée dont je me souviens, car notre taux d'alcoolémie frôlait l'indécence et j'ai occulté certains détails à cause de la honte cuisante que j'avais ressentie. À l'époque, profitant de mes vacances d'été, j'étais partie rejoindre Mathieu à Malte alors qu'il effectuait un stage dans une banque. Six mois de distance forcée à m'inquiéter. Attendre des nouvelles, m'imaginer ses soirées et ses sorties. Six mois à vivre dans la peur d'être trompée sans jamais le savoir. Bref, six mois de torture mentale que j'avais étonnamment bien supportés en occupant mon été au maximum avec des vacances en Corse entre amis. Cependant, j'étais partie le rejoindre et j'avais passé plus de trois semaines à Saint-Julian's, le lieu de prédilection de la fête et de la débauche sur l'île. Il faut dire que malgré les mésententes et les fréquentes engueulades, nous passions de bons moments tous les deux. Ce soir-là, nous avions mangé des sandwichs sur la toute petite plage située au centre de la ville, nous avions dégusté un lait frappé au McDo pour le dessert et nous nous étions préparés à sortir. Je portais une mini-jupe en jean et un haut bleu légèrement transparent. J'étais scandaleusement trop séduisante, mais j'étais jeune et je m'en fichais. Nous avions passé la soirée à danser et à boire des doses de tequila et des vodkas orange dans les boîtes de la ville en compagnie des gérants de sa banque. Je me souviens particulièrement bien de ma danse endiablée sur une table et de ma terrible chute sur le chemin du retour où je m'étais frappé la tête contre un mur et avais terminé les quatre fers en l'air. D'ailleurs, la totalité des personnes présentes avait pu admirer ma magnifique culotte à fleurs rose. La honte. Mais étant complètement bourrée, j'en avais rigolé de bon cœur. En rentrant, nous comptions faire l'amour comme des bêtes jusqu'au petit matin. Enfin, c'était ce que notre tête nous sommait de faire. Malheureusement, nos corps en avaient décidé autrement et nous avions passé la nuit à partager la salle de bain. Lui vomissant dans les toilettes et moi, dans le lavabo. Charmant. Mais nous avions bien ri. Surtout la semaine suivante lorsque nous avions rayé de nos mémoires la douleur et la honte de la situation.

— Comment l'oublier ? concédé-je en riant.

Mathieu me fixe intensément. Il va me faire une déclaration d'amour profonde. Il va enfin me confier pourquoi je suis là. Je le sens !

— Je ne t'avais jamais vue aussi bourrée. Qu'est-ce que j'ai ri en te voyant te prendre ce mur !

Ouais. Il y a mieux comme déclaration. Mais en m'imaginant titubant et zigzagant, je ne peux réprimer mon fou rire.

— Hé, tu peux parler, toi ! Je ne t'avais jamais vu vomir avant ce jour-là. J'ai été choquée à vie par cette vision d'horreur !

— OK, OK, nous sommes quittes.

Nous nous regardons en riant, aussi complices qu'avant. Aussi complices que chaque fois que nous nous voyons. Mathieu reprend :

— Remarque, il me suffit de fermer les yeux pour te revoir en petite culotte au-dessus du lavabo. Heureusement que je n'ai pas dû te tenir les cheveux !

— Arrête, lui crié-je en rigolant.

Je lui lance une petite tape afin de lui montrer ma désapprobation. Il attrape ma main au vol et ne la lâche plus. Le serveur arrive avec les entrées, interrompant ce rapprochement physique : un trio composé d'un velouté de homard surmonté d'une mousse de coco, de foie gras à la fraise et de petites pousses. Je suis impressionnée et en plus, je meurs de faim. Notre bonne entente commune et le mojito sifflé au début du repas m'ont ouvert l'appétit. Le foie gras fond dans ma bouche et je profite de cette sensation de douceur avant d'attaquer le velouté de homard qui se boit à la paille. Avec ces petits délices, nous dégustons deux verres de vin : un Chardonnay Incompreso, sec et fruité ; et un Sauternes à boire avec le foie gras. Tous mes sens sont en éveil. Après avoir aspiré goulûment le velouté jusqu'à la dernière goutte, je lèche la paille recouverte de mousse. Un vieux réflexe pas très séduisant, mais je m'en fiche, c'est trop bon ! Du coup, mes lèvres sont recouvertes d'une couche de liquide blanc. Mathieu approche ses doigts et essuie délicatement ma lèvre. Je le regarde, troublée. Il poursuit :

— Tu te souviens des dauphins ?

Alors là, les dauphins… J'aurais dû m'y attendre. Après le vomi, les dauphins. Mathieu a décidé de me faire une petite compilation des meilleurs moments de notre relation. Mais dans quel but ? Je réponds, la tête pleine de souvenirs.

— Ça non plus, je ne peux pas l'oublier, tu le sais bien.

Pour fêter le troisième anniversaire de notre relation, nous avions décidé de nous offrir un moment magique : nager avec des dauphins dans un parc aquatique. Le contact avec ces animaux marins avait été fantastique et leur intelligence m'avait beaucoup émue. Je garde d'ailleurs précieusement les photos de ces instants dans un petit coffret. Mais mon ex n'est pas au courant. Il me lance, la voix remplie de nostalgie, ce qui ne lui ressemble pas :

— Nous avions passé un moment vraiment génial, non ?

— Oui, c'était vraiment sympa. Tu te souviens quand nous étions allés au bar à sushis ?

Merde, je suis entrée dans son jeu !

— Je m'en souviens comme si c'était hier ! Tu n'en avais jamais mangé ! rétorque-t-il.

— Je n'étais pas prête de recommencer avec ce qui s'était passé le lendemain.

Mathieu cherche dans ses souvenirs. Soudain, je le vois écarquiller les yeux et remarque un sourire s'étaler sur son visage :

— Quelle horreur ! J'étais en train de mourir ! Foutus sushis.

— Je t'avais rarement vu aussi mal et pourtant, nous étions tout de même allés au Blue Lagoon.

— Tu m'étonnes, je vomissais toutes les demi-heures. J'ai cru que je ne survivrais pas au trajet en bus.

— Moi, j'ai passé les trois jours suivants sur mes toilettes !

Nous rions de bon cœur. Cependant, je ne peux m'empêcher de me poser des questions. Pourquoi Mathieu souhaite-t-il me voir, dans quel but et pour me confier quoi ?

— Léane ?

Je frétille d'impatience ! Il est sur le point de m'avouer son amour, ses regrets sur notre séparation, son envie de tout recommencer ! Je réponds, pleine d'espoir :

– Oui ?

– Tu veux manger quoi ?

Je réponds tout déboussolée :

– Euh…

– Tu as le choix entre une raviole de homard Rossini ou une raviole de veau Rossini. Tu préfères laquelle ?

Je préfère que tu me dises directement pourquoi tu m'as amenée dans ce restaurant romantique et pourquoi tu me rejoues les souvenirs de notre histoire. Manquerait plus que les violons. Je lui dis plutôt :

– Le homard.

– Je prends le veau et je te ferai goûter comme nous faisions avant, ajoute Mathieu en me faisant un clin d'œil.

Encore, une fois, j'ai le caquet bouclé. Je me rabats sur le vin. Mathieu reprend le fil de la conversation. Cependant, j'aurais préféré qu'il s'abstienne :

– Je peux te poser une question ?

Je ris jaune et réponds, énervée :

– Depuis quand demandes-tu la permission ?

– T'as raison, je commence à devenir trop poli.

– Alors ?

Comme il ne répond pas et que je suis tenaillée par la curiosité, je le presse de continuer :

– Vas-y, tu sais que je ne mords pas. Enfin, pas souvent.

– Tu as des regrets parfois par rapport à notre histoire ?

Je suis estomaquée. Sur les fesses. Je ne sais pas quoi lui répondre. J'en ai des tonnes : ses mensonges, la trahison, la peur, l'attente, son égoïsme ravageur, ses sorties, ses copains, ses joints... la liste est beaucoup trop longue et je préfère m'abstenir. Mais je suis curieuse :

— Pourquoi tu me demandes ça ?

Il regarde ses pieds puis relève les yeux.

— Je n'en sais rien, pour discuter.

Un petit silence s'installe. Je bois un peu de vin pour faire passer le malaise. Heureusement que mon ex trouve finalement une solution à ce silence pesant.

— Une bouteille de champagne, ça te tente ?

— Oh oui ! J'avais oublié que tu me connaissais aussi bien, répliqué-je pour le taquiner.

Dix minutes plus tard, nous avons sifflé la moitié de la bouteille et nous rions comme des baleines. Heureusement, l'arrivée du champagne a été un parfait stratagème qui m'a permis d'esquiver la question piège de Mathieu.

— C'est dommage que tu t'en ailles. L'agence va galérer sans toi. Mais comme je te connais, je sais que tu n'aimais pas ton emploi là-bas. Je me trompe ?

— Bah, disons que d'être pendue au téléphone et passer des heures sur des feuilles Excel, ça ne m'excitait pas plus que ça.

— Évidemment, puisque ce qui t'excite, c'est moi !

— Mathieu, arrête !

— Ben quoi, je me trompe ?

— Pas entièrement, mais là n'est pas la question.

— Tu vas faire quoi exactement ?

— Je vais animer une chronique dans une émission américaine.

— C'est drôle, mais je ne t'imagine vraiment pas en animatrice. Tu es certaine d'avoir le tour de poitrine requis pour les États-Unis ?

— Merci pour tes encouragements, j'apprécie beaucoup. Il commence à me taper sur les nerfs, le garçon.

— Ne fais pas ta rabat-joie, Léane.

Dommage, la soirée se déroulait plutôt bien jusqu'ici. Encore une fois, Mathieu me montre qu'il reste toujours le même. Incapable de trouver les mots justes pour me faire du bien. Pour me rassurer et m'encourager. Tant mieux, les choses sont claires et limpides. Je ne sais toujours pas pourquoi je suis dans ce restaurant et ce que Mathieu tenait tant à me confier. Apparemment, je ne le saurai jamais. Je vais partir à des milliers de kilomètres et mettre le point final à cette histoire qui m'empêche d'aller de l'avant.

Nous dégustons le dessert en silence.

— Bon, Mathieu, il se fait tard. Je vais rentrer, j'ai encore des valises à terminer.

Il me regarde comme si l'information ne lui faisait ni chaud ni froid.

— Comme tu veux.

Le repas a été agréable sur certains points, mais la conversation et les explications que j'attendais ne sont pas venues. Pourquoi tant de mystère ? J'ai l'impression d'avoir perdu mon temps. D'avoir perdu plus de quatre ans de ma vie. Je suis terriblement déçue. Terriblement triste.

Mathieu paie l'addition et nous sortons dans la rue en face du théâtre. Nous n'avons toujours pas prononcé un mot alors que nous passons devant le jardin du Palais Royal. Nous marchons en silence jusqu'à la station Palais Royal — Musée du Louvre, et j'ai envie de pleurer lorsque nous arrivons devant le panneau orangé qui indique l'entrée du métro. J'essaie de prononcer une phrase, mais les mots restent coincés dans ma gorge. Mathieu me fixe.

— Au revoir, Léane. J'espère sincèrement que tout se passera bien pour toi aux États-Unis. Tu le mérites.

— Au revoir, Mathieu, peiné-je à articuler.

Mathieu s'approche de moi et dépose délicatement un baiser sur ma joue. Je sens son parfum poivré. Un parfum que j'avais aimé et qui m'évoquait les pires comme les meilleurs sentiments. Au moment où je me retourne, une larme coule le long de mon nez. Je descends quelques marches, attendant hypothétiquement que Mathieu me rattrape et me retienne. Mais je n'entends que les sonneries des portes du métro de la ligne 7 et le bruit sourd des tourniquets de l'entrée. Voilà. La fin de l'histoire. La fin de plusieurs années de tourments amoureux. J'ai tant attendu de ce repas. Attendu quoi ? Des réponses, tout simplement. J'avais besoin de l'entendre me dire qu'il tenait à moi, qu'il regrettait, qu'il s'excusait. Je continue ma descente dans les entrailles de Paris. Je ne me retournerai pas, je ne veux pas que Mathieu me voie pleurer. Pas encore une fois. Même pas cette dernière fois.

— Léane !

Voilà, j'entends des voix. À force de trop espérer, je finis par devenir complètement folle. Je suis Jeanne d'Arc, qui l'aurait cru ?

— Léane, attends !

Mathieu m'a rejointe sur les marches de l'escalier et m'a saisi le bras pour que je me retourne.

— Léane, dès que je t'ai vue la première fois, j'ai su que ma vie ne serait plus jamais la même. Tu lui as donné du sens. Je sais que tu ne méritais pas tout ce que je t'ai fait vivre, mais tu me manques. J'ai mis du temps à comprendre que sans toi, sans ton soutien, je ne suis rien. Si tu savais comme c'est dur, cette situation, pour moi. J'ai l'impression de lutter de manière permanente entre deux faces de moi-même. Celle qui aimerait être capable de te rendre heureuse et l'autre qui ne se sent pas en mesure de t'apporter tout cet amour. Mais ce que je souhaitais te dire ce soir c'est que… c'est que tu as changé ma vie et que … je t'aime.

Il saisit mon visage entre ses mains puis m'embrasse tendrement. Je me laisse faire et profite de ses mots tant attendus. Ce baiser a un sacré goût de sel. Le sel de mes larmes qui recommencent à couler. Son « je t'aime » et ses mots doux, je les attendais depuis longtemps. Maintenant, il est trop tard…

– Pourquoi tu fais ça maintenant, Mathieu ?

Il me regarde tristement, hausse les épaules puis tourne les talons, me laissant plantée sur les escaliers de la station de métro.

CHAPITRE 18

Quatre valises, un Boeing et des palmiers, destination Hollywood!

Quand on ne peut pas changer le monde,
il faut changer le décor.
— Daniel Pennac

Le lendemain, j'agis comme un automate. Je plie mes t-shirts et mes jupettes en écoutant les derniers tubes de Rihanna. Les sons rythmés de ses chansons m'évitent de pleurer.

Une fois mes valises alignées dans mon appartement, je m'assieds en tailleur sur le sol et contemple l'espace vide de mon studio. Tout semble plus grand. J'ai l'impression que ce n'est pas chez moi, que je n'y ai jamais vécu, que Tessa n'a jamais vomi sur le sol à un centimètre de mon genou gauche, que je n'ai jamais fait exploser un bol de bolognaise dans mon four à micro-ondes (il y en avait partout, on aurait dit une scène de crime ultra violente) et que Mathieu ne m'a jamais fait l'amour sur mon tapis à un mètre devant moi. Ah, Mathieu. Je suis complètement perdue. Mais j'ai tellement de choses à faire pour préparer mon départ que je tente de recaler mon ex dans un coin de mon esprit. Tessa ne va pas tarder à arriver, elle m'amène à l'aéroport. Je ferme les yeux et vide mon esprit. *Pense à Los Angeles, Léane. Pense aux palmiers, aux collines d'Hollywood, aux martinis sur les terrasses, au soleil !*

Il ne me reste plus qu'à donner mes clés au concierge, qui les transmettra à mon sous-locataire, puisqu'en vraie tête de linotte, je n'ai pas donné mon préavis assez tôt à la régie, j'ai donc dû me résoudre à sous-louer mon appart.

Martin Kinsley m'a appelée hier pour m'avertir qu'une suite est réservée pour moi au nom de BOH dans un palace près de l'aéroport. Je vais y séjourner avant de rejoindre mon studio entièrement rénové à Santa Barbara ! J'en profiterai pour me reposer et récupérer du décalage horaire puisque la visite des studios d'enregistrement est prévue quelques jours après mon arrivée.

Mon portable sonne et le nom de Tessa s'affiche sur l'écran. Je réponds plus vite que l'éclair.

— Je descends mes valises, ma belle.

— Je suis garée juste devant chez toi. Tu as de la chance ! Dépêche, un camion klaxonne déjà derrière moi.

— J'arrive, je cours, je vole, l'assuré-je en courant récupérer mes valises.

Une fois la voiture de Tessa remplie à ras bord, nous filons en direction de l'aéroport. Je me demande combien d'argent je devrai débourser pour acheminer mes suppléments de bagages à Los Angeles. Puis, je constate que je pourrai faire ma première note de frais au nom de BOH. BOH, je n'y crois pas, j'ai envie de le crier, juste pour rendre la nouvelle de mon départ plus réelle. D'ailleurs, je baisse la vitre et crie BOOOOH en sortant la tête. Les gens me regardent comme si j'étais folle. Je m'en fiche, je ne les reverrai plus jamais. Je vous laisse les platanes et les métros puants, et je file vers les palmiers et les voitures décapotables. Je suis à nouveau gagnée par l'euphorie ! Typique de mon état de ces derniers jours. J'ai l'impression d'être un véritable ascenseur émotionnel.

Quand nous arrivons au terminal, j'entends les avions vrombir au-dessus de ma tête dans un bruit d'enfer. Nous galérons pour sortir mes valises du coffre tellement les bagages sont volumineux. Voilà, même pas arrivée à Los Angeles que je suis déjà en train de suer comme un ours polaire au soleil.

Je file vers le comptoir d'enregistrement, Tessa sur mes talons traînant péniblement deux énormes bagages derrière elle. Je souffle comme un bœuf en arrivant près de la jeune hôtesse, pimpante et bien maquillée, elle.

— Bonjour, Madame. Billet et passeport, s'il vous plaît.

Merde, mon passeport ! Mais où est-il ce fichu passeport ? Il me faut un nouveau cerveau. Je fouille frénétiquement dans mon sac de couturier de la grandeur d'un sac poubelle 30 l, mais ne trouve rien. Je panique et me retourne vers Tessa, qui pouffe de rire.

— Tiens, poisson rouge, tu me l'as donné en descendant de la voiture en disant, et je cite : « Prends mon passeport, je suis capable de le perdre en parcourant les 50 m qui nous séparent de l'enregistrement. »

— Ah, mais que ferais-je sans toi, ma bichette !

— Tu finirais seule, désespérée et triste, et…

Je lui envoie un coup de billet d'avion sur l'avant-bras pour lui rabattre le caquet. Je saisis mon passeport et le transmets à l'hôtesse, qui commence à s'impatienter.

— Vous avez des bagages, Mademoiselle ?

— Je passe, lui réponds-je en rigolant.

Mais elle, elle ne rigole pas. Elle fait la tronche. Je pense que les quatre énormes valises qui se trouvent derrière moi n'y sont pas étrangères.

— Oui, j'en ai quelques-uns.

— Tous ces bagages sont à vous ? s'exclame-t-elle, éberluée.

— Euh… oui.

— Mais vous êtes au courant que vous n'avez droit qu'à 32 kg en classe affaires ?

— Oui, Mademoiselle, mais voyez-vous, je quitte ma vie ici pour m'installer à Santa Barbara et ma vie ne peut pas tenir en 32 kg. Ma société paiera le supplément.

Ouh, je me vante !

— Très bien, concède-t-elle, de mauvaise humeur, en étiquetant mes valises.

Je récupère la facture faramineuse et me retourne vers ma meilleure amie pour lui dire au revoir.

— Merci d'être venue avec moi, ma cocotte. Tu vas me manquer !

— Toi aussi, ma chouquette. Mais nous nous verrons très vite !

Nous nous étreignons dans le hall de l'aéroport sans pourtant nous laisser aller à un épanchement massif. Vous vous demandez pourquoi je ne pleure pas comme une madeleine en quittant Tessa ? Si je ne sanglote pas, c'est parce que je sais que je la reverrai bien vite. D'ailleurs, il faut que je vous raconte ce qui lui est arrivé, c'est génial ! Comme quoi la vie nous réserve parfois des surprises extraordinaires, et je suis bien placée pour le savoir.

— *Les passagers en partance pour Los Angeles sont priés de se présenter à la porte 8, merci.*

L'appel retentit dans tout le hall d'aéroport. Je frissonne. Voilà, c'est le moment de partir, je dois me présenter au quai d'embarquement. J'agite la main en direction de Tessa en guise de dernier au revoir avant de tourner les talons.

Quand le Boeing décolle dans un vrombissement impressionnant, je flippe tellement (comment un engin de plusieurs tonnes peut-il voler ?) que je serre contre moi mon pot de moutarde de Dijon acheté à la boutique hors taxes. Oui, c'est ridicule, mais de le faire me calme les nerfs et me distrait des petites maisons que je vois rapetisser à vue d'œil. Si nous nous écrasons, je pourrai me gaver de spécialités françaises une toute dernière fois. Je ne mourrai pas le ventre vide. Que ferais-je si nous nous écrasions vraiment ? Oh, non, je vois l'aile de l'avion vibrer bizarrement, puis c'est quoi, ces trous d'air ? Haaaaa. L'hôtesse me stoppe dans mon délire en me proposant un verre.

— Mademoiselle, un jus d'orange, de pomme, de goyave ?

De goyave ? Je ne sais même pas à quoi ressemble ce fruit.

— Auriez-vous quelque chose de plus fort ? l'interrogé-je en maîtrisant ma voix, légèrement tremblante en raison de ma frayeur de l'écrasement.

— Martini, vin blanc, champagne ?

— Vous allez me faire aimer l'avion, je crois. Une coupe de champagne s'il vous plaît !

— Je vous amène ça tout de suite.

Six coupes de champagne plus tard, je chante *Dis-moi* de BB Brunes en mimant des gestes de rockeur furibond. Une fois l'effet de l'alcool légèrement estompé, mes pensées philosophiques reprennent le dessus sur mon angoisse. Voilà, je suis dans l'avion qui m'emmène à des milliers de kilomètres de mon ancienne vie.

À des milliers de kilomètres de Peps Events.

À des milliers de kilomètres de Mathieu.

Si j'ai évité d'y réfléchir ces dernières heures à cause du stress lié au départ, je n'arrête pas de penser à la déclaration de mon ex maintenant que je suis clouée dans mon siège. Pourquoi fallait-il qu'il m'avoue ses sentiments à ce moment-là ? Après être rentrée dans mon studio rempli de cartons, je n'avais pas pu m'empêcher de pleurer comme une madeleine durant une bonne partie de la nuit. J'avais l'impression que deux faces de lui s'amusaient à me rendre folle. Peut-être souffre-t-il d'un syndrome de personnalités multiples ? L'annonce de mon départ avait sans doute précipité les choses. En prenant ma vie en main et en quittant Paris, je suis soudainement devenue irrésistible pour lui.

Puis, il y a un autre homme à qui je pense régulièrement. Je ne peux pas me l'enlever de l'esprit et pourtant, Dieu sait que j'ai essayé ! Je ne comprends toujours pas pourquoi il n'a jamais répondu à mon message. Oui, Stéphane reste une énigme pour moi. Vous vous demandez sûrement pourquoi je ne l'ai jamais rappelé ? Mais à cause de mon ego blessé, pardi ! Si je lui avais plu, il me l'aurait envoyé, ce message tant attendu ! Pourtant, j'avais ressenti des papillons dans le ventre pour la première fois depuis des lustres, j'avais été heureuse avec lui et pire encore, je sais aujourd'hui que je pourrais tomber amoureuse de lui. Apparemment, je me suis lamentablement trompée sur ses intentions. C'est dommage… en plus, je ne vous ai pas raconté quel travail il fait quand il n'est pas responsable d'activités en montagne. Stéphane est réalisateur de plateau télé, il travaille pour la télévision ! Comme moi maintenant. Un vrai signe du destin, je vous dis.

Bon, il faut que j'arrête de penser à ces deux hommes, ils font partie de mon passé. Une nouvelle vie commence et je souhaite en profiter ! Libère-toi, Léane, allez ! Oh oui ! Dans mon élan d'optimisme, je lève les bras en l'air et… renverse ma septième coupe de champagne sur mon jean.

Douze heures plus tard, le commandant de bord annonce notre descente sur la cité des anges. Je n'y crois pas lorsque le Boeing pose ses roues sur le tarmac de l'aéroport californien dans la chaleur naissante du mois de juillet. Je vois un palmier à travers le hublot ! C'est fou, un palmier ! Qu'est-ce qu'il est beau avec ses feuilles vertes !

En descendant de l'avion, j'observe la végétation sèche, habituée à résister aux affres d'un climat aride tout en savourant la bouffée de chaleur qui me lèche le visage. Californie, me voilà ! Une fois à l'intérieur du bâtiment, nous suivons le long couloir jusqu'à la salle de livraison des bagages.

Je sors du terminal en poussant mon chargement avec peine quand j'aperçois un homme tenant à bout de bras un écriteau sur lequel je déchiffre : « Léane Dubois, BOH ». En grand. Ouah, de voir son nom à côté de celui de la plus grande boîte de production de la côte ouest claque drôlement ! Il porte des lunettes noires et un costume bien coupé qui le fait ressembler aux agents secrets dans le film *Hommes en noir*. Je tente de maîtriser les battements de mon cœur et ma respiration saccadée avec les exercices que j'ai appris durant mes heures de Pilates (enfin, pendant les deux premiers cours, car nous avions rapidement abandonné avec Tessa en constatant, ô désillusion, qu'il n'y avait strictement aucun homme dans la salle). Sans succès.

Après les salutations d'usage, l'agent d'*Hommes en noir* et moi sortons de l'aéroport. Les rayons de soleil caressent mon visage fatigué et m'éblouissent. Je vois des palmiers partout et plonge la main dans mon sac pour sortir mes lunettes de soleil. Je les pose délicatement sur mon nez et je savoure cet instant où tout me semble parfait, où je me sens à ma place et avec des projets plein la tête. Je n'y crois pas tellement l'expérience unique que j'ai commencé à vivre me semble tout droit tirée d'un rêve. En outre, j'ai peur de me réveiller.

Je monte dans une magnifique berline aux vitres teintées et aux sièges en cuir qui m'amène directement au Four Seasons de LA. J'ai rendez-vous dans quelques jours avec l'assistant de Martin pour faire le tour des studios d'enregistrement. En attendant, je ne pense qu'à une chose : dormir. Malgré l'euphorie et l'adrénaline déversée en masse dans mon corps, le manque de sommeil et le décalage horaire commencent à se faire sentir.

Une fois seule dans ma suite gigantesque, je souris en constatant que les paniers de fruits sont bien là, ce n'est pas une légende. Je ressens un grand vide. Je n'ai plus aucun repère. Je me jette sur le lit et regarde le plafond, mon iPhone dans les mains.

Une seule pensée m'obsède. Il faut que je règle le problème maintenant, je dois savoir ! Alors, je compose un numéro sans vraiment y réfléchir. Un numéro que je connais par cœur. Un numéro qui fait partie de mon passé. Au bout de trois sonneries, une voix d'homme résonne dans mon téléphone.

— Allô ? prononce la voix grave si familière.

— Allô ! C'est moi.

— Oh, que me vaut l'honneur ?

— Arrête !

— OK, je plaisante. Ça me fait plaisir de t'entendre.

— Moi aussi, ça me fait plaisir.

— Tu es bien arrivée à Los Angeles ?

— Oui. Je suis crevée, mais j'ai survécu au vol au-dessus de l'Atlantique.

— Si tu m'appelles, ça signifie que je te manque déjà ?

— Ne rêve pas, je t'appelle pour te demander un service.

Je sens mon interlocuteur perplexe, mais je le connais trop bien et je sais pertinemment que je peux compter sur lui. Il finit par me répondre sur le ton de la plaisanterie :

— Tu viens à peine de me quitter et tu me demandes déjà un service ?

— J'avoue que ce n'est pas des plus sympathique, mais j'ai besoin de toi.

— OK, Léane, je t'écoute.

— J'ai besoin d'un numéro de téléphone.

Deux minutes plus tard, j'ai noté la précieuse information sur le luxueux bloc-notes du Four Seasons. L'homme me répond :

— Tu as tout ce qu'il te faut ?

— Oui, c'est gentil. Merci, Patrick.

Je raccroche avant de composer, le cœur battant, le numéro de portable de Mountain Activity aux Diablerets (sur le site Internet, on ne trouve que le fixe, évidemment).

Après trois sonneries dans le vide, je raccroche précipitamment. Qu'est-ce que je vais dire si Stéphane répond ?

« Euh (fichu euh, il est de retour)… pourquoi tu n'as point daigné composer un petit texto après réception de ma déclaration téléphonique enflammée ? » ou encore : « Pourquoi m'as-tu laissée seule et désespérée avec mon énorme pot de glace comme une misérable célibataire désenchantée sans message à se mettre sous la dent (il fallait bien que je compense avec la glace du coup) ? » Ou encore : « Pourquoi as-tu fait battre ce petit cœur que je croyais mort, pourquoi m'as-tu donné l'espoir d'avoir trouvé l'amour, pourquoi existes-tu ? » Plutôt que de partir dans un discours dramatique, j'opte pour une approche « détachée » et je prépare un petit discours très cool prétextant prendre de ses nouvelles. Ah non, j'ai mieux comme excuse : je pourrais l'appeler pour lui demander s'il a trouvé mon bonnet à pompon blanc ! Admettons que je l'ai perdu, ce serait une excuse parfaite non ? Comment, non ?

Bon, une demi-heure d'intense cogitation intellectuelle plus tard, je saisis mon iPhone et respire un bon coup avant de tapoter timidement sur les chiffres de mon téléphone. Une goutte de sueur perle sur mon front, mes mains deviennent moites et ma gorge se serre tandis que j'attends que quelqu'un réponde à ce fichu téléphone. Tut. Tuuut. Tuuuuut. L'attente est insupportable. Une voix finit par mettre un terme à mon calvaire.

— Mountain Activity, Perrine bonjour.

Merde, c'est une voix de fille ! Comment suis-je censée réagir ? Que dois-je dire ? Stéphane travaille donc avec une fille ! Il pouvait être tombé amoureux d'elle. Elle était peut-être sa nouvelle petite copine. Je raccroche. Tant pis pour la pétasse au bout du fil. Je respire un bon coup et expire l'air brusquement, ce qui m'aide à maîtriser ma colère.

Reprends-toi, Léane ! C'est peut-être la femme du directeur, elle est sûrement boutonneuse et grassouillette à cause des délicieuses fondues et raclettes au fromage qu'on sert dans la région. Maintenant que je me suis fait une image négative de Perrine, je compose à nouveau le numéro du bureau de Mountain Activity, requinquée et prête à atteindre mon objectif : parler à Stéphane et me rappeler à son bon souvenir. Le petit *tut tuuut* reprend son agaçante mélodie et moi, je me mords la lèvre tellement je suis nerveuse.

— Mountain Activity, Perrine bonjour ?

— Bonjour, Léane Dubois, j'aimerais parler à Stéphane s'il vous plaît.

Mon cœur bat la chamade, une boule d'angoisse me serre la gorge et je dois me concentrer pour fixer mon attention sur l'excuse de mon bonnet blanc perdu. Perrine hésite :

— Qui ?

— Stéphane Terdaux.

— Une minute, je vous prie.

J'entends Perrine poser le combiné, me laissant là, comme une vieille serpillière attendant qu'on veuille bien essorer ses poils mouillés. J'ai peur. J'entends des chuchotements puis des bruits de pas qui se rapprochent. Perrine reprend le téléphone et m'annonce une nouvelle qui me plonge dans un profond désespoir.

Chapitre 19

Dauphins contre pigeons ; Californie 1 — Paris 0

Une rencontre, c'est quelque chose de décisif, une porte, une fracture, un instant qui marque le temps et crée un avant et un après.

— Éric-Emmanuel Schmitt

Je fais une grimace et tente le tout pour le tout. Je dois être absolument certaine de ce que Perrine vient de m'annoncer :

— Vous êtes sûre ?

— Absolument certaine.

— Dans ce cas, pourriez-vous me donner son numéro de portable personnel s'il vous plaît ? Je l'avais en ma possession, mais je l'ai malencontreusement égaré, mens-je piteusement.

Oui, c'est un mensonge puisque je l'ai jeté dans mes toilettes lors d'une crise de colère. Mais elle n'a pas besoin de savoir ce détail.

— Je suis désolée, je n'ai que son numéro suisse, qui ne doit plus être valable, et le numéro du chalet où il séjournait ici…

Nooooon. Je retiens mes larmes de toutes mes forces et un cri sourd s'étouffe dans ma gorge. Mes derniers espoirs de retrouver Stéphane viennent de disparaître.

– Bon, très bien. Je vous remercie, conclus-je, la voix tremblante.

– Désolée de ne pas avoir pu vous être plus utile.

Quand je raccroche, je me sens incroyablement vide. C'est fou comme l'espoir remplit l'âme. Perrine vient de m'apprendre que Stéphane a quitté la station à la fin de la saison, sûrement pour retrouver la capitale, et moi, je n'ai aucun moyen de le contacter (j'ai déjà essayé Facebook). La seule solution ? Qu'il m'appelle, qu'il m'écrive, qu'il m'envoie un signe ou un pigeon voyageur transatlantique ! Qu'il trouve un moyen, quoi, c'est un homme du nouveau millénaire enfin !

Quelques minutes plus tard, je définis une nouvelle stratégie basée sur… l'attente.

Ouais, ce n'est pas terrible, mais je refuse la défaite.

Après une longue nuit de sommeil réparateur, j'émerge enfin et ouvre les rideaux bordeaux de ma chambre. J'ai encore un moment pour me reposer avant l'arrivée de Steve, l'assistant de Martin Kinsley, et je compte bien en profiter pour me prélasser dans le bain à remous de ma chambre après avoir avalé mon petit-déjeuner.

Steve doit m'amener à Santa Barbara dans mon petit appartement fraîchement rénové puis me faire visiter les studios d'enregistrement. Martin n'est malheureusement pas libre puisqu'il est parti signer un gros contrat avec une actrice new-yorkaise pour une nouvelle série. Mon programme est chargé puisque je commence mon nouveau travail dans à peine deux semaines. Vous imaginez ? Dans 15 jours, je tourne dans ma première émission ! Ce qui me laisse quelques jours pour écrire ma chronique. Une chronique de pro. Mais comment on écrit une chronique déjà ? Je sens le stress m'envahir. Que ferai-je si ce que j'écris est stupide, et si je passe pour une quiche ? Si on croit que j'ai couché avec le producteur pour avoir ma place ? Quelle horreur ! Je me laisse tomber sur les oreillers douillets de mon lit cinq étoiles. Quelle mouche m'a piquée pour que je quitte mon petit confort, mon emploi dans l'évènementiel et ma vie parisienne ? Je relativise et pense bien fort : feuilles Excel et Mathieu. Deux raisons plus que valables à mes yeux.

Je suis tirée de ma rêverie par un bip émanant de mon téléphone portable. Stéphane ? C'est drôle, c'est la première chose qui me vient à l'esprit. Je frétille dans mon pyjama tandis que je saute sur mon iPhone. *Faites que ce soit Stéphane. Je le veux. JE LE VEUUUUX*, pensé-je en tortillant les doigts en direction de mon téléphone.

> *Salut, Léane, c'est Steve. Je serai là dans une demi-heure. Je t'attends à l'entrée de l'hôtel. See ya.*

Oh, désillusion. Je savais que c'était trop beau pour être vrai, mais parfois, je crois dur comme fer à la pensée positive et je suis persuadée que si je pense suffisamment fort à ce que je souhaite, mon vœu finira bien par se réaliser. Bon, pour l'instant, j'attends toujours la preuve que mon stratagème marche. Un peu comme les régimes protéinés ou l'existence des fées, voire les produits ménagers qui « détachent le gras sans frottage ». Foutaise ! Bref, il faut que je me ressaisisse et que je me concocte un look classe-chic-élégant digne de la Californie. Je pars fouiller mes valises à la recherche d'un joli pull marin, de mon jean fétiche légèrement délavé et d'un foulard bleu ciel.

Je quitte ma nuisette et m'habille avant de me maquiller légèrement puis je remonte mes cheveux en queue de cheval pour me donner un côté dynamique. Je range le bazar qui faisait de ma chambre un véritable champ de bataille puis sors de la pièce et descends en ascenseur dans le hall de l'hôtel, où je ne vois personne.

À l'extérieur, la personne que je devine être Steve, lunettes de soleil sur le nez, m'attend au volant d'une décapotable rouge. Gros cliché, mais à ce moment-là, je me dis que j'ai eu raison de m'attacher les cheveux, au moins je ne ressemblerai pas à une femme ayant mis les doigts dans une prise de courant une fois la promenade en cabriolet terminée. Le groom amène mes énormes valises et une fois les bagages rangés dans le coffre ainsi que sur la banquette arrière (non, les décapotables ne sont pas les véhicules les plus pratiques du monde), nous démarrons en direction de Santa Barbara.

Nous empruntons l'autoroute 101, qui traverse une bonne partie du sud de la Californie, sous un soleil de plomb. Heureusement, le vent engendré par la vitesse du cabriolet me permet de me rafraîchir.

Je regarde les palmiers et les gratte-ciel, rêveuse, sans véritablement comprendre ce qui m'arrive. Je me demande si je vais réussir à surmonter mon trac et à résister à ce changement de vie. Oh et puis zut, pourquoi n'y parviendrais-je pas ? Bon, OK, je n'ai jamais vraiment animé une émission dans un vrai studio avec de vrais techniciens… dans mon appartement parisien, tout était rassurant, j'étais chez moi, dans mon univers, et je pouvais refaire la prise aussi souvent que nécessaire. Je décidais tout ce que je montrais puisque je me chargeais du montage, je coupais mes fous rires et mes bégaiements pour ne conserver que les scènes parfaites. Ici, tout sera différent. En anglais en plus. Bah, relaxe Léane, il te reste une semaine avant de commencer. Je compte bien profiter de cette semaine pour peaufiner ma première chronique et assurer comme une pro lors de l'émission.

Steve interrompt mon monologue intérieur d'une voix séduisante ; j'adore les mecs qui parlent anglais, ils me donnent des frissons.

— Alors, Léane, vous êtes bien arrivée dans la cité des anges ?

Je repense à mon voyage et souris.

— Je dois avouer que l'hospitalité des Californiens m'a surpris… dans le bon sens du terme, je dois dire.

— Tant mieux, nous aimons nous sentir utiles et bien accueillir les étrangers.

— C'est gentil. Merci d'être venu me chercher d'ailleurs.

— Oh, ça fait partie de mon boulot, vous savez, ajoute-t-il en me faisant un clin d'œil plutôt mignon.

Charmant, le garçon en fait. Je tente un coup d'œil furtif pour jauger mon chaperon. Taille moyenne, métisse, bien bâti, des cheveux bruns en bataille et une barbe de trois jours, il porte un t-shirt mauve sur un jean clair et des lunettes de soleil aviateur. Détail qui tue : le jeune homme a des fossettes ! J'adore les fossettes. Je ne peux pas résister à ces deux petits creux qui se dessinent au-dessus des lèvres. La journée s'annonce merveilleusement bien et prend une tournure des plus agréable. J'ai bien le droit de m'amuser et de flirter avec un mec mignon, non ? Bon, je sais bien que c'est une mauvaise idée dans la mesure où je voue une véritable adoration à un autre homme, mais si Tessa était là, elle m'en voudrait de laisser passer une occasion pareille. Puis, rien n'est encore fait. Mais mes hormones en ébullition semblent s'être donné le mot pour danser la gigue dans mon corps tout entier. À croire que la simple vue d'un beau mâle me fait l'effet d'un McDo après un régime draconien.

Le paysage vallonné défile devant mes yeux alors que nous longeons l'océan. J'observe les vagues qui lèchent les rochers, les mouettes décrivant des cercles dans le ciel en poussant des cris perçants et… non, je rêve, ce n'est pas possible ! Je vois d'étranges mouvements onduler au-dessus de l'eau, à intermittence régulière. Je me frotte les yeux et pousse un cri de joie.

— Steve, vous avez vu ça ?

— Quoi, que se passe-t-il ? s'inquiète-t-il.

— Là-bas, dans l'eau, vous les voyez ?

— Quoi ?

Il jette un œil sur le côté et sourit en remarquant ce qui me met dans cet état d'euphorie. Pire, il se marre.

— Vous êtes mignonne, Léane, de vous enthousiasmer comme ça. C'est tout à fait normal de voir des dauphins nager dans l'océan Pacifique, on en voit tous les jours. Vous verrez, lorsque vous irez à San Francisco, dans le Fisherman's Wharf, les otaries se prennent pour des reines. C'est un spectacle fascinant !

— C'est sûr, ça change. À Paris, nous ne côtoyons que des pigeons et des rats, c'est moins charmant que les dauphins et les otaries.

— Je vous amènerai au Fisherman's Wharf et je vous ferai goûter le crabe, la meilleure spécialité locale. Il est fantastique. Enfin, si vous aimez manger ?

— Vous plaisantez ! Je suis un estomac sur pattes.

Je me retiens de lancer que j'adore boire également ; je pourrais facilement passer pour une alcoolique. Alors quoi, j'aime bien déguster quelques verres de temps en temps, ce n'est pas un crime ! Surtout des mojitos avec Tessa ou du champagne avec Mathieu. Ah oui, et le meilleur, du vin chaud avec Stéphane. Oublie Stéphane, ma petite. Il est passé à autre chose, tu ne fais pas partie de son avenir. Tu es en Californie, c'est ta nouvelle vie. Un pincement au cœur me rappelle que, malgré le charme sensuel de Steve, je n'oublie pas Stéphane. Steve poursuit d'un ton assuré :

— Génial alors, nous irons bientôt tous les deux déguster ce crabe et je vous promets que vous allez vous amuser comme une folle.

— Magnifique, je m'en réjouis !

Je respire l'air frais de l'océan et me surprends à ressentir un intense sentiment de liberté et de bonheur. Rêveuse, j'observe la danse des dauphins, le soleil brillant sur la surface de l'eau. Je m'enfonce un peu plus encore dans le siège moelleux de la voiture. Je me sens bien, tellement bien que je pourrais conquérir le monde entier. J'ai envie d'écrire, ce paysage m'inspire, cette nouvelle énergie me transcende. Je me sens revivre.

Deux heures plus tard, nous arrivons à Santa Barbara par le Cabrillo Boulevard. La grande fontaine aux dauphins se trouve toujours au bord de l'océan, les jeunes jouent toujours au volley sur la plage en riant et le Stearns Wharf, le long ponton qui mène au Sea Center et au restaurant The Harbor, trône toujours majestueusement entre les palmiers. J'avais oublié à quel point cette petite ville était belle. À quel point elle m'avait manqué. J'y avais passé plusieurs mois pour mes études et j'avais toujours souhaité y revenir. Les bâtiments blancs de l'époque coloniale ressemblent à ces maisons grecques du bord de la mer, des maisons de taille humaine. Ici, pas de gratte-ciel, pas d'autoroute, pas de métro. Juste des palmiers, des routes pavées en terre cuite et l'océan à quelques enjambées. J'atteins un tel degré de sérénité que toutes les tensions accumulées ces derniers temps quittent mon corps. Ici, il n'y a plus de Peps, plus d'évènements à organiser et plus de Mathieu pour me faire souffrir. Je revis en pensant que je vais me créer de nouveaux repères. Exactement ce dont j'ai besoin pour me reconstruire.

Chapitre 20

La visite des studios Dreams

Mais tout peut changer. Aujourd'hui est le premier jour du reste de ta vie.
– Étienne Daho

Steve conduit jusqu'au centre-ville et emprunte une petite ruelle bordée de palmiers et de buissons. Nous nous arrêtons devant une jolie maison blanche portant l'inscription « Dreams Studio » et sortons de la voiture. J'ai mis des talons, histoire de jouer sur mon côté branché et chic, puisque je suis censée être la digne représentante de l'élégance parisienne. Mais force m'est de constater que je ne suis pas du tout dans la peau du personnage. Je manque de tomber en descendant de la voiture et mon talon gauche ne cesse de cogner contre le sol. C'est sans parler de la foulure que je risque à tout instant en marchant en zigzag. Quelle cruche, je vous jure ! Moi qui souhaitais faire bonne impression, c'est raté, je passe pour une pseudo-ivrogne qui ne marche pas droit parce que je suis incapable de gérer des talons de plus de cinq centimètres.

Les techniciens ricanent sur mon passage et les décoratrices peaufinant les détails du plateau me jettent des regards désobligeants. Steve m'entraîne dans les coulisses de mon nouveau lieu de travail en m'expliquant le rôle de chacun sur un ton énergique, me laissant à peine le temps d'enregistrer toutes les informations qui sortent de sa bouche. Après la visite de la régie, des loges et des salles de montage, nous revenons vers le plateau, où grouille une mare de professionnels de la télévision. La tête en l'air, au propre comme au figuré, j'ai la bouche ouverte et des yeux de chouette alors que je me promène, ahurie, au milieu du studio d'enregistrement. Je suis tellement impressionnée par la taille des lieux que je manque de me casser la figure à cause des câbles noirs qui parcourent le sol comme des lianes dans la jungle amazonienne.

Soudainement, je m'arrête, béate d'admiration. Le spectacle qui s'étale devant moi est tout simplement grandiose. Les lettres Hollywood trônent en arrière-fond avec l'inscription *Be Fun*, le nom de l'émission, en diagonale. Des gradins pour le public entourent la table des chroniqueurs, d'énormes caméras noires se dressent aux quatre coins de la pièce et un télésouffleur fait défiler des lignes de texte juste à côté des chaises turquoise destinées aux invités de l'émission. Steve me présente une chaise située sur la droite du présentateur principal.

— Hum… oui ? Vous souhaitez que je m'asseye pour reposer mes pauvres pieds en talons ? Comme c'est gentil !

Je m'apprête à poser mes fesses et à retirer mes chaussures pour souffler un peu tout en me disant que les mecs galants existent bel et bien lorsque je remarque l'air taquin de Steve. Il se marre. Encore. Cette manie des Californiens de se moquer de tout et de rien commence légèrement à m'agacer. Je poursuis.

— Qu'est-ce que j'ai fait encore ?

— Rien, ne prenez pas ce ton agressif avec moi ! Je vous présente votre nouvelle meilleure amie.

S'il m'avait dit qu'il était un extra-terrestre venant de la planète Mars venu sur Terre pour faire l'amour à des serpillières, je l'aurais regardé de la même manière.

— Je sais que j'ai un grain de folie et que je suis toute seule en Californie, mais de là à faire copine-copine avec une chaise, il y a un pas que je ne suis pas prête de franchir.

— C'est votre place, Léane.

— Quoi ?

Je ne saisis pas.

— Votre place de chroniqueuse.

— Ma…

Le reste des mots demeure coincé dans ma gorge. Une nouvelle émotion envahit mon corps tout entier. J'ai de petits papillons dans le ventre. Je m'approche de la chaise comme si elle était devenue l'un des objets les plus précieux dans ma vie et je passe lentement le doigt sur la courbure du dossier avant de descendre vers le siège. Ce sera ma place de chroniqueuse. MA PLACE ! À moi, rien qu'à moi. Je jubile intérieurement. Avant de me rappeler que je n'ai pas encore rédigé une ligne pour la première émission. Je flippe. Que ferai-je si je ne sais plus écrire ? Si j'ai oublié comment me servir d'un clavier d'ordinateur ? Si je ne sais même plus comment allumer mon ordinateur ? Je me reprends, et tente de détendre ma bouche qui s'est rétrécie sous le stress et de faire en sorte que mes yeux écarquillés ne me fassent pas ressembler à une biche dans la lumière des phares d'un pick-up. *Souris, Léane, souris.*

— Léane, ça va ? s'inquiète Steve en me voyant blanche comme une cigogne propre.

— Oui, oui, ce sont les émotions.

Sans même avoir le temps de me remettre, je suis entraînée par le jeune homme.

— Nous n'avons pas encore terminé !

Décidément, il ne me laisse aucun répit. Quelques mètres plus loin, mon chaperon s'arrête devant un homme aux épaules carrées, aux cheveux savamment ramenés en arrière par du gel et aux dents anormalement blanches qui discute avec un technicien en faisant de grands gestes.

— Léane, voici Mike, notre présentateur vedette. C'est lui qui passera la parole à chacun des chroniqueurs pendant l'émission. Vous devrez être particulièrement attentive à ses signaux durant l'émission, OK ?

— OK, acquiescé-je sagement en observant Mike, qui semble tout droit sorti d'une photographie représentant le parfait Américain.

— Mike, voici Léane, notre petite Parisienne fraîchement débarquée, précise Steve.

Mike se tourne vers nous, tape dans la main de Steve en guise de salut et me serre dans ses bras, une étreinte qui me permet de sentir son après-rasage trop fort et ses muscles dessinés par de longues heures d'entraînement.

— Hé, Lane, ravi de faire ta connaissance.

— C'est Léane, le corrigé-je.

— Ouais, c'est ça que je voulais dire. Bon, faut encore qu'on règle ce télésouffleur, j'arrive pas à lire mon texte dessus et si j'arrive pas à lire mon texte, ben… j'arriverai pas à présenter la première chronique. Nous nous verrons la semaine prochaine, Lane, lance-t-il en se retournant vers le technicien.

— Moi, c'est L…

— Laissez tomber, rigole Steve en me saisissant la taille pour m'emmener plus loin. Il faut encore que je vous présente les autres chroniqueurs.

Nous faisons quelques pas, traversons le plateau en enjambant les câbles puis pénétrons dans la salle de pause. À côté du buffet garni de plateaux de viennoiseries et de sandwichs, un homme ultra looké, jean étroit et polo violet discute avec une brune rondelette au regard pétillant.

– Voici, Erwan, le responsable de la rubrique tendances et Martia, notre cordon-bleu. C'est une véritable magicienne dans une cuisine, m'assure Steve.

– Léane, enchantée, me présenté-je en m'avançant vers mes nouveaux collègues.

Après une demi-heure de discussion, durant laquelle j'ai réussi à expliquer à Martia que j'étais la pire catastrophe ambulante que la terre ait portée dans le domaine culinaire, je prends congé en lui promettant de faire des efforts pour lui préparer une spécialité française. La baguette achetée à la boulangerie du coin et les rillettes de la boutique hors taxes, ça compte ? Qu'en est-il de la moutarde de Dijon ? Bon, je n'ai plus qu'à prier pour qu'elle oublie ma promesse. Je ne souhaite pas empoisonner une de mes collaboratrices. Le dernier chroniqueur, Miguel de son prénom, comme me l'apprend Steve, n'a pas pu se déplacer aujourd'hui, je ferai sa connaissance le jour du tournage.

– Que diriez-vous d'aller visiter votre appartement ? propose Steve

– Avec plaisir, accepté-je, impatiente de découvrir mon nouveau lieu de vie.

Nous sortons et retrouvons la voiture là où nous l'avions laissée. Lorsque nous arrivons sur State Street, l'une des principales avenues de Santa Barbara, Steve bifurque et freine devant une magnifique petite maison blanche au toit de briques rouges. Après un signal de sa part m'indiquant que nous sommes arrivés (au cas où je ne l'aurais pas compris toute seule), nous descendons du cabriolet rutilant et déchargeons chacun une partie de mes encombrants bagages. Nous empruntons ensuite un escalier en bois et grimpons au deuxième étage. Mon charmant accompagnateur pile alors devant une porte en bois clair et me tend en souriant un trousseau avec un porte-clés en forme de cœur alors que je tente péniblement de récupérer de l'effort déployé pour escalader la dizaine de marches que nous venons de grimper. J'ouvre la porte et m'arrête. Stupeur. Je n'en crois pas mes yeux. Après un instant de silence pesant, j'ose enfin émettre un son.

— Il est où, le piège ? ricané-je au nez de Steve.

L'homme me dévisage d'un air si éberlué que je me demande si je me suis bien exprimée en anglais.

— Je ne comprends pas, réplique le bel éphèbe. Il y a un problème ?

Je parcours encore l'espace devant moi, les yeux effarés. Si c'est une blague, elle est plutôt de mauvais goût. Mais si…

— Steve, combien serons-nous à vivre ici ? articulé-je en faisant gaffe de bien prononcer chaque syllabe.

— Comment ça, « combien » ? répète-t-il.

Curieux, il ne me semble pas parler chinois pourtant. Aurais-je des dons cachés ? Je me demande bien comment exploiter mes compétences en langues étrangères quand je constate que Steve me fixe d'un drôle d'air. Bon, là n'est pas la question, je poursuis le fil de la conversation.

— J'aimerais savoir combien nous serons à occuper ces lieux ? Car on ne m'avait pas parlé de colocation.

— Léane, cet appart est le vôtre, vous serez toute seule à l'habiter, mais s'il ne vous convient pas, nous pouvons appeler Martin et…

Steve ne peut pas poursuivre, car telle une sangsue, je me suis jetée à son cou en poussant un cri perçant qui ressemblait vaguement à « haaaaa » ou plutôt à un « hiiiii » strident. Cet appartement n'est pas un studio, mais un mini palace ! Vous savez le plus beau de cette histoire ? Il est à moi ! Après avoir enfin lâché le cou de Steve, je cours dans tout l'appartement, sautillant par-ci par-là comme un cabri dans sa montagne, sous les yeux amusés de mon chevalier servant qui se bidonne en voyant mon explosion de joie. J'ai l'impression d'être montée sur un ressort à force de bondir dans tous les coins, mais je suis incapable de m'arrêter tant l'adrénaline dans mon corps m'excite.

Le salon est une immense pièce très claire avec un parquet en bois de chêne et un magnifique canapé d'angle en cuir blanc qui fait face à un écran géant comme je n'en ai jamais vu. La porte vitrée donne sur une terrasse aménagée à laquelle des parasols blancs confèrent une atmosphère estivale et où les meubles en teck sont recouverts de coussins moelleux. Je me retiens de pousser un cri de jouissance, mais j'ai peur que Steve prenne peur et s'enfuie en courant.

À l'intérieur, l'appartement compte un immense salon, une chambre et un bureau. Mon lit est énorme, un vrai lit très grand avec un couvre-lit douillet en patchwork et des tonnes de coussins aux housses violettes. Le sol est recouvert d'une moquette épaisse assortie aux rideaux crème ; j'ai envie de me rouler par terre tellement elle semble confortable. Des bougies ont été installées sur les petites étagères et sur la table de nuit, signe qu'un décorateur est passé par là pour affiner les détails et rendre ce lieu le plus douillet possible. J'ai l'impression d'arriver dans mon nouvel appartement juste après le passage de Valérie Damidot. Je suis touchée par toutes ces attentions.

Je retourne dans le salon et avise l'énorme réfrigérateur rétro rouge qui trône dans la cuisine ouverte. Il faudra que je fasse quelques courses pour le remplir. Je l'ouvre afin de jauger la place à l'intérieur et crois rêver en constatant qu'il est rempli de bonnes choses. Ils sont allés faire les courses pour moi ! J'ai envie de pleurer tellement je suis émue.

— Ouvrez le congélateur, me suggère Steve, toujours aux petits soins.

Je m'exécute et reste baba devant le spectacle qui s'offre à moi. Une demi-douzaine de pots de glace aux noix de macadamia sont disposés sur les étages. Je saute en l'air, le sourire jusqu'aux oreilles. Je suis dans un rêve, ce n'est pas possible. Steve me tire de mes stupidités de sa voix grave et séduisante.

— Léane, je vais vous laisser, j'ai encore un programme chargé aujourd'hui. Ça va aller ?

— Oui, merci mille fois pour tout, Steve.

Il me sourit, s'approche de moi. Mon cœur bat la chamade. Que va-t-il faire ? Il ne peut tout de même pas m'embrasser maintenant, c'est trop tôt. Puis, un baiser gâcherait tout le suspens de nos prochaines rencontres. Puis, je n'ai pas pris de bonbon à la menthe et je n'ai pas mis de brillant à lèvres à la framboise et… je suis amoureuse de Stéphane. Tant pis, ne dit-on pas qu'il faut se remettre en selle directement après une chute douloureuse ? D'ailleurs, il s'approche toujours de moi. Arrivé à quelques centimètres de mon visage, il pose sa main sur mon bras et effleure ma joue avec ses lèvres. Je sens sa barbe de trois jours râper délicieusement ma peau et je frissonne en fermant les yeux. Quand je les ouvre, je le vois franchir la porte. Allez savoir pourquoi, la dernière chose que je mate, ce sont ses fesses. Je me mords la lèvre et pousse un petit gémissement. C'est vraiment moi qui viens de faire ce râle de femme en manque ? Apparemment, oui. C'est vrai que la dernière fois que je me suis retrouvée au lit avec un homme, c'était… avec Mathieu. La nuit avait été fabuleuse.

Bon, j'ai besoin d'une douche froide. Très froide. Ou alors d'une petite promenade à l'extérieur. Je saisis mon ordinateur, le glisse dans sa housse et le mets en bandoulière avant de claquer la porte de mon nouveau chez-moi. Qui sait, je serai peut-être frappée par l'inspiration pour écrire ma chronique en me baladant dans les rues pavées ? L'écriture me changera des idées obsessionnelles que je suis en train de développer au sujet de Steve. Du moins, c'est ce que j'espère au moment de franchir la porte. Je me retrouve devant l'entrée de la petite maison blanche et inscris dans ma tête les détails qui m'aideront à retrouver ma route, car n'étant pas particulièrement douée pour trouver mon chemin (je hais profondément les cartes, elles ne se mettent jamais dans le bon sens et je termine toujours pas les déchirer de frustration), je suis capable de me retrouver par rapport au port, persuadée que j'habite dans la rue située à côté.

Portée par l'envie de redécouvrir le quartier, je décide d'aller faire un tour près de l'école d'anglais que j'avais fréquentée quelques années auparavant sur Chapala Street. Je marche, pas vraiment convaincue d'aller dans la bonne direction puisque mon radar interne est plutôt défectueux, mais quelques kilomètres plus loin, j'aperçois le bâtiment de style espagnol. L'école EF est toujours au même endroit, entourée de plantes vertes luxuriantes, et arbore la même façade blanche que dans mes souvenirs. Des étudiants en sortent en riant, totalement insouciants. Ils ont l'air heureux et profitent du moment présent sans se rendre compte que la vie ne sera pas un long fleuve tranquille. Le chant de leur rire m'accompagne tandis que je fais le tour de l'école pour entrer dans la petite cour intérieure en parfaite illégitimité. La même fontaine ronde égaie le centre de la cour. De petites tables en fer blanc accueillent les étudiants pour un brin de causette ou un repas entre deux cours. Les parasols bleus aux couleurs de l'école me rappellent les excellents moments passés ici et le soleil qui nous rendait le sourire chaque matin.

Je poursuis ma visite, rejoins State Street et cherche le Paseo Nuevo, l'un des endroits les plus charmants de Santa Barbara. À l'époque, j'adorais prendre un café au Starbucks d'à côté et venir le boire sur l'un des bancs en bois verni qui parsèment le chemin des acheteurs avertis. Après plusieurs minutes de marche, j'aperçois le Starbucks. Je pénètre dans la boutique et profite un instant de l'odeur du café torréfié avant de commander un grand moka à emporter. Il ne me reste plus qu'à traverser la rue.

Le passage Paseo Nuevo est encore plus beau que dans mes souvenirs. J'en ai si souvent rêvé que j'ai du mal à me convaincre que je ne suis plus en train de dormir dans mon petit lit parisien, mais que je suis bel et bien sur le point de commencer une nouvelle vie en Californie. Des fleurs roses débordant de pots en terre cuite et des plantes jaillissent çà et là devant les boutiques. Le lierre qui embrasse les façades enserre de ses feuilles les aspérités des maisons, donnant une âme aux bâtiments blancs. Des fontaines apaisantes se nichent au creux de murets en mosaïque turquoise. L'odeur des fleurs envahit de plein fouet les passants rêveurs, prolongeant leur état de béatitude. Les visiteurs se prélassent sur les terrasses baignées de soleil, dorant leur peau déjà bronzée par des semaines de farniente.

De plus, les boutiques sont un petit paradis pour les fashionistas : Lululemon, Juicy Couture, Sur La Table ou encore Victoria's Secret, c'est un véritable paradis. Tessa, en véritable modeuse-acheteuse incapable de vivre une seconde sans un magasin à proximité, adorerait cet endroit. D'ailleurs, je ne vous ai pas encore soufflé la bonne nouvelle, celle que je voulais vous annoncer concernant ma meilleure amie ! J'ai eu beaucoup trop de choses en tête avec mon départ et avec ces histoires de déclaration d'amour. Mais Tessa a démissionné elle aussi ! Elle ne supportait plus son travail avec Richard qui cédait aux moindres caprices de la fameuse bimbo qui, elle, ne se gênait pas de lui piquer constamment ses idées d'articles. Elle a décidé de prendre une année sabbatique pour écrire un livre, son premier roman. Elle va me rejoindre dans un mois pour se changer les idées et visiter la Californie puisque l'intrigue de son roman devrait se dérouler ici !

Je m'assieds sur l'un des petits bancs en bois patiné et prends le temps d'observer les gens en buvant mon café : un couple d'amoureux s'embrasse, une grand-mère aux lèvres fines et aux cheveux blancs tient par la main sa petite-fille aux couettes blondes et un jeune homme rigole avec ses amis en dégustant un sandwich. Arrête de mater les gens, Léane, tu as d'autres choses à faire, comme écrire une chronique pour ton nouveau travail tout beau tout neuf.

Mais je ressens quelque chose d'inhabituel au plus profond de mon estomac. Une boule d'angoisse a décidé de prendre mon ventre pour son nouvel appartement. Moi qui avais toujours écrit par plaisir et sans obligation, j'inspire pour apprivoiser ma nouvelle copine Boule d'angoisse. Reprends-toi, ma poule, tu as été capable de le faire des dizaines de fois. Je peux rédiger cette chronique. J'avise un petit café et décide de me poser en terrasse avant d'ouvrir mon ordinateur. J'ai toujours rêvé d'écrire en terrasse à Paris, mais je n'ai jamais osé franchir le pas de peur de paraître ridicule ou de me faire piquer mon ordinateur par un voleur. Oui, je suis légèrement paranoïaque. *Totalement folle.*

Je rame pendant une bonne demi-heure en me creusant les méninges, mais rien ne me vient. Mes yeux se perdent dans le vague et mes pensées s'égarent. Je cherche le moindre détail distrayant afin de ne pas m'atteler à la tâche. Oh, une carte de boissons, tiens, je vais la lire de A à Z ; oh, la nappe à de jolies coutures ; et oh… une mouche ! Qu'est-ce qu'elle vole vite ! Je m'apprête à compter les pétales d'une fleur quand, soudain, j'ai une idée. Pourquoi n'y ai-je pas pensé plus tôt ? C'est pourtant un sujet parfait pour une première chronique. En plus, cette chronique pourrait m'aider ! J'allume mon ordinateur et enchaîne des lignes de texte en souriant.

Chapitre 21

Premier tournage de l'émission *Be Fun*

Toute angoisse est imaginaire ; le réel est son antidote.
— André Comte-Sponville

Le jour de la première émission, je me sens aussi en forme qu'une limace en plein soleil. Je me liquéfie sur place. Les premiers symptômes de ma transformation en mollusque gastéropode se déclarent dès le matin lorsque ma copine Boule d'angoisse se manifeste à nouveau dans mes intestins. J'ai le ventre gonflé et envie de vomir. Je ne veux plus y aller. Je veux enfouir ma tête dans mon oreiller et penser à un pot de Nutella géant que je verserais dans son intégralité sur le torse de Stéphane.

Mais la frivolité n'est pas à l'ordre du jour. Je relis ma chronique pour la énième fois bien que je sache que le moindre des mots est déjà imprimé dans ma tête. Steve m'a envoyé un texto le matin même pour me prévenir qu'une voiture viendrait me chercher à 10 h 30 précises pour m'amener au studio. J'ai eu beau lui dire que je pouvais y aller à pied et que de marcher un peu me ferait du bien (et me permettrait de libérer mon stress pathologique, et accessoirement vomir dans un buisson, ou m'enfuir en courant et ne jamais revenir), il n'a rien voulu entendre. Il est 10 h 29 quand j'aperçois le véhicule aux formes élégantes remonter l'allée qui mène à ma porte.

Une fois confortablement installée sur la banquette en cuir, je souhaite de tout mon cœur que celui-ci tombe en panne avec les portes verrouillées pour que je ne puisse pas enregistrer ma chronique. Je sais que ma réaction est puérile et que j'aurais fait tous les sacrifices possibles pour cet emploi, mais là, à quelques minutes de l'enregistrement, je flippe, je meurs de trouille, bref, je crève de stress. Je n'ai pas le temps de m'apitoyer sur mon sort, car la voiture vient de s'arrêter devant le studio et le portier ouvre la porte, me forçant à mettre le nez dehors. Je sens des mains me saisir énergiquement le bras et m'entraîner dans les couloirs du bâtiment alors que je pousse de petits cris et tente de leur faire comprendre qu'il y a erreur sur la personne, je ne suis pas la nouvelle chroniqueuse. Peine perdue.

Une assistante piaille dans son oreillette et avertit les autres techniciens que je suis arrivée juste avant de me balancer sur une chaise en face d'un immense miroir. Les autres chroniqueurs sont déjà prêts à tourner et plaisantent comme de bons diables autour de la table sur le plateau. Je suis la seule à avoir encore une tête de zombie à effrayer le plus sanguinolent des vampires de *Twilight*. Mais après 45 minutes de préparation, de coiffure intense, de maquillage charbonneux et de métamorphose express, je peine à reconnaître mon reflet dans le miroir. Je me suis transformée en une créature séduisante aux longs cils de biche et aux yeux parfaitement dessinés. Ma bouche a l'air plus pulpeuse, mes pommettes, plus saillantes, et mes poignées d'amour ont disparu sous un haut fluide en soie mauve. Je lutte contre l'envie de me ronger les ongles à cause de la panique et relis une dernière fois mes notes avant de plaquer un sourire de circonstance sur mes lèvres brillantes et d'entrer sur le plateau.

C'est parti pour 40 minutes d'émission. La grande première de *Be Fun*, le nouveau magazine de la chaîne BOH. Chaque émission est découpée de la même manière : elle commence par le sommaire annoncé par Mike, le présentateur vedette, puis les rubriques s'enchaînent. Il y a celle d'Erwan, qui porte sur les tendances de la société ; la mienne, intitulée *Life in Paris*, traitant de la vie à Paris ; celle de Miguel, qui aborde l'actualité ; puis celle de Martia, qui parle cuisine.

Je suis tendue comme une corde et peine à me concentrer sur les rubriques des autres chroniqueurs tellement les mots de ma propre contribution jouent à cache-cache dans ma tête, qui au cours des dernières minutes s'est vidée de toute substance intelligente. Ma deuxième transition se perd derrière ma vanne sur les hommes et mon introduction se confond avec ma conclusion ; j'ai la terrible impression de mélanger la totalité de mes arguments.

Dans quelques minutes, ce sera mon tour, juste après Erwan, qui a choisi de développer un sujet des plus épineux : les relations hommes-femmes au XXIe siècle et les nouveaux moyens de rencontrer l'âme sœur pour notre génération.

— Maintenant, regardons ce qui se passe de l'autre côté de l'Atlantique, du côté de notre petite Parisienne. Léane, vous venez de la ville la plus romantique du monde, est-ce plus simple de trouver l'amour à Paris ?

Là, je panique. Vas-y, Léane, parle, c'est à toi ! Dis le premier mot de ta fichue chronique. Tous les regards sont tournés vers moi et tout le monde attend ma réplique dans un silence de mort. Je suis tétanisée, j'ai la gorge sèche, les yeux écarquillés comme ceux d'un hibou et à part un sourire figé en mode « capture d'écran », je suis incapable de réagir. J'aurais dû commencer mon sujet il y a 10 secondes et je sens le malaise s'installer sur le plateau. La tension est palpable. Erwan tente de faire diversion :

– En plus, mignonne comme vous êtes, vous devez avoir plein de prétendants, non ?

Moi ? Plein de prétendants ? Je rigole tellement que mes muscles se détendent enfin, car en pensant à Mathieu et à Stéphane, il m'est impossible de ne pas trouver la situation comique. Je me reprends et les mots semblent enfin retrouver le chemin jusqu'à ma bouche.

– Malheureusement, ma vie amoureuse est loin d'être un modèle de perfection, Erwan. Ce serait même tout le contraire. Les Américains idéalisent drôlement les Français et leur romantisme légendaire, mais voyez-vous, nous sommes loin de toutes vivre des histoires passionnelles et idylliques. La tour Eiffel et l'Arc de Triomphe ne font pas tout, eh non ! Pour être totalement honnête, j'ai laissé derrière moi un ex et un homme avec qui je suis passée à côté d'une histoire formidable. Voyez-vous, mon ex a toujours été d'un naturel… hum, plutôt égoïste. Pour vous donner un exemple, il me laissait aller acheter notre baguette de pain toute seule tous les matins et préparer les cuisses de grenouilles pour le dîner.

La foule éclate de rire. J'étais persuadée en écrivant mes lignes que les clichés sur les Français fonctionneraient plutôt bien et je ne m'étais pas trompée. Après quelques autres confidences sur mon ancienne relation, j'entame ma tirade sur Stéphane. Ma bouteille à la mer et mon dernier espoir de retrouver sa trace dans les prochaines semaines. Je ne peux me résoudre à l'oublier, car je reste intimement persuadée qu'il s'est bel et bien passé quelque chose de fort entre nous et je compte bien profiter de l'émission et de sa large diffusion pour transmettre mon appel.

— Mais nous, les Françaises, sommes particulièrement sensibles au romantisme. C'est pour ça que j'ai choisi de passer un message bien particulier. Je compte sur votre aide pour m'aider !

Je vois les autres chroniqueurs se lancer des regards curieux et un brouhaha se répandre parmi les spectateurs. Après un court suspens, que je savoure, je sors une pancarte sur laquelle est inscrit le nom de Stéphane Terdaux en lettres roses avec un petit cœur rouge en fond. Je l'ai confectionnée après mon café sur le Paseo Nuevo avec du carton et de jolis feutres de couleurs voyantes. Je souhaitais que mon petit panneau soit le plus kitsch possible afin de susciter l'intérêt des téléspectateurs et surtout afin de créer un buzz pour retrouver Stéphane. Des sifflets enthousiastes et des applaudissements nourris émanent de la foule. Les présentateurs se lèvent et applaudissent à leur tour en rigolant. Mais je n'ai pas terminé mon petit numéro. La deuxième phase de mon plan se met en place et j'agite alors une pile d'affichettes avec une photo de lui prise lors de la consolidation d'équipe en Suisse par le photographe de Peps et récupérée avant mon départ.

Je me lève et file dans la foule distribuer mes tracts, brandissant les photos du beau jeune homme par-dessus les têtes des spectateurs. Mon stratagème fonctionne, ils jouent le jeu et se bousculent pour attraper mes tracts. Je jubile. Non seulement mon petit plan marche à merveille, mais en plus, l'attraction dont je suis l'instigatrice promet de lancer le fameux engouement dont j'ai tant besoin pour mettre le grappin sur l'homme de mes rêves. C'est un plan parfait !

Une fois la totalité de mes affichettes distribuées, je rejoins ma place en sautillant et m'assieds sur ma chaise adorée, un sourire béat sur les lèvres. Je me sens comme un poisson dans l'eau sous le soleil des projecteurs.

Quarante minutes plus tard, l'émission est terminée et je rassemble mes fiches d'un geste de la main avant de filer vers les loges. À ce moment-là, je vois une silhouette familière s'avancer vers moi. Tiens, je ne pensais pas qu'il serait là avec son horaire d'homme d'affaires très occupé. En plus, il a la mine renfrognée. Oh non, je la sens mal. Je fixe l'homme et pense de toutes mes forces : *Retourne-toi et fais demi-tour, allez je le veux, je LE VEUX !* Force m'est de constater que mes dons de maîtrise d'autrui demandent à s'améliorer parce que Martin Kinsley s'approche à petites foulées rapides dans ma direction, le regard fixe et décidé de l'homme de pouvoir. Paniquée, je cherche une échappatoire possible et envisage sérieusement de me faufiler sous la table du plateau, mais je crois qu'il est trop tard, je vais devoir assumer ses remontrances même si je ne sais pas trop ce que j'ai fait de mal. Aurais-je fait baisser le taux d'audience avec mon histoire à propos de Stéphane ? Je me tourne d'un coup et file en direction de la sortie d'un petit pas sautillant. Trop tard, la voix grave de Martin parvient jusqu'à mes oreilles, il est juste derrière moi.

— Léane. LÉANE, reviens, *please* !

Je feins de ne l'avoir pas vu. Sur un malentendu, la tactique peut marcher, surtout que je suis légèrement myope. Je me retourne et joue la naïve.

— Oh, Martin, tu étais là ? Quel plaisir de te voir !

— C'est vrai ? J'avais plutôt l'impression que tu souhaitais me fuir.

— Meuh, nooon. Je suis un peu myope et je ne t'avais pas reconnu !

Je crève juste de trouille à l'idée que tu me vires déjà ou que tu viennes me dire que je suis une grosse cocotte sans talent de présentatrice, que je ferais mieux de me réorienter et de devenir éleveuse d'otaries à San Francisco. Voilà !

— Je voulais juste te dire...

Son portable sonne et je le vois regarder le nom qui s'affiche sur l'écran tactile le plus cher que j'ai eu l'occasion de voir de ma vie. Je ne sais pas si le métal jaune sur les côtés est de l'or et si les petits ronds étincelants sont de véritables diamants, mais je n'ai pas le temps de me le demander plus longtemps. Martin enchaîne :

— Je suis désolé, je dois répondre, mais ne bouge pas de là, je reviens dans quelques minutes. Il faut vraiment que je te parle.

Les secondes passent lentement, les techniciens rangent les câbles, quittent petit à petit le studio, quelques lumières s'éteignent. Mon ventre crie famine et mes chaussures me trucident les orteils. Je compte les lampes du plafond et lorsque j'arrive à 153, Martin refait enfin surface, pianotant sur le clavier de son téléphone.

— Excuse-moi, Léane, nous sommes en train de monter une nouvelle série qui promet de battre tous les scores d'audience du pays, explique-t-il d'un air guilleret en remettant son iPhone dans son blouson.

— Pas de problème, Martin, murmuré-je dans un souffle de stress tout en tortillant mes doigts.

— Oui, donc revenons à nos moutons. Je voulais te dire…

Dis-le, que je puisse retourner chez moi m'effondrer dans mon lit et me goinfrer de glace devant un DVD de *Desperate Housewives*. Je ferme les yeux, prête à affronter le pire.

— … que je t'ai trouvée vraiment formidable ! Quelle aisance, et cette idée d'appel à témoin, quel concept étonnant ! C'était bien trouvé, je suis fier de toi. Continue comme ça, rigole-t-il, les yeux pétillants. Je te tiens au courant rapidement des cotes d'écoute de l'émission.

Après ce monologue d'éloges, j'ai la bouche ouverte et le cœur qui bat à 100 km/h. Il m'a vraiment trouvée… formidable ? C'est la première fois que j'ai l'impression d'être douée pour un emploi. Ou peut-être est-ce juste parce que j'aime ce que je fais pour la première fois de ma vie ? Je n'en sais rien, mais cette sensation de bonheur et de devoir accompli me remplit de fierté. C'est décidé, ce soir, je fête ! Hum, mais avec qui ? Il faut que je me trouve des amis avant d'envisager de faire une nouba d'enfer. Je regarde autour de moi et constate avec peine que tous les autres chroniqueurs sont déjà partis. Évidemment, ils ont une vie ici, eux. Vivement que Tessa débarque, je me sentirai moins seule. La mine renfrognée et tristounette, je retourne dans ma loge, mets mon manteau et change de chaussures en traînant. Il était temps, je ne sentais plus mon petit doigt de pied droit et le gauche se teintait d'une couleur violacée. Charmant. Après inspection de mes orteils (j'ai décidément du temps à perdre), je file à l'extérieur du bâtiment. Il fait beau et le soleil brille à travers les feuilles de palmiers qui jalonnent la petite avenue pavée malgré l'heure déjà avancée. Je respire l'air chaud de l'été puis décide de rentrer à pied afin de profiter du climat méditerranéen du littoral. Mais soudain, une main d'homme s'abat sur mon épaule. Je pousse un cri aigu et me retourne brusquement.

— Vous m'avez fait une de ces peurs, crié-je en tapant Steve avec mon sac à main.

Il rit. Encore et toujours. J'ai envie de lui dire que c'est une sale manie, mais je ne sais pas pourquoi, ses yeux rieurs et son sourire charmeur calment mes nerfs en pelote.

— Je suis désolé, Léane, mais je n'avais pas envie de vous manquer à la sortie de l'émission. Ça vous dirait une petite balade sur la plage ? L'océan se trouve à quelques pas, juste par ici, fait-il en pointant du doigt un point bleu à l'horizon. Juste par là !

— Je sais très bien où se situe l'océan, Steve, j'ai vécu ici.

Mais pourquoi je me comporte en garce, moi ? Je parie que c'est encore une manifestation de mon inconscient qui cherche à m'éloigner de toutes souffrances engendrées par un être de sexe masculin. Nous marchons quelques pas en silence avant que Steve n'ose à nouveau prendre la parole, à mon plus grand soulagement.

— C'est le stress de la première émission ou vous êtes toujours aussi mal lunée ? s'informe-t-il avec un sourire.

Je le regarde avec un air méfiant (enfin, c'est ce que j'espère lui faire ressentir) puis décide de baisser ma garde. Après tout, je ne risque rien avec une petite promenade, ce n'est pas comme si je l'invitais à dormir chez moi, non ?

— Je crois surtout que ça ne vous regarde pas.

— Ah, ou alors, vous avez très mal dormi dans votre nouvel appartement. À moins que ce soit ma tête qui ne vous revienne pas, termine-t-il d'un air coquin en m'attrapant gaiement par le bras.

Il a gagné, je ne lutte plus et le regarde du coin de l'œil en souriant. En plus, je ressens un léger frisson en sentant sa peau hâlée contre la mienne.

— Excusez-moi, Steve, je suis un peu fatiguée et sur les nerfs. Je vous accompagne, je crois que ça me fera du bien de m'aérer les neurones, j'en ai besoin.

— Tant mieux, j'ai presque eu peur que vous me mordiez !

— Oh, n'exagérez pas tout de même.

Il me fait un clin d'œil et m'entraîne vers la plage en longeant State Street. Vingt minutes de marche et de conversation légère plus tard, nous apercevons la fontaine aux dauphins, les palmiers bordent la route, les mouettes poussent des cris perçants et l'odeur de l'océan et du sel marin emplit mes narines. Je respire à pleins poumons cette senteur unique et si particulière puis je retire mes chaussures alors que Steve m'emmène vers les vaguelettes qui meurent sur le sable à quelques mètres de nous. Soudainement, un flash m'aveugle et j'entends un léger clic derrière nous. Je me retourne et constate que la plage est presque déserte, excepté les quelques surfeurs venus profiter de l'océan. Il ne s'agit pas non plus d'un éclair de chaleur, car le ciel est dégagé et pas le moindre nuage ne flotte à l'horizon. Peu importe, je suis trop bien avec Steve pour me préoccuper de ce petit détail météorologique insignifiant. Après plus d'une demi-heure de balade, Steve me propose de dîner.

— Léane, qu'en dites-vous si je vous préparais un bon petit repas ce soir ?

— Vous savez cuisiner ?

Cet homme est un dieu ! Il me complète parfaitement : je suis une femme, c'est un homme ; je suis une quiche en cuisine, c'est un chef derrière les fourneaux; et je suis une piétonne alors qu'il conduit un joli cabriolet. Que demander de plus ?

– Oui, je sais cuisiner, pas vous ?

– Disons plutôt que je me case dans la catégorie de celles qui aiment manger… et qui sont de véritables catastrophes ambulantes dès qu'elles effleurent une casserole du doigt.

Il rit.

– Je croyais que toutes les Françaises préparaient leur foie gras maison et leur croustillante baguette dans des fours à pain.

Je glousse à mon tour en poursuivant.

– Comme quoi les préjugés ont la vie dure. La plupart des Parisiens mangent dehors tous les jours et sont incapables de préparer un bœuf bourguignon maison.

– Que diriez-vous d'un poulet au curry et au lait de coco ?

– Je dirais que j'adorerai ça !

– Alors, c'est parti !

Nous marchons en direction du Vons, le grand supermarché situé sur Chapala Street pour acheter de quoi préparer ce fameux curry. Je trouve cette attention particulièrement touchante de sa part. Il va me préparer à manger ! Ce n'est pas Mathieu qui me l'aurait proposé. Il se serait contenté de m'emmener dans un restaurant chic et cher et de commander un poulet au curry hors de prix. Ne vous méprenez pas, j'adore qu'on m'invite au restaurant, je ne suis pas une garce, mais il faut reconnaître que préparer un curry maison, c'est la classe. Il faut du temps ! Je suis sûre que Stéphane sait cuisiner. Bizarre, non, que ces intuitions me frappent de plein fouet alors que je suis avec un mec craquant ?

Nous parcourons les allées du grand magasin et après avoir acheté quelques légumes, du riz basmati, du lait de coco, du poulet et un pot de pâte de curry rouge, nous filons en direction de mon appartement. Nous nous arrêtons en chemin devant une petite échoppe de vin.

— Ils ont des champagnes millésimés incroyables, m'explique-t-il en entrant dans la boutique. Attendez-moi là, je reviens dans cinq minutes.

Cinq minutes plus tard, Steve réapparaît avec, sous son bras musclé, deux bouteilles de champagne Moët et Chandon dans un sac en papier brun.

— Voilà, avec ça, la soirée sera parfaite, promet-il en plantant ses yeux dans les miens.

Je frissonne délicieusement en imaginant ce que la suite de la soirée pourrait réserver.

Chapitre 22

Une occasion manquée et un texto menaçant !

But there's a side to you that I never knew, never knew. All the things you'd say, they were never true, never true, And the games you'd play, you would always win, always win.
— Adele

Une fois chez moi, Steve se met aux fourneaux tandis que j'ouvre la première bouteille de champagne en faisant péter le bouchon joyeusement. Nous dégustons une coupe, lui en train de couper les légumes en petits dés et moi en train de le regarder. Une heure après, nous passons à table en discutant de l'émission *Be Fun*. Je commence déjà à être pompette et je dois me concentrer pour bien viser ma bouche avec ma fourchette. Le curry tache ! Puis, j'aurais l'air drôlement cruche de rater ma bouche et d'en mettre partout sur la nappe.

— Alors, Léane, comment trouvez-vous votre nouvel emploi ? Il vous plaît ?

— J'adore ça, mais il y a une chose à laquelle je ne m'attendais pas.

— Ah oui ? Laquelle ?

— Toute cette attention et ces histoires d'audience, avoué-je. Je pensais rester beaucoup plus discrète.

Steve me regarde et me fait un petit sourire.

— Les Américains adorent les histoires d'amour. Vous avez su les toucher par votre sincérité. Maintenant, ils n'ont qu'une envie, c'est que vous retrouviez Stéphane. Nous adorons les fins heureuses.

Le champagne aidant, il avance sa main et la pose délicatement sur la mienne. Une décharge électrique me parcourt le dos. Je regarde Steve à la lumière tamisée et imagine que la suite de la soirée pourrait très bien se dérouler dans ma chambre. Je me demande ce que ses mains si habiles en cuisine pourraient donner si elles s'occupaient de certaines parties de mon anatomie. Une coupe de plus et je lui saute dessus. Note pour moi-même : le champagne est aphrodisiaque. Je rajoute dans un coin de ma tête que je dois éviter de passer pour une fille facile avec l'assistant de mon patron. Steve m'arrache de mes pensées en me serrant la main dans les siennes. Curieux. Compte-t-il me faire une déclaration d'amour ?

— Je peux vous poser une question ? murmure-t-il timidement.

Ce ton anxieux ne lui ressemble pas, lui d'habitude si enjoué et bon enfant.

— Depuis quand demandez-vous l'autorisation ? répliqué-je d'un air mutin.

Je bois une gorgée de champagne. *Ne lui saute pas dessus, ma grande. Maîtrise-toi.* Je pourrais lui faire du pied. Moi, je ne peux pas me ruer sur lui comme une sauvage, mais lui, il le peut ! S'il me bondit dessus tel un tigre sur sa proie, ce ne sera pas mon initiative, mais la sienne. Hé, hé, je suis un génie. Je lui fais un petit sourire lubrique tandis que mon pied s'apprête à entrer en contact avec sa cuisse. Contact moins 3 secondes, 2, 1… Mais je remarque que Steve regarde le sol. Mon élan est coupé. Il joue avec ses mains puis relève la tête et me fixe de ses yeux verts interrogateurs.

— Ce Stéphane dont vous avez parlé lors de l'émission… il existe vraiment ou ce n'était qu'une stratégie pour embobiner le public ?

Un silence s'installe. Je n'ai pas réfléchi une seule seconde à l'hypothèse que les spectateurs ou le public aient pu croire à une histoire inventée de toutes pièces par une mythomane souhaitant uniquement faire grimper les cotes d'écoute et attirer leur sympathie. L'effet aphrodisiaque du champagne s'estompe d'un coup. Je suis interloquée. Pourquoi me pose-t-il cette question ?

— Non, ce n'est pas un mensonge, Stéphane existe vraiment… pourquoi ?

— Oh, pour rien… Vous êtes amoureuse de lui ? Vraiment ?

Il a l'air tellement inquiet de ma réponse que j'en suis toute chose. J'ai envie de le réconforter. Ses yeux brillent à la lumière tamisée de la bougie et ses lèvres charnues me donnent la furieuse envie de les sentir sur les miennes. J'ai encore plus envie de lui sauter dessus qu'avant en voyant sa mine tristounette. Mais qu'est-ce qui m'arrive ?

— Disons que j'aurais pu tomber amoureuse de lui très vite, oui. Enfin, s'il n'avait pas disparu aussi rapidement…

— Ah, d'accord.

— Nous avons vécu un très joli moment ensemble lors d'un évènement que j'organisais, mais ça s'est arrêté là. Je lui ai écrit un message auquel il n'a jamais répondu. Je ne sais pas si c'est le destin, mais nous ne sommes pas parvenus à nous revoir. Ce sont les aléas de la vie…

— Je comprends…

Il a l'air déçu ou je me trompe ? Ses petits yeux ne pétillent plus comme avant et son sourire charmeur a disparu, tout comme sa conversation d'ailleurs. Le Moët et Chandon millésimé ne remédie malheureusement pas à ce fâcheux problème et nous avalons le reste de notre poulet au curry en silence. Nous sommes en train de déguster notre deuxième bouteille de champagne et, en désespoir de cause, je finis par sortir la vodka pour alléger l'atmosphère. Il faut croire que ces alcools n'ont pas les mêmes vertus que les mojitos et qu'ils ne délient pas les langues. Une fois nos plats terminés, Steve se lève et débarrasse la table sans piper mot. Ma partie de jambes en l'air s'éloigne. Eh merde.

— Je crois que je vais y aller. Merci pour la soirée et la balade, j'ai passé un moment très agréable. Nous nous reverrons dans les jours qui viennent, je vous appellerai pour vous faire part de votre programme.

— Merci à vous, c'était entièrement partagé. Je ne savais pas que vous étiez un cuisinier hors pair. Votre poulet au curry était à se damner ! D'ailleurs, si ma mémoire est bonne, vous devez m'emmener à San Francisco un de ces jours, il me semble.

Il me regarde tendrement.

— Oui, nous verrons... Je suis désolé de vous avoir posé toutes ces questions. J'avais besoin de savoir, avoue-t-il d'un ton grave.

— Besoin de savoir quoi ?

— Pour Stéphane, chuchote-t-il.

Il se rapproche tant de moi que je peux remarquer l'éclat jaune qui illumine le coin de son iris droit. Ce n'est pas mort, la nuit sera peut-être torride ! Je sens son parfum tandis qu'il repousse d'un geste les cheveux de ma nuque. Il s'approche encore, ses lèvres touchent presque les miennes et...

Mon téléphone choisit cet instant pour brailler sa sonnerie de David Guetta. Steve tressaille et s'éloigne de ma bouche. Eh merde ! Merde, merde, merde.

— Je suis désolée, murmuré-je.

— À demain, Léane, reposez-vous bien.

Il ouvre la porte, la referme doucement et tandis que j'entends ses pas dans l'escalier, je me rue sur mon téléphone français (oui, j'ai dorénavant un numéro américain également pour gérer ma vie ici et mon éternel numéro français), prête à assassiner la personne qui m'a appelée à ce moment crucial de ma soirée. Alors, que je m'approche de la table du salon en fulminant des insultes, un bip, bip m'annonçant l'arrivée d'un message retentit. Je saisis mon iPhone sans ménagement et remarque que l'appel manqué provient d'un numéro caché. Tiens, bizarre. J'ouvre ma boîte de réception et remarque que le message a été envoyé par un numéro français inconnu au bataillon. Je lis son contenu, toujours aussi tendue, l'index relevé, prête à me lâcher comme jamais sur tous les jurons de la langue française.

Léane, je sais ce que tu fais et je te conseille d'être extrêmement prudente. Sinon, tu risques de le regretter amèrement… je t'aurai prévenue. Laisse-le tranquille.

Quoi ? Mais je rêve. C'est quoi, cette blague ? Qui dois-je laisser tranquille et pourquoi ? Je n'ai absolument pas besoin de ce genre de message méchant et… inquiétant. J'ai tout d'abord cru à une erreur. Mais réflexion faite (et pertinente la réflexion en plus), l'utilisation de mon prénom prouve :

1) que cette personne connaît mon vrai prénom (tiens, quelle logique ma fille) ;

2) que cette même personne possède mon numéro de téléphone personnel (hum, étrange, cela voudrait donc dire… que je la connais également ? Élémentaire, mon cher Watson) ;

3) que cette personne vit en France étant donné l'indicateur 06 ;

4) que cette personne connaît peut-être Stéphane et souhaite que je le laisse dans un coin perdu de montagne.

Mais qui souhaiterait me faire du mal ? J'ai beau chercher dans les tréfonds de ma mémoire, je ne parviens pas à trouver une piste sur ce méchant envoyeur de message menaçant. De plus, je n'ai absolument rien fait de répréhensible et je n'ai pas d'ennemis. À part Mathieu, peut-être depuis sa fameuse déclaration d'amour… Mais il n'est pas du genre à m'envoyer de telles horreurs. Je vais me coucher tout en me turlupinant l'esprit dans tous les sens.

• • •

Le lendemain, en me réveillant en sursaut, je pense au message d'hier soir. Je n'arrête pas d'y réfléchir, j'ai un gros nœud dans l'estomac et je commence à avoir peur. Qui a pu se procurer mon numéro ? Je me précipite sur mon iPhone afin de vérifier si mon malfaiteur a réitéré son forfait de la veille. Pas de texto, mais j'ai toutefois un appel en absence de Martin Kinsley. Étrange, car vu son agenda de ministre, ce coup de fil doit être d'une importance primordiale. La tête encore dans les vapes, je compose le numéro de mon producteur même si je ne vois pas clair et que ma voix ressemble à celle d'une femme des cavernes enrouée. Après neuf sonneries dans le vide, Martin décroche enfin.

— Léane, *I'm so happy to hear you*[4] ! *Sorry* de t'appeler aussi tôt, mais il faut ABSOLUMENT que je te parle.

Tiens, je commence à avoir l'habitude de cette tirade qui, malgré son caractère anodin provenant de Martin, me fait toujours flipper, mettant mes poils en alerte et mon cœur en mode Course de F1.

— Je t'écoute, Martin, je suis tout ouïe. Il se passe quelque chose de grave ?

Annonce-moi une bonne nouvelle, sinon je fais la crêpe, je passe ma journée au lit en pyjama à m'empiffrer de biscuits et à regarder des épisodes de *Total Makeover* au lieu d'écrire ma seconde chronique. Pire, je prends l'avion pour Hawaii et je ne remets plus les pieds sur le continent avant… mes vieux jours. Encore faut-il que je trouve un moyen de subvenir à mes besoins sur place avant de périr complètement déshydratée sous un palmier. La voix grave de Martin me sort de mes rêveries.

— Léane, tu as assuré hier dans l'émission. Nous avons battu tous les records d'audience de la chaîne sur cette tranche horaire et les médias ont enchaîné en lançant un buzz énorme autour de Stéphane. Je ne sais pas si ce sont des foutaises ou si ce jeune homme existe vraiment, mais je m'en fiche, c'est bon pour la chaîne. Continue comme ça, ma petite, *good job*. Je compte sur toi pour en remettre une couche lors du prochain tournage.

Après cette tirade, il raccroche promptement, sûrement pour prendre un autre appel.

4. Je suis tellement content d'entendre ta voix !

Je sors de mon lit en balançant ma couette d'un coup de pied, prends une douche puis claque la porte de l'appartement, mon ordinateur sous le bras. Je marche en direction du Starbucks de State Street, le nez en l'air en pensant à ma chronique suivante. Je suis absorbée par mes pensées, mais pas suffisamment pour ne pas remarquer les promeneurs qui me pointent du doigt et les chuchotements autour de moi. Quand je passe devant le marchand de journaux, je ne peux m'empêcher de rester bouche bée devant la manchette qui s'étale en grosses lettres devant mes yeux. Ce n'est peut-être qu'un hasard ou alors quelqu'un de très célèbre qui porte également ce prénom, qui sait ? Après un regard légèrement courroucé lancé par une personne âgée promenant son chien, je vais acheter le journal. Il faut bien que je sois certaine de ce qui se passe. Peut-être suis-je légèrement paranoïaque, mais il me semble que le gros titre du *Los Angeles Daily* ne laisse que peu de place au doute : *Stéphane existe-t-il vraiment ?*

J'ouvre les pages, que je tourne le plus vite possible, et parviens rapidement à la troisième page. Je retiens mon souffle en découvrant ma peur confirmée. Le journal parle de moi ; pire, il ose prétendre que je pourrais mentir concernant mon histoire avec Stéphane. Je parcours les lignes à la vitesse de l'éclair en frissonnant.

Stéphane existe-t-il vraiment ?

Émission télé : *La nouvelle présentatrice de la chaîne BOH crée un engouement en lançant un appel pour retrouver son ex-copain.*

Léane Dubois, la nouvelle recrue de la rentrée de la chaîne BOH, entame sa carrière de présentatrice sur les chapeaux de roue. En effet, la jeune femme n'a pas hésité à étaler sa vie privée de Parisienne branchée lors de la grande première de l'émission Be Fun. *Durant près de 10 minutes, la jeune Française s'est épanchée sur son passé amoureux des plus agités, s'attirant ainsi la sympathie d'un public crédule. Mais le* Los Angeles Daily *s'est posé la seule question qui mérite réflexion : Stéphane existe-t-il vraiment ? Nos journalistes sont sur le coup, mais jusqu'à maintenant, aucune information ne confirme l'existence d'un mystérieux jeune homme ainsi prénommé. D'après l'un de nos informateurs, la présentatrice semblerait plutôt proche d'un certain Steve Ash, assistant personnel du célèbre producteur Martin Kinsley. Le couple aurait été vu à la sortie de l'émission bras dessus bras dessous, profitant du beau temps pour se promener sur les rives de Santa Barbara. Quoi qu'il en soit, Léane Dubois a l'air de s'être remise bien vite de sa prétendue rupture douloureuse en trouvant l'amour dans les bras de Steve.*

L'article est suivi par une photo de Steve et moi sur la plage. Nous nous tenons par le bras et je ris à gorge déployée en le regardant d'un air amouraché. Quelles foutaises ! Je n'ai pas le temps de réfléchir plus longuement, car mon iPhone sonne bruyamment : Martiiiiiin. Tiens, il souhaite sûrement m'engueuler, me dire que BOH n'a pas besoin de cette mauvaise publicité et qu'il m'a réservé une place dans la soute d'un avion nolisé en direction de la Tanzanie. Du coup, je n'ai pas envie de répondre. Je fixe le ciel et pense à ce que pourrait être ma vie si je devais repartir à Paris.

— Allô ? prononcé-je d'une petite voix, morte de trouille.

— Bonjour, Léane, as-tu lu les journaux aujourd'hui ?

J'hésite sur la tactique à adopter : le mensonge ou la vérité ? Il sera peut-être plus clément si je me confie et que je lui avoue que je suis dévastée. Note pour moi-même : si tu arrives à glisser dans la conversation qu'il ne se passe absolument rien entre Steve et toi, ce serait génial. J'opte pour la vérité.

– Oui, Martin, pour être honnête, j'ai un exemplaire du *Los Angeles Daily* sous les yeux. Je suis vraiment désolée et j'espère sincèrement que ça ne pose pas de problème à la chaîne.

Il ne prête pas la moindre attention à ce que je viens de dire. Mes excuses lui passent par-dessus la tête. Pourquoi s'embarrasserait-il de ces formalités ? Après tout, il a des préoccupations plus importantes.

– Que penses-tu de cet article, Léane ? s'enquiert-il gravement. D'un point de vue personnel, je veux dire.

– Euh…

Fichu « euh », encore lui. Il faut que je songe sérieusement à m'en débarrasser de manière définitive avant qu'il ne me gâche la vie. Qu'est-ce que j'ai l'air cruche ! Martin poursuit :

– Tu ne trouves pas que ça donne envie d'en savoir plus ? réplique-t-il d'un air guilleret.

– Vu comme ça, oui en effet. Mais je te présente mes excuses Martin parce que…

Il interrompt ma tirade.

– Tu rigoles, Léane, je n'ai pas besoin de tes excuses. Tu es formidable ! Tout le monde parle de toi et de ce fameux Stéphane. Continue à en parler lors de l'émission. Par contre, j'ai une chose à te demander. Tu devras tenir cette promesse jusqu'au moment où je t'informerai du contraire.

– Oui, très bien. Pas de problème. De quoi s'agit-il ?

— Évite tout contact avec la presse. Si un journaliste t'appelle, élude les questions. Ne réponds surtout pas aux demandes d'interviews. Nous devons protéger le secret de l'identité de ce Stéphane, car le mystère crée le buzz. Nous avons besoin de ce buzz, c'est essentiel pour faire parler de l'émission et faire grimper les cotes d'écoute. Ai-je été suffisamment clair ? termine-t-il d'un ton grave.

— Très clair, Martin, je ferai ce que tu me demandes, ne t'inquiète pas.

— Parfait, alors nous nous sommes bien compris, complète-t-il jovialement.

Il raccroche, me laissant perplexe. Qui voudrait m'interviewer à ce sujet ? C'est totalement irréaliste. Le point positif de cet article puis de la discussion qui a suivi, c'est que cette histoire me donne d'excellentes idées pour l'écriture de ma seconde chronique. Je file m'installer dans un petit restaurant servant un excellent poulet à la crème de citron et rédige ma rubrique en une heure. À peine ai-je eu le temps d'apposer le point final que mon iPhone braille à nouveau. J'hésite, car mon poulet au citron est si délicieux que je n'ai pas envie qu'il refroidisse, mais le sens du devoir prend vite le pas sur ma gourmandise et je réponds.

— Allô, Léane Dubois.

— Bonjour, Mademoiselle Dubois, je m'appelle Dan Hodge, du *Hollywood Times.* J'aimerais vous interviewer à propos l'article du *Los Angeles Daily* paru aujourd'hui. Alors, qui est donc ce fameux Stéphane ? Existe-t-il vraiment ? Il va sans dire que le *Hollywood Times* est prêt à payer ces précieuses révélations. Que diriez-vous d'un chèque de 50 000 $?

— Je vous remercie, Dan, pour cette générosité, mais je ne peux malheureusement pas vous parler. Vous comprendrez aisément qu'il est trop tôt pour les révélations. Mais regardez la prochaine émission de *Be Fun* et vous en saurez davantage ! Au revoir, conclus-je aussi vite que ma langue me permet d'articuler.

J'ai bien trop peur de révéler quelque chose, car je suis à fleur de peau dès qu'il est question de Stéphane. Ce garçon m'a profondément touchée et aussi bizarre que le sentiment puisse paraître, il me manque.

Je rentre à la maison en me promettant de ne plus répondre au téléphone de tout l'après-midi. Je me concentre sur l'apprentissage de ma chronique et me plante devant la télé avec mes restes de poulet au citron.

Le deuxième tournage professionnel de ma vie est prévu demain et il faut absolument que je sois à la hauteur de ma première prestation. Boule d'angoisse est de retour et j'ai beau prendre des bains avec des huiles essentielles à la lavande, rien n'y fait : elle s'incruste et me tord les boyaux. Je relis mon texte, mais même si je le connais déjà par cœur et que je tente de me relaxer, j'angoisse, je doute, je meurs de peur ! Qu'arriverait-il si je ne faisais pas aussi bien que la première fois ? Qu'arriverait-il si le public ne me suivait pas cette fois-ci ? C'est en cauchemardant que je m'endors le soir, rêvant que Steve poursuit Stéphane avec une hache en forme de cœur et que Mathieu, habillé en Napoléon, crie : « À la guerre ! » en rejoignant les deux hommes sur un balai volant. En me réveillant le lendemain, je pense sérieusement à entamer une thérapie.

En arrivant sur le plateau, je suis immédiatement amenée en salle de maquillage. On me dessine de belles lèvres rose pâle, on me pare de cils noirs, on me bichonne et on me dit que je suis une fille courageuse qui croit encore en l'amour.

Je ne sais pas trop comment prendre cette dernière remarque, mais je décide de ne pas me poser de questions. Je profite de l'instant présent et me sens comme un poisson dans l'eau, toute ragaillardie par les gentilles paroles de mes collègues. Quelques minutes plus tard, le public fait son entrée alors que les chroniqueurs babillent autour de la table en attendant que le début du tournage soit annoncé. Le chauffeur de salle braille ses indications au public et Mike fait de grands gestes aux maquilleuses pour avoir un supplément de poudre; il trouve que son nez brille légèrement sous la lumière des spots. Le voyant rouge s'allume et le silence se fait alors que Mike annonce le sommaire de l'émission du jour. Une vingtaine de minutes plus tard, Erwan termine sa chronique sur l'industrie des vêtements pour chien tandis que j'avale ma salive une dernière fois avant d'entamer mon discours.

— Pour commencer, j'aimerais vous avouer que j'ai été surprise de constater que les médias se demandent si Stéphane existe vraiment. J'ai une grande nouvelle pour vous : je ne suis pas une mythomane!

Le public jubile et part dans un grand éclat de rire. Je sens le soutien de la foule et il me galvanise. Je poursuis de plus belle.

— Certes, j'ai un petit grain de folie et je suis une indécrottable romantique, mais Stéphane m'a fait vibrer et ce sentiment est suffisamment rare pour être souligné. Surtout, il est suffisamment rare pour valoir la peine de me battre. Je crois profondément qu'il faut oser rêver et croire en l'amour, car sinon la vie n'est qu'un long fleuve tranquille et ennuyeux qu'on traverse sur un radeau de sauvetage. Tout seul. Stéphane m'a poussée à faire des choses dont je ne me serais jamais crue capable. Il m'a emmenée voir un match de hockey, il m'a fait essayer un véloneige, il m'a écrit un petit mot romantique et il m'a donné l'impression d'être quelqu'un qui valait la peine d'être écouté, choyé, aimé. Alors, je réitère mon appel, cher public, car j'ai besoin de vous pour le retrouver ! On ne laisse pas filer une personne aussi précieuse !

Je ressors le portrait du jeune homme, une immense affiche que j'accroche, avec l'aide des techniciens, près des lettres Hollywood qui constituent le décor du plateau. Je poursuis :

— La vie des Parisiens est une véritable fuite en avant. Métro-boulot-dodo et je ne vous raconte pas la galère que représente le fait de se rendre au travail dans cette foule compacte chaque matin. Alors si on trouve une personne qui nous donne le courage d'affronter cette jungle, nous devons saisir cette chance, non ?

— Ouiiiiii, crie le public, encouragé par le chauffeur de salle.

— J'ai créé une adresse courriel sur laquelle vous pourrez m'envoyer les résultats de vos recherches. C'est le retrouvezstephane@befun.com. J'attends de vos nouvelles !

Ma chronique terminée, je me détends. Mes muscles se relâchent et je respire à nouveau normalement. Je continue de sourire en écoutant la recette de crêpes au beurre salé de Martia et rêve de rentrer me prélasser sur mon canapé.

L'émission terminée, je fais quelques photos avec des spectateurs qui me félicitent pour ma grande quête de l'amour. Ils sont adorables et me souhaitent bonne chance pour retrouver mon petit Français. Lorsque je sors du studio, je constate que Steve n'est pas là. Je trouve bizarre de ne pas le voir. D'ailleurs, je n'ai pas eu de ses nouvelles depuis notre soirée chez moi. Dommage…

Ce soir-là en allant me coucher, le message menaçant que j'ai reçu il y a quelques jours m'est totalement sorti de la tête. Je pense uniquement à mon succès, à ma nouvelle notoriété et à l'arrivée imminente sur le sol américain de ma meilleure amie. Mais je n'ai qu'une chose à dire : c'est lorsque les choses vont au mieux qu'on baisse la garde et que le pire peut alors se produire.

Chapitre 23

Une modeuse débarque et Steve se démarque

Le drame de l'existence humaine est de devoir renoncer un jour à être dans la lumière.
— Hubert Reeves

En me levant ce matin, j'entonne la chanson du générique de *Friends* à peine le pied posé sur la moquette de ma chambre. *I'll be there for you, when the rain starts to pour. I'll be there for you, cause you're there for me toooo.* Je chante dans tout l'appart comme une casserole, une banane en guise de micro à la main et autant vous le dire, je suis ridicule. Je cabriole comme un fennec dans une dune parce que Tessa arrive aujourd'hui en Californie!

J'ai loué une voiture pour aller la chercher à l'aéroport de LAX dès son arrivée sur le sol américain. J'ai déjà tout prévu pour son arrivée : la limonade est au frais avec le rhum, les limes sont déjà coupées en petits carrés, la menthe sent incroyablement bon et le sucre brun vient directement du Brésil. *Viva* les mojitos! J'ai loué ses films préférés, juste pour lui faire plaisir : *Une jolie femme* et *Le Diable s'habille en Prada.*

• • •

Une fois arrivée à l'aéroport, je gare ma voiture de compétition dans l'aire de stationnement et me rue dans le hall des arrivées en piaffant d'impatience. Dès qu'elle m'aperçoit, Tessa fonce dans ma direction en me faisant de grands signes. Elle pousse son chariot chargé de deux énormes valises roses comme une déchaînée. Je la vois vaciller et je découvre la raison de son équilibre précaire en baissant les yeux vers ses pieds : des Louboutin. Elle est cinglée ! Les talons sont si hauts et si pointus que je me demande comment elle a pu passer le contrôle de sécurité sans qu'on l'arrête. Tout comme je me demande pourquoi de telles chaussures ne sont pas sur la liste des objets prohibés par les lois aériennes puisque Tessa pourrait facilement tuer la moitié de l'équipage avec ses escarpins. Mais il faut avouer qu'ils sont magnifiques avec leurs semelles rouges et qu'ils lui vont à ravir. C'est peu dire, Tessa a l'air d'une véritable vedette avec ses lunettes de soleil, sa petite robe fluide en soie et son énorme sac de couturier. Elle arrive enfin près de moi et nous nous jetons dans les bras l'une de l'autre.

— Tu m'as manqué, ma poule ! crie-t-elle, tout excitée.

— Toi aussi, biquette ! articulé-je en sautillant comme une gamine à qui on vient d'apprendre qu'elle peut manger des carrés au chocolat avant de dîner. Tu as fait bon voyage ?

— Horrible, c'est la dernière fois que je mets des talons aussi hauts pour prendre l'avion. J'ai failli le louper parce que je ne pouvais pas courir, la honte ! J'ai échappé de peu à une entorse carabinée, je te jure. Pis, les types m'ont tous matée comme si j'étais une salope, j'ai failli gifler trois mecs qui ont sifflé sur mon passage.

— Quelle bande de moisis. Mais pourquoi tu mets des talons pareils pour un trajet en avion ? T'aurais pu crever un œil à un bichon maltais rien qu'en marchant !

Elle pouffe de rire et me regarde avec des yeux pétillants.

— J'avais oublié à quel point ton humour était bizarre. Aussi à quel point tu me faisais marrer !

Elle me serre de nouveau dans ses bras.

— Alors, comment Richard a-t-il pris ta démission ? m'informé-je alors que nous marchons en direction de l'aire de stationnement.

— Oh, pas trop mal. Depuis le temps que je le tannais avec mes chroniques féminines, il a dû être soulagé de ne plus m'avoir dans les pattes. Puis, ça laisse le champ libre à mademoiselle Silicone pour monter en grade au sein du journal.

— Alors, tu vas bosser sur ton livre maintenant ?

— Oui, je vais raconter la vie trépidante d'une jeune femme qui décide de tout quitter pour réaliser son rêve et devenir présentatrice aux États-Unis. Ah et puis, en plus, elle a un ex super chiant, mais très doué au lit, me répond-elle, un petit sourire en coin, attendant manifestement une réaction de ma part.

Je trouve que c'est plutôt une bonne idée parce que je suis persuadée que cette histoire pourrait être très marrante, bourrée de petits incidents sur les ruptures et très réaliste. Mais… Je percute enfin.

— Ohé, Flaubert, ça s'appelle une biographie, ça, et je te signale que je ne suis pas suffisamment connue pour qu'on s'intéresse à ma petite vie.

— Tu rigoles, Léane ! Même en France, on entend parler de toi. Tes émissions sont toutes sur YouTube et comptabilisent des millions de vues.

— Tu plaisantes ? Mais ça veut dire que je devrais retrouver Stéphane ? Si tu savais comme j'aimerais le revoir.

— Petit cœur d'artichaut, va. Je ne raconterai pas ta vie dans mon livre si tu me permets tout de même de m'inspirer de certaines de tes aventures et anecdotes pour mon bouquin !

— Promis ! Mais je percevrai une partie des droits d'auteur.

— Vendu !

Nous éclatons de rire en prenant la direction de Santa Barbara.

Tout au long de la route qui nous sépare de l'appartement et même une fois à l'intérieur, Tessa est surexcitée par le spectacle qui s'offre à elle depuis son arrivée. « Oh, un palmier (oui, elle est comme moi !), oh, un dauphin (comme moi, je vous dis), oh, mais cet appart est un palace, oh, Léane, je t'aime, je veux rester ici toute ma vie, danser sur les vagues et embrasser les crabes et, et, et… manger du sable (mais qu'a-t-elle bu dans l'avion ?) ! »

— Je n'ai pas de sable à te proposer, ma belle, mais j'ai des mojitos !

— Tu me connais trop bien ! Mais 17 h, ce n'est pas un peu tôt pour boire comme des trous ? Remarque, je suis tellement crevée que j'ai l'impression d'être déjà bourrée.

— Ah, c'est donc pour ça que tu veux manger du sable et danser sur les vagues.

Je rigole alors que Tessa me regarde d'un air taquin.

— C'est ça, fiche-toi de moi. Je devrais recevoir une médaille pour mon parcours international en Louboutin.

— Je ne vais pas te donner de médaille, ma belle, mais un mojitoooo, lui indiqué-je en me levant pour aller préparer la mixture alcoolisée.

Un quart d'heure plus tard, je reviens avec un pichet et des croustilles sur un plateau en équilibre précaire, prête à me jeter sur la nourriture et les cocktails devant la télé, et retrouve Tessa endormie sur le canapé douillet. Je pose le plateau, saisis une couverture moelleuse et la dépose délicatement sur son petit corps fatigué.

— Dors bien, ma belle, demain soir, je ne serai pas là, tu auras notre petit palace pour toi toute seule. Repose-toi bien.

La seule réponse que j'obtiens avant d'aller m'enfermer dans ma chambre est un vague bafouillage de sa part.

— Mgrrrlfff. Bnnnuit.

• • •

Ce matin en me levant, je laisse Tessa dormir et file faire des courses. La journée qui m'attend s'annonce particulièrement chargée et je m'en veux de laisser ma meilleure copine toute seule pour son premier jour aux États-Unis. Mais je n'ai pas le choix puisque malgré mes jérémiades auprès des responsables de la communication, je n'ai malheureusement pas le droit de l'inviter au gala de la chaîne BOH qui se tient ce soir à Los Angeles. Tout le gratin de la presse sera présent. Je suis invitée ! Je n'y crois même pas. Steve passera me prendre en limousine à 19 h. Mais avant de déguster tranquillement une coupe de champagne et de grignoter un petit four au crabe, je dois effectuer le marathon-de-la-mort-qui-tue : courses, douche, coiffeur et maquilleur pour me donner un air resplendissant et m'épargner une mine de zombie puis habillage en bonne et due forme pour ne pas ressembler à un Télétubbie en tenue de soirée. Programme chargé !

Heureusement, la production m'a fait livrer une magnifique robe avec un petit mot de Martin, ce qui m'évitera de courir dans toutes les boutiques de la ville (et rappelez-vous, je ne suis pas très douée pour garder des robes ultrachères en bon état). Une robe à la signification bien particulière pour moi d'ailleurs. Son attention est adorable.

Un clin d'œil à cette soirée où j'ai fait la connaissance d'une merveilleuse chroniqueuse. En espérant que cette robe-là ne subira pas les affres d'un maladroit comme moi.
Amitiés, Martin

J'ai accroché le précieux vêtement à la porte de la salle de bain et le contemple comme un gamin contemplerait un étal de bonbons colorés chaque fois que je passe devant l'étoffe. Avec gourmandise et passion. C'est exactement la même robe, le même modèle Yves Saint Laurent beige caramel en soie. Le même modèle que j'avais acheté avec la carte bancaire de Peps pour la soirée du film *For Eternity*. Celui sur lequel Martin avait renversé du Châteauneuf-du-Pape. Mais j'avoue que je suis particulièrement nerveuse. Pas à cause du gala, non. Je suis nerveuse parce que je vais revoir Steve et que depuis la soirée chez moi, nous ne nous sommes pas revus ; pire, j'ai l'impression qu'il m'évite.

Il est 19 h quand mon portable sonne. C'est Steve qui me fait un appel en absence pour que je le rejoigne dans la limousine. Heureusement, je suis prête à partir, mais j'ai un autre problème. Un tout petit problème. Je ne veux plus y aller. Qu'est-ce que je dois lui dire ? Comment dois-je me comporter ? Je ne trouve pas de solution dans la minute, je vais devoir assumer notre dernier rendez-vous manqué et mettre les choses au clair avec lui. J'envisage les différentes options qui s'offrent à moi en chaussant mes escarpins.

Option A : Prétendre que je suis atteinte d'une forme d'agoraphobie aggravée et que je risque de mourir si je suis dans la même pièce qu'une autre personne. Surtout si cette personne, c'est lui. Potentiel de réussite : 0,5 %.

Option B : Faire passer Tessa pour moi. Potentiel de réussite : près du zéro absolu.

Option C : Lui faire croire que je ne peux pas me rendre à cette soirée, car je suis soudainement devenue allergique au champagne. Mouahaha. Même moi, je n'y crois pas. Potentiel de réussite : -8 000 %.

À court d'idées, je fais une bise à Tessa, saisis mon sac à main et descends les quelques marches qui me séparent de la route, de la limousine et de Steve. Je cherche la moindre excuse pour remonter dans mon antre douillet et me cacher sous ma couette, la tête dans les plumes et les idées dans les nuages. J'inspecte mon sac, fouille à l'intérieur comme une déchaînée, vérifie si mon portable est bien là avec mon brillant à lèvres, ma poudre et mon mini-portefeuille, et une fois ceci fait, je me tortille sur mes escarpins pour mettre à l'épreuve mes talons. Je sautille de marche en marche et frappe de toutes mes forces et à plusieurs reprises mes chaussures sur l'escalier. Si je parviens à en casser un, j'aurai une excellente excuse pour remonter dans l'appartement, me cacher sous la couette, la tête dans les plumes et… oh puis zut, mon téléphone vibre à nouveau. Steve, Steve, Steeeeve s'affiche sur l'écran. OK, je vais affronter la situation. Je vais parfaitement maîtriser cette fichue situation. J'aperçois la limousine (facile, elle est devant ma porte, me direz-vous, vous êtes perspicace) et m'engouffre à l'intérieur, le cœur battant la chamade.

Comme je le prévoyais (moi aussi, je suis perspicace), Steve est là, assis à l'autre bout de la banquette, son BlackBerry dans la main, et évite soigneusement de croiser mon regard. Aussitôt que je pose mes fesses sur le cuir moelleux, hésitant à lancer un bonsoir enjoué comme si de rien n'était, Steve reçoit un appel. Il relève alors les yeux, affiche un sourire sarcastique et me fixe intensément d'un regard décidé en passant la langue sur ses lèvres. Il décroche son téléphone. Je frissonne.

— Hé, Jessica, tu m'as manqué. Que dirais-tu d'une petite soirée au restaurant cette semaine ? Ce que je propose ? Une petite virée à San Francisco, au Fisherman's Wharf, ça te dirait ? Génial.

Il rigole de sa voix grave et séduisante puis continue sa partie de drague téléphonique.

— Oui, je me souviens très bien de cette nuit. Des sous-vêtements que tu portais aussi… allez, je te laisse Jess. *Take care, bye.*

Mais à quoi joue-t-il ? Je ressens un léger pincement au cœur qui m'attriste. Ne vous méprenez pas, je n'éprouve rien pour Steve, à part l'irrépressible envie de lui sauter dessus quand je suis en état d'ébriété, mais la perspective de m'en faire un ami ou un copain de couette ne m'était pas désagréable. Il semblerait que mon joli plan tombe à l'eau puisque cette pétasse de Jessica fait dorénavant partie du tableau. Je réprime mon ego blessé (et non, je précise que je ne suis absolument pas jalouse, pas le moins du monde, pas du tout du tout ! Si j'étais Pinocchio, mon nez s'allongerait probablement de quelques centimètres). J'aurais voulu les retenir, mais les mots sortent tous seuls de ma bouche :

— C'est qui, cette Jessica ?

Zut, c'est vraiment moi qui ai utilisé ce ton de vieille mégère ? Pour le comportement détaché, faudra repasser.

— Disons que c'est un peu mon Stéphane à moi, en fille séduisante, bien entendu, poursuit Steve, méprisant.

Je suis tellement froissée que je ne trouve pas de répartie cinglante. Un de mes plus gros problèmes, c'est que je suis parfaitement capable de rétorquer de super ripostes pertinentes… dans les jours qui suivent une conversation fâcheuse. Après m'être repassée en boucle ladite conversation. Mais au moment où je trouve la réplique-de-la-mort-qui-tue qui fera ma gloire et qui rabattra le caquet de mon ennemi, plusieurs jours se sont écoulés depuis la discussion meurtrière. Le moment est passé.

Je ne dis donc rien et le reste du trajet se déroule dans un silence pesant. Il me semble pourtant que la dernière fois que nous nous étions trouvés dans la même pièce, nous avions failli nous embrasser. Ce qui aurait pu nous amener à d'autres, hum, attouchements agréables. Maintenant, la guerre froide semble déclarée entre Steve et moi.

Il faut que je lui parle pour mettre les choses au clair. Je dois arranger la situation. Je m'apprête à émettre un bruit avec ma bouche qui s'apparenterait à un son audible quand la limousine s'arrête devant un tapis rouge. Ah, nous sommes arrivés à destination. Steve s'approche de moi sans me regarder, me prend le bras puis nous sortons ensemble affronter les flashs crépitant des photographes amassés le long des barrières installées pour l'occasion. C'est curieux, mais je me sens tout émoustillée par la présence aussi rapprochée de Steve. Encore plus depuis qu'il me fait la tête. Qu'est-ce qui cloche chez moi ? Je tente de répondre à cette épineuse question alors que nous marchons en direction du Los Angeles Convention Center, un bâtiment à l'architecture imposante situé au centre-ville, juste à côté des collines d'Hollywood.

Une fois à l'intérieur, Steve se sauve comme si j'avais la peste bubonique, me laissant seule comme une vieille chaussette abandonnée dans une mare de boue. On dirait presque que je sens mauvais. J'essaie de me renifler les aisselles, histoire de m'assurer que ce n'est pas le cas, quand j'avise l'entrée de la réception. Allez, une petite coupe de champagne et hop, je me remotive. De toute façon, je ne compte pas passer la nuit à faire des pirouettes à ce gala. Non, je compte passer la nuit à boire du champagne et à m'empiffrer de petits fours au foie gras confit. Pour une fois que je peux profiter d'un évènement en étant de l'autre côté (le bon cette fois), je ne vais pas m'en priver.

Je parcours la pièce du regard en jugeant d'un œil expert chaque détail, du sol au plafond. L'intérieur de la pièce est somptueux. Les organisateurs ont judicieusement joué la carte de la féerie hollywoodienne en décorant la salle selon le thème de la magie avec d'épais rideaux bleu nuit, des lanternes dispersant une lumière tamisée, des torches sur les murs et des lampes au plafond brillant comme des étoiles.

Tandis que je me promène entre les invités, je hume des parfums doucereux, des après-rasages piquants, une pointe de stress chez le personnel qui s'affaire, j'entends des rires de gorge, le tintement des verres qui s'entrechoquent, les salutations d'usage. Je me déplace parmi la foule des starlettes bien habillées en me sentant nue sans un verre de champagne à la main. J'avise le bar et les serveurs vêtus de costards chics et me précipite sur eux pour saisir une coupe. Je me sens déjà moins seule. J'aperçois Steve en grande conversation avec une brune torride, animatrice de la chaîne connue pour ses frasques sulfureuses avec des milliardaires solitaires. Il me jette un regard noir puis poursuit sa conversation. Je bois distraitement ma coupe de champagne en pensant que, assurément, je n'y connais rien en matière d'hommes, quand une femme s'approche de moi et me regarde fixement. Je lève les yeux et manque étouffer un petit cri alors qu'elle me tend une main portant plus de bijoux que la reine d'Angleterre.

— Léane Dubois ? m'interroge-t-elle, les yeux plein d'espoir.

— Oui, c'est bien moi, mais vous êtes…

Elle me coupe avant que je n'aie pu terminer ma phrase.

— Oprah Winfrey, enchantée ! J'adore ce que vous faites. Le suspense que vous êtes parvenue à instaurer en parlant de ce Stéphane est tout simplement époustouflant.

Elle continue de me parler en adoptant le ton de la confidence, comme si nous étions deux copines de longue date.

— Mais racontez-moi un peu, comment vous avez pu laisser filer un homme si délicieux ?

— Pour être honnête, j'ai tout fait pour qu'il s'intéresse à moi. Mais le destin en a voulu autrement…

— Si je peux me permettre, qu'est-ce que vous avez fait exactement ?

— Je lui ai envoyé un message parfait. Mais il ne m'a jamais répondu !

— C'est tout ? Vous n'avez jamais essayé de lui réécrire ?

— J'ai effacé son numéro, puis j'ai appelé la société où il travaillait, mais il était parti sans laisser de trace. Ensuite, tout s'est enchaîné pour moi et je suis venue travailler ici.

— Vous allez le retrouver, j'en suis persuadée. L'amour vaut la peine de se battre.

Je n'en reviens pas. Je suis en train de parler de mes problèmes de cœur à Oprah Winfrey. Pincez-moi, je dois rêver, ou alors j'ai déjà beaucoup trop bu de champagne (mais étant en train de vider ma première coupe, je doute que cette option soit plausible).

— Oui, vous avez raison ! Je vais me battre et je vais le retrouver ! lancé-je, toute ragaillardie.

Je veux être amoureuse, je veux vivre avec Stéphane, je mérite le bonheur. Vive la pensée positive.

— Bien parlé, ma fille. Je me réjouis de regarder votre prochaine chronique et je vous promets que si je peux vous aider à retrouver cet homme, je le ferai. En fait, j'ai une idée ! Je vais faire une vidéo pour vous donner un coup de main !

— Vous êtes sérieuse ? réponds-je incrédule.

— Bien sûr ! acquiesce-t-elle avec enthousiasme.

— C'est génial ! hurlé-je en la prenant dans mes bras. Merci infiniment !

— C'est normal, il faut bien s'entraider entre femmes. Excusez-moi, mais je dois aller tirer les oreilles d'un journaliste que j'aperçois à cause d'un article que je n'ai pas beaucoup aimé.

Elle me quitte, me laissant sur mon petit nuage. Je plane, je vole, je suis un avion ! Non, mieux, un oiseau ! Je suis tellement heureuse que je me demande combien de temps ce sentiment jubilatoire va durer. Parce que j'ai comme un mauvais pressentiment là. Tout est trop beau pour être vrai.

Comme je commence à avoir faim, je me rue sur le buffet. De magnifiques bouchées au crabe ainsi que des verrines de saumon et des petits fours appétissants m'appellent. Une demi-heure et quelques coupes de champagne avalées trop vite plus tard, je suis complètement pompette et avise un plan stable pour me reposer un peu et pour réfléchir à une riposte piquante à balancer à Steve. Parce que, voyez-vous, je n'ai toujours pas trouvé la bonne réplique, ce qui me turlupine les méninges depuis tout à l'heure. En plus, il n'a pas arrêté de me narguer de la soirée en parlant à toutes les bombes présentes au gala. D'ailleurs, où est-il passé ? Je l'ai perdu de vue depuis un moment. Mais au moment où je m'appuie contre une colonne pour reprendre un peu mes esprits, un bras puissant me saisit la taille et me plaque contre le mur adjacent.

Chapitre 24

Un scandale et une bonne nouvelle

There's a place that I go, That nobody knows,
Where the rivers flow, And I call it home, And there's
no more lie, And the darkness is light.
— Natasha Bedingfield

Steve empoigne mes bras et m'empêche de bouger, son bassin contre mon ventre. Je sens le contact froid du mur contre mes reins alors qu'il plonge son regard dans le mien et m'embrasse comme jamais aucun homme ne m'a embrassée. Un frisson de plaisir parcourt tout mon corps et je gémis contre sa bouche. J'ai rarement ressenti une telle attirance physique depuis Mathieu, une telle envie de me jeter sur quelqu'un, d'arracher ses vêtements avec mes dents et de… mais avant que je n'aie le temps de me demander si je possède suffisamment de force dans la mâchoire ou comment je ferais pour éviter d'avaler ses boutons de chemise, Steve cesse de m'embrasser et me murmure à l'oreille :

— Tu vois, ça pourrait être bien, nous deux…

Il s'éloigne, me laissant là, les jambes tremblantes et extrêmement frustrée. J'hésite une seconde à lui courir après et à lui exiger de me prendre maintenant, tout de suite, sur la moquette entre deux lanternes, mais après réflexion, je n'ai pas envie de perdre ma dignité. Je suis beaucoup trop cérébrale pour oser faire ce genre de chose. Dommage, ma partie de jambe en l'air s'éloigne au rythme des pas de Steve. Quelle soirée pourrie ! Il ne me reste plus qu'à me rendre à l'hôtel et à dormir toute seule dans un très grand lit tout froid, ce que je fais une heure plus tard, dépitée. *Oh, frustration, quand tu nous tiens,* songé-je en sombrant dans un sommeil où Steve, Mathieu et Stéphane dansent comme des Sioux autour d'un feu où cuit un gros saucisson. Le saucisson, c'est moi.

• • •

Je rentre le lendemain matin à Santa Barbara en prenant le bus, sans même avaler de petit-déjeuner à l'hôtel. En effet, je n'ai aucune envie de me retrouver nez à nez avec monsieur-à-la-psychologie-dichotomique, Steve en personne. Peu importe l'inconfort des bus Greyhound, je refuse d'écouter les autres coups de fil de Steve à toutes ses foutues prétendantes durant les deux heures de trajet Los Angeles-Santa Barbara.

Une fois rentrée à la maison, je prépare la table pour le petit-déjeuner et je grille quelques rôties pour Tessa, encore profondément endormie. En allant prendre mon courrier dans ma jolie boîte aux lettres bleu ciel, je saisis comme d'habitude mon journal, le *Santa Barbara News-Press,* et remonte pour boire mon café au lait en lisant les nouvelles du jour. En remarquant le gros titre en lettres grasses, je manque d'avoir une attaque. Ce n'est pas possible. Je n'en crois pas mes yeux. Comment ont-ils osé ? Je reste sur place, profondément choquée. Le temps de reprendre mes esprits, je traverse quatre à quatre les dernières marches qu'il me reste avant ma porte et déploie les pages du journal en cherchant frénétiquement l'article.

Dès que je le trouve, je le parcours aussi rapidement que mes yeux me le permettent, secoue la tête, complètement dépitée, et je m'effondre sur le canapé. Une pleine page sur moi s'étale dans le journal du jour. Je retiens mes larmes en relisant le contenu imprimé. C'est horrible.

« Stéphane m'a fait souffrir, c'est pour ça que j'ai quitté la France »

Un proche de Léane Dubois, la nouvelle chouchoute des Américains, se confie en exclusivité au Santa Barbara News-Press *à propos de l'ancienne relation de l'animatrice vedette.*

Les téléspectateurs américains ont pu découvrir il y a deux semaines, la nouvelle chronique Live in Paris *animée par la jeune Parisienne Léane Dubois. La pétillante animatrice a rapidement conquis le public en lançant un appel pour retrouver un ancien amour perdu de vue. Mais ce que Léane Dubois a omis de préciser, ce sont les raisons pour lesquelles elle a précipitamment quitté la France, mettant ainsi une distance de sécurité entre elle et son supposé prétendant. Nous nous sommes ainsi demandé pourquoi la demoiselle avait renoncé à retrouver Stéphane dans l'Hexagone, se réfugiant à des milliers de kilomètres du jeune homme. Ce que nous avons découvert risque fort de troubler les plus fervents admirateurs de la rubrique de la chroniqueuse.*

« Léane a rencontré Stéphane lors d'un évènement qu'elle organisait et elle a tout de suite flashé sur lui, explique un proche. Mais elle a beaucoup souffert quand Stéphane n'a pas répondu à ses avances. Elle n'a pas arrêté de lui écrire des

messages, mais il ne lui a jamais donné de nouvelles ; ça l'a rendue complètement folle ».

Le côté paranoïaque de la jeune femme laisse perplexe. La chroniqueuse a tout d'une dangereuse harceleuse. Elle aurait même avoué que c'était le destin qui l'avait séparée de Stéphane et qu'elle ferait tout pour échapper à cette injuste prédiction. Il semblerait qu'elle soit en train de tenir sa promesse grâce à l'émission Be Fun…

J'ai envie de pleurer alors que je relis ces misérables propos. Quelle bande de connards. Pourquoi font-ils une telle chose ? Puis, qui est cette fameuse source « proche de l'animatrice » dont ils parlent ?

Pas le temps de m'apitoyer sur mon sort, mon téléphone sonne depuis ma chambre à coucher. Le temps de courir les quelques mètres qui me séparent de la pièce, je constate que c'est le numéro de Martin qui s'affiche sur l'écran et clignote de toutes ses forces, semblant m'ordonner de décrocher au plus vite. Je réponds d'une toute petite voix :

– Allô ?

– As-tu lu le journal ?

– À vrai dire, je suis en train de le lire…

Je retiens un sanglot.

– J'ai deux choses à te dire. Premièrement, nous sommes tous derrière toi et nous savons bien que ce qu'ils ont publié sont des foutaises de journalistes. Ils souhaitent juste vendre du papier. Deuxièmement, nous sommes en train de faire exploser les scores en télévision de rattrapage ! Toute l'Amérique regarde ta chronique sur Internet, Léane, félicitations !

— Merci, Martin, mais je ne suis pas sûre que ça me remonte le moral, admets-je, la voix tremblotante.

— Je comprends, mais laissons-les jaser encore un moment. Le service de presse t'organisera peut-être une interview exclusive dans laquelle tu pourras rétablir la vérité. Le scandale fait vendre, Léane.

— Je sais, mais j'aurais aimé que ça se passe différemment.

— Je sais, *don't worry. Take care*. Nous nous reparlerons.

— D'accord, bonne journée, Martin.

Heureusement qu'il a raccroché, car un torrent de larmes inonde mes joues et mon corps tout entier n'est plus qu'un séisme de magnitude neuf sur l'échelle de Richter. Je ne dirige plus rien, que ce soit mon corps ou ma vie. Tessa sort à ce moment-là de sa chambre et affiche une mine déboussolée en me voyant dans cet état, les joues trempées de larmes et les yeux rougis. Elle s'inquiète et gesticule.

— Tu as eu des nouvelles de Mathieu ? crie-t-elle.

— Hein ? Mais de quoi tu parles ? Mais non, je…

— Alors, pourquoi tu pleures comme ça ? reprend-elle, radoucie.

Je lui tends l'atroce journal (méchant, méchant journal). Elle le lit rapidement tandis que j'observe la couleur de ses joues virer du rose pastel au rouge passion.

— Oh, mon Dieu, mais quelle bande de chiens enragés. Je vais les poursuivre en justice, je vais les trucider, ces sales rapaces, charognards, bouffeurs de larves, minables petits morpions impuissants…

Je rigole malgré les sanglots qui secouent encore mon être tout entier, touchée de constater qu'elle est encore plus véhémente que moi. Elle continue :

– Ma belle, tu ne dois pas t'inquiéter, je vais te changer les idées. Je file m'habiller et nous allons nous prendre un gigantesque petit-déj au IHOP du coin. C'est moi qui offre.

Elle me connaît trop bien, la bouffe me remonte toujours le moral. Rien qu'en pensant à une tonne de crêpes recouvertes de myrtilles et de sirop d'érable, je me sens déjà mieux. En deux minutes, Tessa est prête à partir. Je me demande toujours comment elle parvient à réaliser ce chignon « négligé mais pas trop » qui lui donne l'air d'une vedette en deux temps, trois mouvements tandis que moi, je ressemble toujours à un bébé blaireau sorti du terrier.

Nous marchons sur State Street le nez en l'air, observant les palmiers, les trottoirs en terre cuite et les fleurs disposées soigneusement dans des pots en porcelaine peints de motifs délicats. Tessa a l'air tout aussi émerveillée que moi. Nous sommes tellement absorbées par la contemplation de Santa Barbara que nous manquons de peu l'entrée du restaurant, pourtant désignée par une gigantesque enseigne bleu et rouge. Nous revenons sur nos pas, riant de notre étourderie, et pénétrons dans l'antre de la nourriture américaine. Les odeurs de bacon grillé, d'omelettes aux herbes, de crêpes au sirop d'érable et de fruits frais titillent nos narines. Je salive déjà et me lèche les babines alors que nous prenons place sur une de ces banquettes typiques et moelleuses des restaurants américains. En moins de trois secondes, je m'empare de la carte et bave en lisant les intitulés des plats. C'est simple, j'ai envie de tout prendre et de noyer mon chagrin sous une tonne de calories. Nous parcourons le menu avec envie.

– C'est normal que j'aie envie de tout goûter ? vérifie Tessa, les yeux ébahis.

— Je crois bien que oui. Je te suggère de prendre tous les plats salés et moi, je prends tous les sucrés et nous partageons !

— Chiche ?

— T'es pas sérieuse ? Après le scandale de mes amoureux, je ne compte pas me taper la honte en vomissant dans le IHOP du coin. Tu imagines les rumeurs après ?

— Oh oui ! Les journaux titreraient « L'animatrice vedette de BOH boulimique » ou encore « Elle noie son chagrin dans la bouffe ».

— Je te trouve très douée pour concocter des titres atroces, très chère. Si tu décides de changer d'avis et de laisser tomber l'écriture de ton bouquin, sache que tu as un avenir tout tracé dans la presse à scandale américaine.

— Dois-je le prendre comme un compliment ? rigole-t-elle.

— Oh que non !

Nous piquons un fou rire puis, une fois calmées, passons commande. Je profite de ces moments de bonheur, car je sais qu'ils ne seront peut-être pas si nombreux dans la tourmente de ma nouvelle vie. Quelques minutes plus tard, nos assiettes arrivent et nous nous ruons sur les délices sucrés, caloriques et incroyablement délicieux que le serveur vient de poser devant nous. Je me régale, les crêpes fondent sur ma langue, le sirop d'érable est onctueux à souhait et les tranches de bacon craquent sous la dent. Il n'y a pas à dire, Tessa et le sucre sont les meilleurs antidépresseurs du monde. Petite précision : je mets intentionnellement de côté les parties de jambes en l'air avec Mathieu parce que je m'interdis d'y penser… la plupart du temps du moins. Qu'est-ce que c'était bon quand même ! Un orgasme de pris, ce n'était déjà pas si mal compte tenu de la relation houleuse que nous entretenions. Bref, je suis en manque. Grave. Je meurs d'envie de retrouver les frissons que procure une nuit de sexe torride. D'ailleurs, je n'ai pas eu de nouvelles de Mathieu le Moisi depuis longtemps. Après sa déclaration d'amour sur les marches du métro, je m'attendais à ce qu'il m'écrive ou qu'il m'appelle pour discuter. Mais non. Rien. Ne pensez pas que je suis malheureuse de ne plus être harcelée de messages et d'appels, mais je trouve curieux qu'après cet épanchement de sentiments, Mathieu demeure aussi discret. En fait, j'ai envie qu'il pense toujours à moi. Du jour au lendemain, *môssieur* se passe de moi sans problème ? Il doit se passer quelque chose de louche. Mais quoi ? Il a peut-être perdu son téléphone ? Ou il aurait décidé de devenir ermite et de se retirer du monde tellement le chagrin de m'avoir perdue l'attristait ? Pire, il se serait suicidé, ne supportant pas l'idée de vivre sans moi ? Ouais, je n'y crois pas. Tessa le saurait et je suis sûre qu'elle m'aurait appelé pour me prévenir si l'un de ces évènements s'était produit.

Après avoir dévoré nos crêpes, nous passons l'après-midi à traîner dans les boutiques du centre-ville et à boire des verres. À l'heure de l'apéro, nous sommes sur la terrasse en bois du Harbor Restaurant, buvant un martini en regardant les vagues mourir sur la jetée. Nous rentrons pompettes vers minuit et je me mets directement au lit, la journée m'a épuisée.

• • •

Une semaine plus tard, je n'ai toujours pas digéré l'article. Non mais, de quoi je me mêle ? Attablée à une terrasse de

State Street et buvant une pina colada avec Tessa, je râle dans mon coin en pestant contre tous les journalistes de la Californie quand elle me sort de mes viles pensées.

— Ah, au fait, j'ai une bonne nouvelle pour toi ! annonce Tessa joyeusement.

— Ô joie et bonheur extrême ! Tu as racheté de la glace ou tu as trouvé qui est le petit rigolo qui s'amuse à me descendre dans la presse à scandale ?

— Arrête, patate ! Mais non. J'aimerais bien me transformer en inspecteur Columbo, mais je n'ai aucun contact pour mener l'enquête ici.

— Dommage. Ce fichu article m'a vraiment foutu un coup au moral.

— J'imagine. Mais il paraît que c'est ce qui se passe quand on devient célèbre, rit-elle.

— Je ne suis pas célèbre, je fais juste mon métier !

— Oui, tu le fais devant des millions de téléspectateurs, Madame la présentatrice. Je parie que tu as oublié, mais cet après-midi, tu as frappé fort grâce à tes connaissances, ma chère ! poursuit-elle en me jetant un regard coquin.

Je la fixe sans comprendre. Qu'est-ce que j'ai encore fait ?

— Mais de quoi tu parles ? Avoue, ou je t'enlève ton cocktail, la menacé-je.

— Ouh, ne touche pas à mon alcool.

Je rigole.

— Je suis tombée sur une vidéo d'Oprah Winfrey sur le Net ! crie-t-elle enthousiaste.

— Je l'aime bien, mais je ne suis pas non plus une accro. Je suis censée te lécher les pieds et te vouer une reconnaissance éternelle ?

— Non, mais tu es vraiment bouchée, toi, hein !

Je bois une gorgée de pina colada et prends une décision ferme et non négociable : je fais la tête.

— Oh, pauvre petit Calimero, se moque Tessa en faisant la moue.

— Mrgglll, marmonné-je.

— Bon, puisque tu me fais une crise aiguë d'Alzheimer précoce, je vais te dire de quoi il retourne. Il y a quelques jours, tu t'es rendue au gala de BOH, je me trompe ?

— Non, c'est vrai, bougonné-je.

— Gala au cours duquel il t'est arrivé quelque chose de spécial…

— Tu veux parler de Steve ? l'interromps-je dans un élan soudain de bonne humeur.

— Je sais que les hommes sont ta priorité dans la vie, mais non, je ne veux pas parler de ce mec séduisant sur lequel tu fantasmes, mais bien d'Oprah Winfrey, l'une des plus grandes vedettes du monde !

Je fouille le labyrinthe qui me sert de cerveau et soudain, je percute. Mais bien sûr ! Oprah et sa fameuse vidéo pour retrouver Stéphane, l'amour de ma vie. Qu'est-ce que je suis cruche ! Je n'y pensais plus du tout à cause de ce fichu article.

— Oh OUIIIII, crié-je, presque hystérique. Elle a publié une vidéo ? Elle a parlé de Stéphane ? Dis, dis, dis… PARLE ! m'excité-je alors que ma voix frise les aigus et que je m'apprête à étrangler Tessa pour qu'elle se confie plus vite.

— Exactement. Tu veux que je te dise ? C'était FA-BU-LEUX !

— Non, c'est vrai ?

— Mais oui, il faut que tu regardes ça ce soir !

— Dès que nous terminons nos verres, nous filons à la maison. Ah et… juste une petite précision : JE ne fantasme pas sur Steve, c'est STEVE qui veut me mettre dans son lit.

– Laisse-moi te donner un bon conseil : profite de quelques bonnes nuits de sexe avec lui parce qu'une fois que tu auras retrouvé ton Stéphane, ce qui ne saurait tarder, j'en suis persuadée, tu devras te contenter de lui. Pour toujours, annonce-t-elle solennellement en pesant ses mots.

Combien j'ai envie qu'elle ait raison ! Tout ce que je souhaite, c'est de retrouver le bonheur que j'ai connu avec Stéphane et de revivre ces instants volés et magiques qui m'ont tirée de mon petit quotidien et qui m'ont persuadée que la vie valait la peine d'être vécue.

Alors que nous rentrons à l'appartement légèrement dans les vapes, Tessa interviewe tous les palmiers qu'elle croise en leur demandant où ils souhaiteraient partir en vacances tandis que je m'improvise gymnaste professionnelle en essayant de faire des roues pas droites, j'ai totalement oublié les soucis qui me trottaient dans la tête. Je ne pense qu'à une chose : Stéphane ! Je me réjouis de découvrir la vidéo d'Oprah et son appel fabuleux. Qui sait, quelqu'un pourrait bien faire un pied de nez au destin et m'aider à mettre le grappin sur cet homme. Je sais ce que je vais faire ! Dès que je pose un pied à l'intérieur de la maison, j'allume un cierge. Même deux, tiens. Je balance trois tonnes de sel par-dessus mon épaule droite. Ou est-ce la gauche ? Il faut que je me renseigne. Une patte de lapin ! Je dois à tout prix me procurer une patte de lapin. Un fer à cheval aussi ! Oh oui, oh oui. Je mettrai ainsi toutes les chances de mon côté.

Une fois la porte d'entrée franchie, je me rue sur l'ordinateur avant même d'enlever mes chaussures. Tout en les retirant, je m'aperçois qu'il manque un détail pour que tout soit parfait. Je me relève comme un ressort de pantin : le cierge ! J'ai beau chercher dans tout l'appartement, une chaussure toujours accrochée à mon pied gauche, pas moyen de trouver un fichu cierge. Pourquoi n'en ai-je pas pour les urgences ? Je pique plutôt la bougie parfumée à la vanille qui trône dans les toilettes, elle fera l'affaire. Il ne manque que la patte de lapin et le fer à cheval. Je pars à la quête du Graal en appelant Tessa à la rescousse.

— Tu trouves quelque chose, cocotte ? lui crié-je alors que je défais le lit et plonge la tête sous un coussin.

— Oui, j'ai mis la main sur quelque chose d'intéressant !

Tout heureuse, je sautille comme un cabri en direction du salon.

— Je savais que tu allais me sauver la vie !

C'est là que j'aperçois Tessa dans l'entrebâillement de la porte de sa chambre, une marmotte en peluche à la main. Mais qu'est-ce qu'elle fiche, bigre ?

— Léane, je te présente Mimosa, c'est mon nouveau doudou. Puisqu'il s'agit d'un rongeur, comme les lapins, je me suis dit que ça pouvait avantageusement remplacer la patte.

J'attrape la marmotte, l'observe d'un œil d'experte, m'arrête quelques secondes sur sa patte et la pose à côté de la bougie. Elle fera l'affaire, et tant pis pour le fer à cheval !

Nous nous installons sur le canapé moelleux, entre la peluche et la bougie qui embaume l'air d'un souffle vanillé légèrement écœurant, et Tessa télécharge la vidéo d'Oprah sur mon portable.

Chapitre 25

Qui me cherche me trouve !

On ne sort de l'ambiguïté qu'à son détriment.
– Cardinal de Retz

C'est parti, la vidéo commence et Oprah apparaît entre ses deux fauteuils jaunes, probablement tirés du plateau de son ancienne émission, vêtue d'un tailleur en soie rose. L'animatrice se trouve parmi une demi-douzaine de mâles à torse nu tous plus séduisants les uns que les autres. J'adore ! Cependant, le sentiment que j'oublie quelque chose d'important me taraude. Je me concentre sur les torses glabres et musclés affichés à l'écran, mais ma sensation de malaise ne disparaît pas, pire elle s'accroît. J'ai beau fouiller dans ma mémoire, impossible de mettre le doigt dessus. J'y suis, j'ai oublié le sel. Je me lève à la vitesse d'une fusée et fonce vers la cuisine ventre à terre. Tessa sursaute sur mon passage et me regarde comme si j'étais une dangereuse psychopathe. Réflexion faite, elle doit avoir raison, j'ai quelques soucis d'ordre psychique ces temps. J'en dresse une liste non exhaustive :

1) Pensées obsessionnelles (Stéphane, Stéphane, Stéphane !)

2) Peur chronique du succès

3) Dépendance accrue à la glace

4) Images constantes de Steve nu dans mon lit

5) Reliques de souvenirs de Mathieu

6) Irrépressible envie de me caser

Enfin, de me caser avec Stéphane. Ce qui correspond à une mission impossible puisqu'un océan nous sépare. Littéralement. Hélas. Mais je crois mordicus que le sel pourra résoudre tous mes problèmes. Il le faut. Une fois dans la cuisine, je fouille dans mes placards et trouve enfin l'ingrédient manquant. J'emporte le paquet d'un kilo, ne sait-on jamais ; peut-être que le pouvoir du sel dépend de la quantité utilisée ? Je me rue au salon, m'assieds et verse le sel par-dessus mon épaule gauche en me replongeant dans la vidéo d'Oprah.

– Mesdames et Messieurs, aujourd'hui, j'ai besoin de votre aide, implore l'animatrice vedette. Voyez-vous, malgré les sex-symbols que je suis parvenue à réunir sur ce plateau, je n'ai pas réussi à retrouver l'amoureux de mon estimée collègue Léane Dubois. La chère animatrice de l'émission *Be Fun* est tombée amoureuse d'un Français qui a disparu sans laisser de trace ! Alors, unissons nos forces, mes amis, envoyez des courriels, publiez des vidéos, appelez-vous les uns les autres et ainsi, nous ferons une heureuse dans ce monde. Nous devons retrouver ce jeune homme. C'est notre devoir de citoyens.

Oprah joint le geste à la parole et ressort la photo de Stéphane que j'avais moi-même utilisée dans l'émission. Je n'en crois pas mes yeux. Les mannequins font de même et des dizaines de portraits apparaissent à l'écran. Il y a des Stéphane partout ! Toute l'Amérique va connaître son visage, c'est incroyable.

— J'ai même créé une adresse courriel sur mon site Internet, utilisez-la, et si par miracle l'un de vous obtient une quelconque information concernant ce cher monsieur Stéphane Terdaux, écrivez à Léane à l'adresse qui s'inscrit sur votre écran en ce moment, termine la présentatrice.

retrouvezstephane@befun.com

L'adresse que j'avais moi-même créée quelques semaines plus tôt pour retrouver Stéphane apparaît à l'écran. Cette histoire prend des proportions inouïes. Si avec ce branle-bas de combat national je ne parviens pas à glaner la moindre information sur Stéphane, c'est que je suis une femme maudite vouée à la solitude éternelle. Mais je me dis qu'après cet épanchement de sentimentalisme et cette traque préparée, je pourrais bien produire l'effet inverse que celui que j'escompte et ficher une trouille bleue à ce pauvre garçon. Je suis peut-être seule dans mon délire. Parce qu'il faut bien l'avouer, je me suis tout de même pris un râteau monumental avec mon texto parfait. Une pelleteuse géante en pleine figure. Un bouteur de plusieurs tonnes sur mon frêle ego de jeune femme amoureuse. Après tout, peu importe s'il m'a jetée parce que si je le retrouve, je pourrai au moins envisager d'entretenir une conversation civilisée avec lui et lui faire comprendre que toute cette histoire de retrouvailles était vouée à lancer ma carrière outre-Atlantique. Par contre, cette perspective me ferait passer pour une minable carriériste sans cœur souhaitant uniquement jouer des sentiments pour amadouer une bande de téléspectateurs crédules.

Génial. Peu importe dans quel sens je retourne la situation, elle me paraît inextricable. Nous fermons mon portable et Tessa file au lit, me laissant moisir entre la fumée de la bougie à la vanille et le sel qui recouvre désormais le canapé du salon.

— Bonne nuit, ma belle, me glisse-t-elle en me faisant la bise. C'était génial, n'est-ce pas ?

Je me retiens de lui confier mes doutes ; je crois qu'elle a eu sa dose de plaintes en provenance directe de mon anxiété maladive pour aujourd'hui.

— C'était trop beau pour être vrai ! Dors bien, cocotte.

— Ne traîne pas trop, tu vas encore te torturer l'esprit. Il faut que tu dormes et demain, tu auras peut-être des nouvelles de ton amoureux ! C'est beau de rêver, non ?

Je rigole en la regardant s'éloigner.

— Qui sait, peut-être qu'Oprah possède de véritables pouvoirs magiques, lui lancé-je alors qu'elle ferme la porte de sa chambre. Moi, j'y crois ! Tu pourrais me soutenir !

— Oui, et moi, je m'appelle Hermione Granger, hurle-t-elle depuis son lit.

Il est déjà tard, mais je n'ai pas du tout envie de fermer l'œil alors j'attrape mon ordinateur. J'ai encore une petite chose à faire avant d'aller rejoindre les bras de Morphée. Peut-être que mon stratagème a marché… je dois en avoir le cœur net. De toute manière, je ne pourrai pas sombrer dans un sommeil réparateur avant d'être allée vérifier.

L'ordinateur sur les genoux, je tape l'adresse URL de la boîte courriel de l'émission *Be Fun* et entre mon mot de passe pour accéder aux messages.

Mon cœur bat à 400 km/h alors que j'attends le chargement de la page en déglutissant péniblement. « Vous avez 989 messages non lus. » Eh bien, ça alors, par la barbe de Merlin, je ne m'attendais pas à ce succès fulgurant ! Il faut croire qu'Oprah est une véritable magicienne quand il s'agit de mobiliser les foules.

Je commence la lecture des courriels et écarte rapidement les erreurs, les messages de soutien, les courriels sollicitant les numéros de l'animatrice, les psychopathes qui me fichent la trouille en me demandant mon adresse et mon tour de poitrine, les fétichistes, les sectes qui m'annoncent qu'elles prieront pour moi et qu'elles brûleront des flammes violettes pour le salut de mon âme (j'hésite à leur écrire que je possède déjà la meilleure bougie vanillée du monde, mais je crois que ce ne serait pas une bonne idée) et les réponses d'adolescentes mignonnes comme tout, mais inutiles dans ma recherche d'informations pertinentes pour retrouver Stéphane. Malgré mes paupières de plus en plus lourdes, je poursuis ma lecture.

Si tu me fais rencontrer Oprah, je me déguise en Stéphane. Et je te lèche les pieds.

Mais quelle horreur ! Vraiment, les gens sont fous. Il faut que je sauvegarde ces courriels pour les montrer à Tessa, elle mourra de rire. Je pourrais même m'en servir pour mes futures chroniques. Enfin, si aucun fou furieux ne m'attaque d'ici là. C'est flippant tout de même de recevoir des messages de la sorte. Je souhaite qu'on laisse mes pieds tranquilles.

Si tu cherches un sosie de Stéphane, je suis l'homme qu'il te faut. Grand, beau, fort, aimant, séduisant, intelligent, drôle. Tu pourras m'appeler Stéphane. Je te ferai payer

1 000$ la journée, c'est une affaire. Appelle-moi. J'ai même une cravache.

Voilà autre chose. On me propose un service d'escorte maintenant ? Je ne veux pas de sosie, je veux l'original. Pour la cravache, euh, sans commentaire. Quoique, je pourrais éventuellement m'en servir pour me défendre contre le fétichiste des pieds. Pas bête.

Chère Léane, je m'appelle Ruth, j'ai 89 ans et je crois bien que vous parlez de mon fils dans vos émissions. Il est musclé comme un dieu grec et il est célibataire. Il correspond à tous les critères physiques que vous avez mentionnés et il a travaillé en Suisse. Bon, par contre, il ne s'appelle pas Stéphane, mais Kevin. Mais, je crois que ça ne changera pas grand-chose…

Comment, ça ne changera pas grand-chose ? L'amour de ma vie n'est pas échangeable. Je crois qu'il est temps d'aller dormir avant que je ne fasse une crise de désespoir et que j'envoie promener tous ces gens qui m'ont écrit en croyant bien faire. Mais au moment où je m'apprête à quitter la page et à éteindre mon ordinateur, un message attire mon attention. Il s'intitule *Des nouvelles de Stéphane*. Je l'ouvre et ma gorge se serre.

Bonjour, Léane, c'est Stéphane.

Là, mon cœur fait un bond et j'écarquille les yeux. En grand. Stéphane ? MON Stéphane ? Le futur amour de ma vie ? Il ne peut être personne d'autre. Il a dû voir mes émissions et il a répondu à mon message ! Je n'arrive pas à y croire après tous ces mois d'attente interminables. Car autant se le dire, je n'ai jamais réellement cru pouvoir retrouver Stéphane grâce à mes chroniques. Je ne suis pas une débile profonde. L'appel pour lui mettre la main dessus représente un jeu même si mon inconscient souhaite de toutes ses forces que j'épouse cet homme. Mon moral remonte en flèche et je souris devant l'écran en poursuivant ma lecture.

Je n'ai pas arrêté de penser à toi depuis que nous nous sommes quittés. Tu me manques tant.

Toi aussi, tu m'as manqué, pensé-je, mais ce sentiment de vide sera rapidement comblé. Dis-moi que nous allons nous retrouver vite, bien vite et que tu ne me quitteras plus jamais. Dis-moi que je n'aurai plus jamais froid, que tu me serreras fort dans tes bras. Toi et moi. Je me sens l'âme lyrique et romantique, je fais des rimes, j'ai envie de chanter et de danser sur le canapé. Après tout, je peux me le permettre, je viens de retrouver l'homme de ma vie. Je continue à parcourir les lignes du courriel le sourire aux lèvres. Je profite de mon voyage sur mon petit nuage, loin des problèmes.

Avant de déchanter.

Tu y as cru ? Eh bien, c'est que tu es encore plus désespérée que ce que je croyais. L'amour rend décidément bien crédule. Mais ne perds pas espoir, Léane, je suis persuadé que tu finiras par l'oublier. Grâce à moi.

Steve

Quel minable.

J'aurais dû m'en douter, moi la naïve de première avec une maîtrise en problèmes amoureux. C'était trop beau pour être vrai. Mais de là à m'écrire un courriel de la sorte, il a vraiment un grain. Pour qui se prend-il ? Je bouillonne intérieurement en lisant la suite du message. Quel petit rat, quel oiseau de malheur, quel ignoble rustre ! Je le savais rancunier, haineux et atteint au plus profond de lui-même par un grave problème d'égocentrisme, mais jamais je ne l'aurais cru capable d'une telle chose. Là, il va beaucoup trop loin. Je ne compte pas me laisser faire sans réagir.

J'appuie sur la touche « répondre » et respire un bon coup afin d'évacuer la colère que je sens monter en moi. Je le déteste. Je m'imagine lui infliger des sévices atroces et douloureux comme l'ingestion de ma tarte au poulet ou le visionnage de mon concours de gym de l'école alors que je réfléchis à une répartie cinglante à lui balancer en pleine figure. Mais vous me connaissez, je ne suis pas une flèche quand il s'agit de trouver des propos pertinents dans la minute. Tant pis, je me jette à l'eau et rédige quelques lignes que j'espère bien corsées.

Cher Steve,

Sache que je n'ai pas cru une seule minute à ta vile manigance. Je ne suis pas si crédule, même si tu sembles me prendre pour un mammifère dénué de cervelle. Je suis une femme ayant les pieds sur terre et je ne crois plus au père Noël ni à la petite souris depuis belle lurette (efface ce sourire narquois de ton visage immédiatement). Il ne me semble pas que ton rôle d'assistant implique l'envoi de mots doux, ainsi je te saurais gré de bien vouloir te retenir à l'avenir. Merci de me laisser tranquille !

Une fois le courriel envoyé, je me sens soulagée. Je ne m'en suis pas trop mal tirée, il me semble, pour une novice en répliques assassines. Fière de moi, je pose l'ordinateur et lève mon popotin du canapé. Alors que je me dirige vers la salle de bain en me répétant mes lignes avec une pointe de fierté, une petite sonnerie annonçant la réception d'un message retentit. Il est pourtant passé minuit. Ne faisant ni une ni deux, me revoici derrière mon écran. Nouveau message. Cet homme ne manque décidément pas d'air.

Je prends mon rôle à cœur, c'est tout. Ne joue pas au chat et à la souris avec moi, Léane. Je peux être le meilleur des alliés. Mais je déteste quand on me rejette.

S'agirait-il d'une menace ? Steve a craqué son slip, ce n'est pas possible qu'il ose me parler ainsi. Je décide d'ignorer le message, éteins l'ordinateur et me couche l'esprit quelque peu torturé par les propos du jeune homme.

Chapitre 26

Des menaces planent...

L'avenir contient de grandes occasions. Il révèle aussi des pièges. Le problème sera d'éviter les pièges, de saisir les occasions et de rentrer chez soi pour six heures.
— Woody Allen

La folie médiatique engendrée par les révélations mensongères sur ma vie privée se calme dans les semaines suivantes et un nouveau scandale sur les vedettes abusant de la chirurgie esthétique remplace les articles sur mes déboires amoureux.

J'en suis ravie parce que je peux de nouveau aller acheter un café au Starbucks sans parcourir la rue sous le regard accusateur de petits vieux rancuniers. Je n'ai plus peur de me ramasser des tomates sur la tête ni de me faire agresser par le fétichiste qui m'a écrit après avoir vu la vidéo d'Oprah. Mes pieds sont sauvés, alléluia.

Je profite de la vie et de mon emploi, Tessa poursuit l'écriture de son livre (je lui ai formellement interdit de raconter la déclaration d'amour de Mathieu), les oiseaux gazouillent et tout le monde est ravi. Même si je n'ai toujours pas retrouvé Stéphane et que Steve joue toujours à merveille son rôle d'iceberg professionnel.

En descendant prendre le courrier ce matin, je réfléchis à une stratégie de paix à mettre en place pour que nous puissions retrouver une ambiance de travail saine et équilibrée qui n'oscillerait pas entre la froideur polaire et la chaleur tropicale dont le baiser du gala est le parfait exemple. Autant vous l'avouer, je crève de trouille en imaginant notre prochaine rencontre. Même mes poils se hérissent à cette perspective. Dès la fin de l'enregistrement de l'émission, je file désormais dans la loge, me démaquille en quatrième vitesse, mets des lunettes de soleil et un chapeau de paille puis je cours jusqu'à ma rue en rasant les murs. Une vraie espionne de la CIA, je vous dis.

Je descends pieds nus mon escalier et ouvre ma boîte aux lettres en chantonnant. Parmi la liasse qui s'entasse à l'intérieur, je découvre une petite enveloppe bleue sur laquelle mon nom est écrit à la main. Curieuse, car j'ai toujours adoré recevoir des petits mots, j'ouvre la lettre et me mets à lire le texte tandis que je remonte vers l'appartement.

Oh, quelle bonne nouvelle ! Il y a des gens qui ont décidément tout pour être heureux. La carte annonce la grossesse de la vedette Lizzie McLane, la jeune actrice que j'avais rencontrée à Paris lors de la soirée du film *For Eternity*. Même si elle me semble bien trop jeune et présente à mon avis des tendances légèrement irresponsables, elle mérite d'être heureuse et je lui souhaite tout le bonheur du monde avec son poupon. Je relis la carte, touchée par la confiance que me témoigne la vedette avec qui je n'étais pas parvenue, malgré toute ma bonne volonté lors de notre rencontre parisienne (si, c'est vrai d'abord !), à tisser des liens amicaux.

Chère Léane,

J'ai choisi de vous annoncer en exclusivité un heureux évènement dans ma vie d'actrice célèbre ! Comme nous nous connaissons depuis plusieurs mois et que vous êtes de plus en plus populaire aux États-Unis, j'aimerais vous confier mon secret. Je viens d'apprendre que je vais devenir maman. Oui, moi ! N'est-ce pas une nouvelle totalement folle ? Comme personne n'est encore au courant de ma grossesse, j'ai décidé de vous l'annoncer en exclusivité. Peut-être pourriez-vous diffuser l'information dans l'émission Be Fun ?

Je sais que le public vous apprécie beaucoup et je n'ai pas envie que la nouvelle soit annoncée en primeur à la une de n'importe quel journal bas de gamme. De plus, j'ai besoin de m'attirer la sympathie du public qui a trop tendance à me percevoir comme une petite garce sans cœur et sans cervelle. Pourriez-vous nous aider, mon bébé et moi, à reconquérir le cœur des Américains ?

Merci d'avance pour votre aide.

Baisers, Lizzie McLane

Je suis émue par ce petit mot. Puis, cette annonce est une occasion à ne pas laisser passer. Après tout, Lizzie m'a choisie pour parler de sa grossesse, moi et personne d'autre, ce qui signifie que je jouis d'une certaine notoriété. Apparemment, la révélation de primeurs en avant-première fait partie de mes nouvelles attributions de présentatrice vedette. Vous imaginez comme je vais cartonner en annonçant cette primeur en exclusivité sur ma chaîne ? Martin en sera ravi et je vais faire grimper les cotes d'écoute !

Je file dans la chambre chercher mon ordinateur pour commencer cette chronique plein d'idées en tête pour expliquer aux Américains que les histoires d'amour romantique existent également ici et que la grossesse de Lizzie McLane en présente le parfait exemple.

Alors que je note en vrac les différentes manières de faire part de cette grande nouvelle, mon téléphone portable bipe pour m'avertir de l'arrivée d'un message. Tessa émerge de sa chambre avec la tête d'un écureuil sortant de son trou après l'hiver et saisit au passage mon iPhone. Elle ouvre le message et se met à lire à haute voix son contenu.

– « Laisse-nous tranquilles, Léane, il t'a oubliée et il a refait sa vie. Arrête de le harceler, il ne reviendra jamais. Il m'aime, MOI, maintenant ! Fiche-nous la paix et passe à autre chose ! »

J'ai du mal à percuter et à enregistrer les informations qu'elle vient de dire.

Option A : j'ai mal entendu et il est grand temps que je me lave les oreilles, voire que je consulte un ORL ou un psychologue parce que j'entends des voix maléfiques.

Option B : Tessa me fait une blague. Une très mauvaise plaisanterie et je vais me venger en mettant du sel dans son café et de la mousse de savon dans sa glace. Juste au cas où, je lui demande de répéter ce qu'elle vient de lire.

– Attends, je me concentre, réplique-t-elle en plissant les yeux comme si elle ne croyait pas elle-même aux propos qu'elle venait de formuler.

Je l'observe maugréer dans son coin et fixe ses lèvres qui remuent toutes seules pendant qu'elle relit le curieux message, la mine renfrognée et l'air concentré. Puis, soudain, je me rappelle. Ce n'est pas le premier texto de ce genre que je reçois. Mais celui-ci n'est pas plus clair que le précédent et je ne parviens pas à en saisir le sens. Je fais fonctionner mes méninges aussi vite que possible (il est encore tôt) et m'arrête sur une piste plausible : et s'il s'agissait de la petite amie de Stéphane ?

Par contre, la perspective de me faire harceler par la copine de l'homme de ma vie ne m'enchante pas. Tout d'abord parce que Stéphane n'a pas le droit d'avoir une femme à ses côtés, à part moi, évidemment, et ensuite parce que je suis terrifiée que quelqu'un veuille s'en prendre à moi. Tessa interrompt ma réflexion.

— Qui t'écrit des trucs pareils ? bougonne-t-elle, les yeux toujours fixé sur l'écran de mon iPhone.

— Je ne sais pas, je me pose la même question…

— En tout cas, on peut qualifier ça de menaces, tu pourrais porter plainte, fait-elle remarquer à juste titre.

— C'est peut-être une erreur ?

— Tu parles, la personne utilise ton prénom et elle a ton numéro personnel.

Je me gratte la tête, en proie à des sueurs froides.

— En fait, c'est le deuxième message de ce genre que je reçois, avoué-je piteusement.

J'avais cru qu'en évitant de repenser à ce premier texto, la menace disparaîtrait et que je pourrais vivre comme si de rien n'était dans mon monde de Bisounours où tout le monde est beau et gentil. Ne venez pas me dire que je suis une rêveuse.

– Quoi ? hurle Tessa en me fixant d'un air rempli de reproches. Tu ne m'as rien dit ?

– Je pensais que ce n'était pas important…

Je me rends compte de la bêtise de mes paroles alors que les mots sortent de ma bouche et que je me recroqueville sur ma chaise.

– Comment peux-tu dire une chose pareille ? Tu as fait quoi après la réception du premier texto ? s'enquiert-elle.

Très bonne question qui me pousse à fouiller ma mémoire de poisson rouge atteint d'Alzheimer précoce. Si je lui réponds « Je passe », est-ce qu'elle va rigoler ? Étant donné sa tête, je ne vais pas tenter l'humour, je risquerais de me prendre un coup en pleine figure. Intelligente comme je suis, sans vouloir me vanter, j'ai dû faire quelque chose… d'intelligent. Soit j'ai répondu à ce message en demandant des explications, soit j'ai directement appelé le numéro en question. Peut-être ai-je même lancé un coup de fil à l'opérateur français pour enquêter sur le mystérieux numéro ? Bien sûr, c'est ce que j'ai dû faire. Mais alors, pourquoi n'en ai-je aucun souvenir ? Je comprends avec horreur que c'est tout simplement normal puisque je n'ai rien fait. Pas la moindre réaction. J'ai envie de me cacher dans un trou de souris et de ne plus jamais en sortir. Je suis assurément un mollusque sans activité cérébrale. Un mollusque qui va se ramasser une bonne grosse lame de fond quand sa meilleure copine apprendra, d'ici quelques secondes, qu'il n'a rien fait pour sa défense.

– Euh…

Je croyais m'être débarrassée de mon tic de langage une bonne fois pour toutes grâce à mon métier de célèbre chroniqueuse. En fait, non. Je prévois l'affront dans 5, 4, 3, 2, 1.

— Quoi, « euh » ? Vas-y, parle, exprime-toi, prononce une phrase intelligible ! Tu as fait quoi ? s'énerve Tessa.

Je la regarde d'un air penaud, les larmes me montent aux yeux et je sens mon nez qui pique.

— Je n'ai rien fait, chuchoté-je en la fixant. Je n'ai absolument rien fait.

J'éclate en sanglots.

— Oh non, arrête. C'est pas grave, me dit-elle en me prenant dans ses bras pour me réconforter. On va l'avoir, cette salope, je te le promets. Je vais essayer d'appeler le numéro d'où provient le message pour en savoir plus. Qui sait, elle répondra peut-être ?

— Tu crois toujours au père Noël ? reniflé-je en souriant.

— Oui, j'y crois. Pour ta gouverne, je crois aussi aux fées, aux lutins et au monstre du loch Ness.

Elle saisit le fixe de l'appartement et compose le numéro français qui s'affiche toujours sur le texto de mon iPhone. Nous patientons fébrilement tandis que la tonalité du téléphone retentit. Tessa a l'air concentrée, prête à en découdre avec la vile expéditrice anonyme. Mais comme je pouvais le prévoir, personne ne décroche et je dois me résoudre à abandonner la perspective d'obtenir des réponses dans l'immédiat. C'est sans compter sur le sang journalistique qui coule dans les veines de Tessa. Ne faisant ni une ni deux, elle rédige un message expéditif. Je me penche par-dessus ses épaules pour lire sa prose matinale :

Qui es-tu et qu'est-ce que tu veux ?

Malgré l'implication de ma meilleure copine, je doute que nous obtenions des résultats probants avec ce message. J'ai besoin de me changer les idées et propose à Tessa de sortir de l'appartement pour aller travailler sur une terrasse en dégustant des cappuccinos bien sucrés : j'ai ma chronique sur la grossesse de Lizzie McLane à rédiger.

Nous quittons notre nid douillet, ordinateurs sous le bras et carnets de notes dans nos sacs à main pour partir en vadrouille. Nous trouvons une jolie terrasse ensoleillée meublée de chaises et de tables en fer forgé blanc et nous nous installons sous la véranda envahie par le lierre en papotant un instant de nos projets respectifs.

Tessa construit sa structure narrative et m'explique de quelle manière elle procède au découpage de ses chapitres tandis que je lui demande son avis sur la meilleure manière d'annoncer un heureux évènement à l'antenne. Nous commandons deux cappuccinos et travaillons studieusement durant près de deux heures, chacune penchée sur son ordinateur portable. Ma chronique prend forme, j'ai décidé de faire simple et de souhaiter le plus grand bonheur de la part de toute l'équipe à la future maman. J'imagine déjà les retombées positives de mon exclusivité et me frotte les mains. Comme je n'ai toujours pas de nouvelles de Stéphane, je compte aborder les difficultés de devenir un personnage public, en plus, j'aurai une passerelle pour le sujet de Lizzie, qui, comme elle l'expliquait elle-même dans sa lettre, ne fait pas confiance aux médias.

Une fois la rédaction de mon sujet achevée, je vérifie mon téléphone discrètement en le cachant sous la nappe pour voir si l'expéditrice du méchant message a répondu. Tessa aperçoit mon manège et m'attrape le bras, tel un aigle qui repère la petite musaraigne sur laquelle il s'apprête à fondre.

Moi qui croyais être la discrétion incarnée, je me retrouve prise la main… dans le sac à main.

— Alors, crie-t-elle, surexcitée. Elle a répondu ? C'est qui, elle a dit quoi ? Parle, où je vais m'étouffer !

— Il faut que tu arrêtes le café, ça ne te réussit pas, ma belle. Je te commande une petite camomille la prochaine fois.

— Nan, mais sérieusement, elle a répondu ?

— Oui, et elle m'a donné ses nom, prénom, adresse…

— C'est qui ? me presse-t-elle, impatiente.

— Son numéro de compte bancaire, sa taille de soutien-gorge.

— OK, OK, arrête, j'ai compris. Tu te fiches de ma poire !

— Exactement.

— Donc, pas de nouvelles, conclut-elle, déçue.

— C'est ça. Bon, tu es prête à rentrer ? Je vais imprimer ma chronique et te la jouer en direct pour que tu me dises ce que tu en penses.

• • •

Le jour du tournage est enfin arrivé et je sautille comme une puce tellement je suis excitée. Aucun journal n'a encore mentionné la grossesse de la vedette, ce qui signifie que le petit ouragan médiatique que je m'apprête à lancer dans la mare d'Hollywood va faire des vagues et cette perspective me ravit au plus haut point. À quelques heures de l'enregistrement de *Be Fun,* j'arrive aux studios Dreams de bonne humeur même si j'ai toujours la trouille de tomber malencontreusement sur Steve.

Je passe la tête dans chaque couloir avant d'oser y aventurer mon corps tout entier ; je vérifie avec mon miroir qu'il ne se trouve pas dans la pièce où je m'apprête à pénétrer ; j'évite les loges communes et le buffet de pâtisseries. Je sais que je devais plancher sur une stratégie de paix à mettre en œuvre, mais je n'ai pas encore trouvé d'idée géniale pour nous réconcilier. J'attends qu'une solution miracle me tombe dessus comme par magie ! Je relis une dernière fois mes notes pendant le maquillage puis file sur le plateau où les autres chroniqueurs sont déjà installés. Le technicien lève la main, instaurant un lourd silence dans la salle, puis annonce le début du tournage dans 3, 2, 1…

Mike commence par le sommaire puis passe la parole à Erwan, qui déblatère sur la nouvelle tendance du végétalisme pendant plus d'une demi-heure, reportages et témoignages sur les bienfaits d'une nourriture respectueuse à l'appui. Mon tour arrive et après quelques lectures de courriels reçus sur l'adresse retrouvezstephane@befun.com et un gros fou rire à cause du message du fétichiste, à la suite duquel Erwan m'a piqué une chaussure pour la lécher devant la caméra alors que je lui courais après avec un air dégoûté, il est temps d'annoncer ma primeur.

Je prends une grande respiration et affiche mon plus beau sourire.

— Pour terminer cette chronique *Live in Paris*, je dois vous annoncer une excellente nouvelle en exclusivité sur BOH ! Vous vous rappelez la très jolie actrice Lizzie McLane, celle qui donnait la réplique au séduisant Ashton Kutcher dans le film *For Eternity* ? Eh bien, je suis ravie de vous révéler que la belle est enceinte. Ce n'est pas merveilleux ?

En tout cas, tous les chroniqueurs de l'émission *Be Fun* souhaitent le plus grand bonheur à la future maman.

Le public jubile et applaudit, les chroniqueurs affichent un air surpris et le chauffeur de salle encourage la foule à donner de la voix. Je me réjouis d'avoir Martin au bout du fil, persuadée qu'il sera ravi par l'explosion des audiences. L'annonce sera probablement reprise par les plus grands journaux d'ici demain matin, et l'émission *Be Fun* sera mentionnée dans des dizaines d'articles et d'émissions. Il s'agit d'une pub d'enfer pour la chaîne et pour moi-même. Je serai « Léane, la chasseuse de primeurs » ou encore « La Française à qui les vedettes se confient » !

Mais ce que je n'avais pas prévu, c'était les conséquences que cette annonce aurait sur ma carrière. Pire, sur ma vie entière. Je n'ai rien vu venir du cataclysme qui se préparait.

Chapitre 27

Tessa dans le magazine *Perles*

Si vous avez un rêve, donnez-lui une chance de se réaliser.
— Richard DeVos

Une fois l'émission terminée, j'ai la merveilleuse sensation du devoir accompli. Je me lève de ma chaise quand soudain, je l'aperçois, tapi dans un coin du plateau. Mon sang ne fait qu'un tour et mon cœur s'emballe. *Oh non, pas lui,* me dis-je alors que je regarde à droite et à gauche afin de découvrir les échappatoires possibles. *Bouge de là,* pensé-je très fort en fermant les yeux. Vous me connaissez, je ne désespère pas de développer des pouvoirs mentaux qui forceraient les personnes que je n'ai pas envie de voir à déguerpir au plus vite. Bon, pour l'instant, ma tactique ne fonctionne pas. Mais j'y crois dur comme fer. *Bouge, bouge, bouuuuge,* répété-je dans ma tête en regardant si ma demande fait décamper l'homme qui me fixe d'un regard satisfait. D'ailleurs, c'est quoi, cet air suffisant et ce rictus malveillant qu'il arbore ? Bizarre, tout de même, il a la tête de quelqu'un qui vient de faire un mauvais coup. Tandis que je m'apprête à piquer un sprint pour ne pas croiser Steve, je le vois disparaître et quitter le studio.

Je bondis de ma chaise et fonce dans les loges pour me démaquiller. Une heure plus tard, je me retrouve dehors, sous le soleil tiède de la Californie et je mets mes lunettes de soleil pour flâner un moment sur State Street. J'observe les quelques touristes qui passent à bord de la petite navette de la ville qui les mène au bord de l'océan, je salue les commerçants et me délecte à la vue des palmiers qui bordent la route. Je ne me lasse pas de cette douceur de vivre, du climat de paix qui règne à Santa Barbara, du cri des mouettes et des terrasses où fourmille toujours une douce agitation. Les gens ont l'air heureux, tout simplement. À Paris, tout le monde est sous la chape d'un stress permanent et une agressivité latente est palpable à chaque coin de rue tandis qu'ici, la vie ressemble au paradis.

• • •

Alors que je traîne devant le Starbucks en me demandant si j'ai envie d'un café au lait et d'un énorme muffin aux bleuets, je constate que mon portable n'a pas encore sonné une seule fois depuis que j'ai quitté les studios Dreams. C'est curieux, car après l'annonce de la grossesse de Lizzie, je pensais déclencher un buzz qui motiverait les journalistes des tabloïdes à m'appeler pour confirmer la nouvelle. Mais pour le moment, rien ne se passe. Commençant à connaître le fonctionnement du système médiatique américain, je sais que quelque chose cloche. Mais quoi ? Je me turlupine l'esprit en me demandant ce que j'ai bien pu faire de travers quand mon téléphone sonne.

Je sors mon iPhone et constate que ce n'est pas un journaliste, mais Tessa qui essaie de me joindre. C'est avec une petite pointe de déception que je réponds à ma meilleure amie :

— Oui ? dis-je simplement en tentant de masquer mon manque d'enthousiasme.

— Léane, tu ne devineras jamais ce qui m'arrive ! hurle-t-elle dans le téléphone en me perçant les tympans.

— Attends, je réfléchis… tu as trouvé une paire d'escarpins Manolo Blahnik à 600 $ au lieu de 900 ? Ou alors, tu as découvert une nouvelle boutique de fringues rétro dans une ruelle sombre ? Ah non, je sais ! Tu t'es foulé le petit doigt de pied en remettant tes Louboutin ?

— Mouahaha, mon fou rire est parti se cacher dans une grotte au fin fond de la Tanzanie, il faudra attendre qu'il revienne. Non, mais sérieusement, il m'arrive quelque chose de complètement dingue ! Devine ! reprend-elle de plus belle.

Je ne suis pas d'humeur à plaisanter, trop préoccupée par l'absence de réaction des tabloïdes, mais Tessa ne mérite pas de faire les frais de ma mauvaise humeur. Je me reprends et fais une nouvelle tentative.

— Tu as déjà trouvé un éditeur alors que tu n'as écrit que les cinq premières pages de ton roman ? tenté-je d'un ton que j'essaie de rendre joyeux.

Elle rigole. Je la sens tellement heureuse que je ne peux m'empêcher de sourire malgré mon agacement.

— Non, ce n'est pas ça non plus, rétorque-t-elle. Mais tu te rapproches de la bonne réponse !

— Arrête le supplice, bichette ! Dis-moi la nouvelle que nous puissions nous réjouir ensemble et fêter ça avec une bonne bouteille de champagne, s'il te plaît, l'imploré-je.

— J'ai été contactée par le magazine *Perles* ! hurle-t-elle de toutes ses forces.

— C'est pas vrai ? crié-je à mon tour, oubliant mes soucis personnels. Raconte !

— Anne Thélaut a appris que j'étais en train d'écrire mon premier roman et elle veut me confier une rubrique mensuelle. Elle s'appellera *Chronique d'une apprentie romancière*. J'y crois pas !

— C'est génial, je suis trop contente pour toi. Tu le mérites tellement, ma belle.

— Je te jure, je n'arrive pas à y croire. C'est trop beau pour être vrai ! Je dois rendre la première dans deux semaines, précise-t-elle, une pointe d'inquiétude mêlée d'excitation dans la voix.

— Je suis sûre que tu vas assurer !

Je suis persuadée qu'elle va rendre un papier teinté d'humour qui cartonnera dans le magazine. J'ai lu toutes ses rédactions et les premières pages de son livre et je dois avouer qu'elle est douée pour dépeindre avec subtilité les situations les plus cocasses dans lesquelles les femmes se retrouvent au quotidien. Tout le monde va l'adorer ! Puis, elle est en train de réaliser son rêve de petite fille : écrire pour un magazine féminin. Bon, je sais qu'elle souhaite travailler dans un bureau avec l'immense penderie du magazine à côté de sa table de travail pour pouvoir piquer à tout moment de la journée des fringues de créateurs et des produits de marque de luxe, mais c'est un excellent début pour sa carrière de rédactrice de mode et de romancière. Elle doit être dans le même état de bonheur et d'euphorie que moi lorsque j'ai reçu l'appel de Martin Kinsley m'annonçant qu'il voulait que je sois la nouvelle chroniqueuse de l'émission *Be Fun*.

— Je vais chercher du champagne et nous nous retrouverons ce soir pour fêter la grande nouvelle, d'accord ? lui proposé-je.

— Bien sûr ! Je me réjouis ! Nous pourrons discuter de ma première chronique ! À toute, poulette ! lâche-t-elle, toute guillerette.

— À toute, ma vedette, réponds-je avant de raccrocher.

Je prends garde à ranger mon portable dans une petite poche de mon énorme sac noir à franges pour qu'il soit facilement atteignable et retourne dans la petite échoppe spécialisée en vins que Steve m'a fait découvrir. J'achète deux bouteilles de Moët et Chandon. C'est décidé, nous ferons la fête ! Je trottine en direction d'une épicerie de luxe pour acheter quelques petites douceurs à grignoter avec le champagne : baguette, œuf de saumon et beurre salé, ainsi qu'un gros pot de glace et des biscuits aux pépites de chocolat et noix de pécan. Chargée comme un mulet, je fais demi-tour et rentre à l'appart au lieu de me poser dans un café pour travailler comme je l'avais prévu. Nous prendrons l'apéro plus tôt et puis c'est tout ! Il n'y a pas d'heure pour boire des petites bulles, non ?

Une fois à la maison, je déballe mes trésors et prépare de petits croûtons au saumon que je dispose sur un grand plat coloré. Je place les bouteilles au frais puis troque mon jean contre un bas de survêtement confortable et j'attends Tessa sur le canapé en salivant devant la nourriture posée à quelques centimètres de moi. Dès que j'entends le bruit de la clé dans la serrure, je tourne la tête et souris en voyant Tessa entrer :

— Maintenant que tu es là, nous pouvons boire pour fêter ton succès ! annoncé-je en me levant pour aller chercher une bouteille de champagne et deux verres.

— Oh oui, et ne nous gênons pas ! Champagne, hurle-t-elle en sautant sur le canapé et en piquant une tartine dans l'assiette.

Deux minutes plus tard, je suis de retour et m'attaque au bouchon qui ne résiste pas longtemps à mes assauts répétés. Il cède sous la pression, décrit un demi-cercle en l'air puis s'écrase sur le sol. Tessa saute dessus en prétextant qu'elle souhaite le garder en souvenir de cette journée magique qui a changé sa vie.

Après avoir discuté de nos emplois, de la future chronique de Tessa puis de son succès à venir, nous sommes complètement bourrées et nous nous lamentons sur nos vies de célibataires. Les deux bouteilles sont vides, l'une traîne par terre, l'autre me sert d'amoureux de substitution.

— Tessa, je veux faire l'amour à ma bouteille de champagne, gémis-je, dépitée en enlaçant la bouteille et en lui donnant quelques baisers. Je suis en manque.

— Demain, je vais t'acheter un jouet sexuel ! rit-elle avant de rester pétrifiée, les yeux dans le vide. En fait, je dois t'avouer quelque chose.

Je serre toujours la bouteille vide contre moi et regarde Tessa d'un air de cocker.

— Dis-moi tout, j'ai les oreilles grandes ouvertes.

— Moi aussi, je suis en manque. Tellement en manque que j'ai même envie de me faire mon oreiller quand je me réveille la nuit.

Je la regarde, ahurie par ce qu'elle vient de me dire puis je me marre d'un rire gras. Je pose ma bouteille et enlace ma meilleure amie avec des gestes maladroits, l'alcool ne m'aidant pas à évaluer la distance qui me sépare d'elle.

— Heureusement, nous sommes toutes les deux.

— Oui, mais un mec, c'est bien quand même de temps en temps. Pourquoi nous n'en trouvons pas ?

— Ils sont trop bêtes pour voir notre beauté intérieure.

— Ainsi que notre beauté extérieure. Même s'ils sont censés la voir, celle-là. Ils sont tous des nuls.

— Ouais, confirmé-je dans un souffle alcoolisé. Tous nuls.

— Bon, je vais aller tanguer dans mon lit, déclare-t-elle en se mettant à quatre pattes pour rejoindre sa chambre.

Je me moque d'elle jusqu'au moment où je me lève et que je me retrouve en équilibre sur mon tapis, les jambes écartées comme sur une planche de surf. Je prends appui sur le mur et avance lentement jusqu'à mon lit en chantonnant des « oh » et des « ah » avec chaque pas comme si des vagues de houle perturbaient ma stabilité. Je me jette dans mon lit avec la douceur d'un pachyderme et fais l'étoile de mer en fixant le plafond pour éviter de vomir. Je m'endors vers deux heures en bougonnant « Tipiak, piraaates ».

• • •

Je me réveille avec un mal de crâne susceptible de décapiter un éléphant de trois tonnes. Moi qui croyais supporter l'alcool, je dois bien me rendre à cette triste évidence : je n'ai plus 20 ans. J'ai mal à la tête.

Je me traîne lamentablement jusqu'à la salle de bain pour constater l'ampleur des dégâts. En voyant mon reflet dans le miroir, je sursaute. Ce n'est pas moi, ce n'est pas possible ! Par conséquent, je suis ravie de vous annoncer que je possède un nouveau don : je vois les fantômes. Il n'y a pas d'autres explications vu ce que je suis en train d'observer dans la glace. Les yeux noirs, le cheveu hirsute qui tente de dire bonjour au plafond, les traits tirés et les rides apparentes, des yeux semblables à des fentes obscures, l'état de mon visage est déplorable. Pour ne rien arranger, la pièce tangue et mon estomac gargouille de manière inquiétante. Je me concentre et pénètre dans la cabine de douche après m'être déshabillée en me tenant au lavabo. Le jet d'eau tiède me remet les idées en place et après avoir passé une demi-heure sous l'eau (et accessoirement après avoir vomi dans les toilettes deux fois de suite), je me sens nettement plus fraîche. De plus, j'ai pris une excellente résolution pour l'avenir : je ne boirai plus jamais. Jamais. Jamais. Il faudra me forcer pour avaler ne serait-ce qu'une goutte de champagne. Même si ce n'est pas la première fois que je prends cette décision, je sens que cette fois-ci, c'est la bonne.

Une fois maquillée et pomponnée, je reprends le cours de ma vie, ce qui inclut une ruée sur mon téléphone portable que je n'ai plus consulté depuis hier soir, moment auquel plus rien d'autre ne m'importait que la fameuse bouteille de champagne (*traîtresse, traîtresse,* pensé-je amèrement). Quarante-six appels en absence. Il n'est que midi. Plusieurs proviennent du numéro de Martin ; quant aux autres, ce sont des numéros que je ne connais pas. Sûrement des journalistes, me rappelé-je dans un éclair de génie. Voilà, le buzz est lancé, il était temps !

Je suis incapable de réfléchir. Je vais me chercher deux aspirines que j'avale avec un gigantesque verre d'eau. Note pour moi-même : la prochaine fois que je bois (tiens, je pense à boire de nouveau, c'est déjà une sacrée amélioration par rapport à ce matin), je dois me remémorer d'alterner verre d'eau et verre d'alcool pour hydrater mon organisme, ainsi je ne me réveillerai pas avec la sensation d'être une espèce d'algue toute visqueuse. Même si les aspirines commencent à faire leur effet magique, je ne me sens pas encore suffisamment en forme pour affronter la tornade de questions des journalistes. Il me faut un bon gros café pour me donner un coup de fouet. Je me prépare en vitesse, mets un vieux jean, me munis d'une casquette et de lunettes de soleil puis sors de l'appartement en me concentrant sur ma démarche pour ne pas zigzaguer. Je m'installe à la première terrasse que j'aperçois, dans un angle de rue et commande un double cappuccino, un bagel et pique le journal sur la table voisine alors que son occupant est scotché à son téléphone. Dès que ma commande arrive, je me jette avidement sur mon café et me lance dans la lecture des nouvelles. Rien ne me semble intéressant, mais alors que je m'apprête à refermer le quotidien sans avoir parcouru la rubrique tabloïde, mon sang se glace. Oh non. Ce n'est pas possible. Je lis aussi vite que mes yeux me le permettent.

C'est la catastrophe !

Chapitre 28

Bye bye...

Ce qu'il y a de scandaleux dans
le scandale, c'est qu'on s'y habitue.
— Simone de Beauvoir

Le scandale Lizzie McLane

La célèbre présentatrice de l'émission Be Fun, *Léane Dubois, a manifestement lancé une bombe dans la mare des starlettes d'Hollywood. La grossesse de la jeune actrice célibataire Lizzie McLane a été confirmée par l'intéressée elle-même : « Oui, j'attends un bébé. Je ne sais pas comment Léane Dubois a appris la nouvelle puisque je n'ai encore rien dévoilé aux médias. Le père est déjà au courant, mais il souhaitait que je garde le secret relativement à son identité. Martin est marié et il ne compte pas quitter sa femme pour venir vivre avec nous. Je suis très triste. » Martin Kinsley, grand producteur marié depuis 12 ans à l'attachée de presse Mariah Lopez, s'est refusé à tout commentaire. La primeur, révélée jeudi dernier sur BOH, met particulièrement mal à l'aise la direction de la plus grande société de production du pays. Affaire à suivre.*

Non, non, non ! Ce n'est pas possible !

Je m'effondre. Un frisson d'horreur me parcourt le dos et des gouttes de sueur perlent de mon front alors que je termine ma lecture. Je me sens mal, je ne peux plus respirer.

En une fraction de seconde, je comprends que je suis foutue.

La personne qui m'a filé le tuyau savait exactement ce qu'elle faisait. Elle souhaitait que j'aie des problèmes. Mais pourquoi ? Ce n'était peut-être pas Lizzie qui avait écrit cette lettre pour me prévenir, mais qui était-ce ? Pourquoi n'ai-je pas enquêté sur cette nouvelle, pourquoi ai-je été aussi naïve ? Quelle gourde ! J'ai donc révélé à tout le monde que mon patron trompait sa femme avec une jeune actrice et que, pour ne rien arranger, il l'avait mise enceinte.

Génial.

Ce n'est pas possible. Cette situation ne peut pas m'arriver… à moi. Je me rappelle maintenant les avoir vus s'embrasser et partir ensemble de la soirée *For Eternity*, mais même si j'avais trouvé cette attitude louche, je ne connaissais pas encore Martin et, à l'époque, je ne savais pas qu'il était marié. Puis, s'il trompe sa femme, je ne suis pas concernée par ses affaires de linge sale. Néanmoins, avoir un bébé avec sa maîtresse, c'est une autre histoire. Le révéler à l'Amérique tout entière, c'est une catastrophe.

Bon, Léane, respire, détends-toi, ce n'est pas si grave, personne n'est mort (enfin, je risque bien de succomber à la tentative de meurtre que Martin risque de perpétrer la prochaine fois que je le croise), mais tout de même, je suis dans le pétrin. Un pétrin bien liquide et bien puant. Je ressors mon téléphone et constate que Martin m'a laissé un message vocal. Message que j'hésite à effacer tout de suite pour éviter d'affronter mes problèmes. Tant que je n'ai pas de nouvelles, tout va pour le mieux dans le meilleur des mondes : je suis une chroniqueuse reconnue, je vis en Californie et je suis amoureuse. Bon, amoureuse d'un homme qui semble m'avoir oubliée, je sais, merci de me remonter le moral. J'appuie sur les touches de mon iPhone les doigts tremblotants et la respiration saccadée ; l'angoisse a pris possession de mon être tout entier alors que j'écoute fébrilement le message.

— Léane, c'est Martin Kinsley. Rappelle-moi, c'est important. Il faut que nous parlions.

Mais moi, je n'ai pas envie de parler. Sa voix grave ne me dit rien qui vaille. Il a prononcé la phrase maudite, celle qu'aucune fille n'a envie d'entendre de la part d'un homme, même s'il s'agit de son patron : « Il faut que nous parlions. » Pourtant, nous aimons bien papoter en général, mais à la suite de cette phrase, nous sommes toutes frappées de mutisme. Profitez, les mecs, si vous souhaitez nous rabattre le caquet, prononcez cet énoncé assassin, l'effet est immédiat.

Je suis terrifiée tandis que je pianote le numéro de Martin sur mon téléphone. La tonalité retentit et j'attends de longues secondes qui me semblent durer des jours entiers. Chaque « bip » me martèle le cerveau, chaque son résonne dans ma tête. Je crève de trouille en attendant la sentence. Puis, Martin répond.

Il faut que je me sorte de là et que je lui explique la situation. Tout n'est pas perdu.

— Martin, je suis sincèrement désolée, je ne savais pas. Je ne mesurais pas la portée de cette nouvelle. Je vais tout faire pour arranger les choses. Je vais m'excuser, je vais écrire une chronique pour expliquer les dangers des informations non vérifiées, je…

Martin me stoppe dans ma tirade du désespoir. Je suis paniquée.

— Tu aurais dû te renseigner ou m'appeler avant de révéler une telle primeur à l'antenne, Léane. Tu as commis une grave erreur.

— J'en suis consciente, mais ce n'est pas si grave.

— Pas si grave ? J'ai des problèmes avec la direction et ma femme demande le divorce. Tu m'as mis dans un sacré pétrin, alors je n'ai pas le choix.

— Pas le choix ? Comment ça ?

— Léane, tu es virée.

— Je suis quoi ? émets-je, la voix chevrotante.

— Virée. Tu n'as pas besoin de revenir sur le plateau puisque tu n'as pas d'affaires sur place. Je te laisse une semaine pour vider l'appartement, conclut-il froidement.

Il raccroche, me laissant complètement dévastée. Je suis incapable de me lever de ma chaise, mes jambes flageolent et tremblent comme des feuilles mortes. J'ai l'impression que je vais mourir, mon cœur s'emballe, les battements s'accélèrent, le sang me monte à la tête, mes tempes brûlent, ma peau frissonne. Je suis en train de faire une crise cardiaque, il faut que j'aille à l'hôpital ! Je parviens à calmer mes pulsations, mais je ne me sens pas mieux et de grosses larmes roulent sur mes joues tandis que je repasse la conversation en boucle dans ma tête. Même si j'ai très bien entendu et compris les propos de Martin, je n'arrive pas à croire que tout est terminé. Je suis virée. Virée. Je dois quitter l'appartement dans une semaine.

Je me traîne tant bien que mal jusqu'à la maison et m'effondre sur le canapé. Je me recroqueville sur moi-même, secouée par de lourds sanglots. Comment tout ce gâchis a-t-il pu se produire ? J'avais pourtant toutes les cartes en mains pour réussir ma nouvelle carrière, je me débrouillais bien, j'étais une excellente chroniqueuse. Alors, comment ai-je pu me laisser manipuler de la sorte et surtout, pourquoi ai-je été aussi conne ? Je reste prostrée ainsi plusieurs heures, à pleurer et à me poser des questions sur ma vie, mes échecs professionnels et sentimentaux, et j'en arrive à la conclusion que je suis une véritable catastrophe ambulante. Je fais tout foirer, je suis bonne à rien. J'ai envie de me foutre en l'air, mais je suis trop paresseuse pour bouger du canapé, sans compter que je serais capable de rater mon coup puisque je gâche tout ce que j'entreprends.

Une fois que j'ai versé toutes les larmes de mon corps, j'appelle Tessa. J'ai besoin de me confier, de discuter, de comprendre ce fiasco. Je ne peux pas garder cette nouvelle pour moi plus longtemps, c'est trop lourd à porter. Quand elle décroche, je recommence à pleurer.

— Tessa ? prononcé-je en reniflant.

— Léane, tu pleures ? Qu'est-ce qui se passe, bichette, ça ne va pas ?

De la morve coule de mes narines, m'obligeant à saisir un mouchoir d'urgence et à me moucher bruyamment alors que j'essaie de m'exprimer clairement entre deux sanglots.

— Non, a va paaaas. Suis nulle, veux mouriiir. Ai été virée. Personne m'aime.

— Quoi ? Attends, je ne comprends rien à ce que tu me racontes. Je suis juste à côté du Paseo Nuevo, je rentre tout de suite, ne bouge pas, j'apporte de la glace.

— Accord, reniflé-je encore en essuyant mes larmes.

Je raccroche et attends Tessa en regardant la télévision. Une tonne de mouchoirs jonche le sol, le canapé et la table basse à tel point que je disparais sous une montagne duveteuse de papier blanc quand elle arrive en renfort. Elle passe par la cuisine pour récupérer deux cuillères puis prend place à côté de moi en me tendant le pot de glace.

— Alors, ma belle, qu'est-ce qui t'arrive ? m'interroge-t-elle doucement en passant un bras autour de mes épaules.

Les mots restent coincés dans ma gorge. Ils ne veulent pas sortir. J'ai une autre idée très subtile : lui confier que quelqu'un est mort ou que je suis gravement malade ! Ma nouvelle semblerait ainsi moins dramatique à côté. J'aurais dû être psychologue au lieu de chroniqueuse foireuse. Allez, je me lance et enchaîne en regardant mes doigts et en retenant mes larmes.

— J'ai quelques soucis.

— Comment ça, « quelques soucis » ? Tu pourrais être plus claire parce que tu m'inquiètes là !

— C'est le travail…

En fait, je comprends que je ne peux plus utiliser ce genre d'expression parce que finalement, je n'ai plus de travail, je suis dorénavant bannie de la sphère professionnelle, hors du circuit, totalement *out*.

— Ils t'emmerdent encore avec ces histoires de journaux ? Il ne faut pas te laisser mettre la pression, tu sais, sinon tu risques un épuisement professionnel et on devra te faire interner, ce serait la catastrophe, tu imagines ?

Oui, la catastrophe, en effet, et à la suite de cette réplique, je redoute de plus en plus sa réaction. Je transpire probablement autant qu'un pingouin en plein désert et me concentre pour ne pas fondre en larmes devant elle. Je constate qu'en pleurant, je parviendrais peut-être à l'apitoyer et à la rendre plus clémente. À méditer.

— Euh, ha, ha, c'est drôle en effet, répliqué-je en me forçant à sourire.

— Bon, sérieusement, tu ne dois pas te laisser bouffer ! Écoute-moi, ils ont BESOIN de toi, tu es leur chroniqueuse vedette. Tu peux leur demander n'importe quoi, ils te le donneront parce qu'ils ne peuvent pas se passer de toi ! Tu te sens mieux ?

— Non, riposté-je d'une toute petite voix en me mettant à sangloter.

Trop chouette, même pas besoin de faire semblant, les larmes coulent toutes seules. Tessa me prend doucement la main et enchaîne :

— Ça va aller, ma belle, ne t'inquiète pas.

J'aurais voulu lui dire que ma mère est morte, mais j'ai juste balancé le morceau, le très gros morceau qui me restait au travers de la gorge.

— J'ai été virée, avoué-je en lui tendant le journal contenant l'article.

— Tu as été quoi ?

— J'ai été renvoyée.

Je sanglote. L'information ne parvient pas jusqu'à son cerveau, comme c'était déjà mon cas quand Martin m'a annoncé la nouvelle qui a fichu ma vie en l'air. Je poursuis en lui montrant l'article.

— Lis-le, tu vas comprendre comme c'est horrible, indiqué-je en reniflant de plus belle.

Tessa amorce sa lecture dans un silence de mort, un silence interrompu de temps en temps par le bruit des sanglots que j'essaie de maîtriser sans grand succès. Une fois qu'elle a terminé, elle repose le journal et me regarde d'un air affolé.

— Oh merde, lance-t-elle sobrement.

— Ouais, c'est ça, tu m'enlèves les mots de la bouche.

— Tu t'es fait avoir, c'est horrible. Tu sais qui a écrit cette putain de lettre ?

— Je n'en ai absolument aucune idée. Quelqu'un qui me déteste profondément et qui souhaitait que je sois virée.

— Ma pauvre, je suis tellement désolée pour toi, me réconforte-t-elle en me serrant fort dans ses bras. Tu sais ce que tu vas faire ?

— Je n'en ai pas la moindre idée…, reconnus-je.

— Ne te prends pas la tête maintenant, va dormir et nous en reparlerons demain pour mettre en place un plan d'attaque, d'accord ma puce ?

— D'accord, reniflé-je en me levant.

Je lui fais une bise sur la joue en évitant de la couvrir de morve puis file me mettre au lit après m'être soigneusement débarrassée de toutes les traces de maquillage qui me faisaient ressembler à un panda insomniaque. Mais les terribles évènements de la journée repassent en boucle dans ma tête, m'empêchant de fermer l'œil. Impossible de dormir ; j'entends la voix de Martin m'annoncer mon renvoi comme si je revivais la scène en boucle. J'ai l'impression que tout ce gâchis n'est qu'un affreux cauchemar et que demain, en me réveillant, tout sera rentré dans l'ordre. Je devrai écrire ma prochaine chronique, me rendre sur le plateau et m'amuser comme une petite folle. Exactement comme d'habitude. Quand je sombre enfin dans un sommeil profond grâce à un somnifère, je rêve que Martin, déguisé en Faucheuse, me poursuit avec une faux en criant : « Qu'on lui coupe la tête, qu'on lui coupe la tête ! » d'une petite voix de crécelle.

• • •

Le lendemain matin, je me réveille toute guillerette en remarquant que ma tête est toujours bien accrochée à mon cou, que l'article de journal et tous les évènements qui ont suivi n'étaient qu'un affreux cauchemar, et je sifflote sous la douche. Une douce euphorie s'empare de moi quand je souffle sur les bulles de savon pour les envoyer en l'air et que je les regarde décrire un court vol plané avant de disparaître sous le jet brûlant. Toute cette histoire de renvoi n'était qu'un cauchemar, un horrible cauchemar. Je me sèche en vitesse et mets mon jogging pour traîner confortablement à la maison. Ma prochaine chronique est sur le feu, je compte traiter de l'amour impossible et demander aux téléspectateurs s'il faut croire en l'âme sœur. C'est une question intéressante qui mérite réflexion, non ?

Une fois mon ordinateur allumé, il ronronne tandis que ma page Internet modulée pour me montrer les titres des journaux que je préfère s'étale sur mon écran.

La réalité me rattrape.

Je déglutis avec peine et l'angoisse me serre la gorge, l'air ne passe plus jusqu'à mes poumons et je suffoque.

Les gros titres annoncent les uns après les autres mon licenciement pour faute grave. C'est fini. Il faut que je me rende à l'évidence : je dois rentrer en France. Impossible de rester ici et de retrouver un poste de chroniqueuse dans une émission : l'impact négatif de mon renvoi sur les employeurs potentiels de la région est irrattrapable, même avec un plan d'attaque du tonnerre organisé par Tessa. Le milieu de la télé est déjà au courant de ma gaffe monumentale, inutile de tenter le diable, personne ne me fera de fleurs. Je suis grillée, démodée, finie, la pestiférée d'Hollywood.

Mais que vais-je bien pouvoir faire à Paris ? Il est hors de question que je retourne chez Peps ou que je me dégote un emploi horripilant dans une autre agence d'événementiel. Non, non et non, j'ai déjà donné, puis je me suiciderais à la vue de la première feuille Excel qui croisera mon chemin. Moi, je veux travailler à la télé. J'aime travailler sur mes textes, j'adore me faire maquiller (tiens donc, me direz-vous), je suis dépendante de ce stress qui me chatouille les boyaux avant d'entrer sur le plateau, je ne saurais vivre sans le regard du public, je mourrais de ne plus entendre le rire des spectateurs et de ne plus lire l'intérêt et la compréhension dans leurs yeux quand j'aborde des sujets qui les touchent. J'ai besoin de tout ça, c'est mon métier, mon amour, ma raison de vivre.

Chapitre 29

Des révélations que je ne suis pas près d'oublier

Un beau visage est un traître qui se fait craindre
et qu'on regarde avec plaisir.
— Plutarque

Après deux jours passés au lit à pleurer toutes les larmes de mon corps, je m'active à faire mes bagages. Quant à Tessa, prenant à cœur son rôle de meilleure copine et m'amenant de la glace à toute heure du jour ou de la nuit, elle se prépare également à quitter l'appartement. Je suis en train de boucler ma quatrième valise en m'asseyant dessus de tout mon poids quand la sonnette retentit. Je porte un jogging, mes cheveux sont en pétard et je suis d'une humeur massacrante qui me fait grandement hésiter à ouvrir. À quoi bon, si j'agresse la personne qui se trouve de l'autre côté ? Déjà que j'ai été virée, je n'ai pas envie d'ajouter une agression voire un meurtre à la liste de mes méfaits. La sonnette résonne à nouveau. Bon, je vais ouvrir la porte. Eh bien, si j'avais su, je l'aurais laissée fermée.

Steve se trouve de l'autre côté, vêtu d'un jean clair et d'un polo vert qui met en valeur sa peau hâlée. Il est toujours aussi séduisant et j'ai beau râler sans cesse, qu'il ait fait le déplacement pour me voir me fait plaisir.

— Salut, dis-je d'un ton morne.

— Salut, répond-il. Je peux entrer ?

— Je t'en prie.

Je joins le geste à la parole et l'invite à pénétrer dans l'appartement.

Trois énormes bagages jonchent le sol et des sacs d'affaires sont éparpillés un peu partout dans la maison. Je m'en fiche, je n'ai même pas honte du désordre. Par contre, j'ai honte de ma tenue négligée parce que je ne souhaite pas que Steve garde en mémoire cette image de moi. Je m'attache les cheveux vite fait et remonte mon jogging pour avoir l'air moins débraillée, même si je lis un certain désir dans ses yeux malgré mon apparence désastreuse. Nous nous asseyons sur le canapé. Aucun de nous deux n'entame la conversation et nous nous fixons d'un air gêné. Il se tient légèrement penché en avant, les bras en appui sur ses jambes tandis que je me tortille les doigts et m'assieds en tailleur. Finalement, Steve rompt le silence pesant qui commençait à s'installer. Ouf, je respire à nouveau.

— Je suis désolé, laisse-t-il échapper.

— Tu n'as pas à être désolé Steve. Tu n'y peux rien, je me suis fichue dans le pétrin toute seule.

Il tourne la tête et me fixe d'un air dur. L'intensité de son regard me met mal à l'aise et je frissonne.

— Ç'aurait pu se passer différemment, reprend-il.

— Qu'est-ce que tu veux dire ?

Il ne répond pas. Ayant peur de comprendre la portée de ses paroles, j'insiste :

— Qu'est-ce que tu veux dire ?

— Nous deux. Ç'aurait pu se passer différemment, répète-t-il. Ainsi, je n'aurais pas été obligé de faire ça.

— De faire quoi ? Explique-toi ! exigé-je, de plus en plus nerveuse.

— De te faire virer, annonce-t-il froidement.

Je ne peux plus bouger, je suis paralysée. Moi qui pensais être au fond d'un trou bien sombre et bien puant, je constate que je peux me sentir encore plus mal et tomber encore plus bas. Si, si, c'est possible. Le trou puant s'ouvre et je me retrouve carrément dans un puits sans fond, sans lumière et sans espoir. Je rassemble mes forces et un long cri remplace mon inertie.

— C'est toi ? C'est toi qui as écrit cette horrible lettre ? Réponds !

— Oui, c'est moi qui ai rédigé la lettre et qui l'ai déposée dans ta boîte, avoue-t-il dans un souffle.

— Mais… mais pourquoi tu as fait ça, Steve ?

— Tu n'as donc rien compris ?

— Excuse-moi, mais j'ai toujours eu du mal à comprendre la méchanceté gratuite. Surtout si elle me fait perdre mon emploi. Putain, mais c'est pas vrai, qu'est-ce que je t'ai fait pour mériter une chose pareille ? Tu comprends que je vais devoir rentrer en France et abandonner mon rêve ? lui crié-je, en larmes.

Steve se lève du canapé, me tourne le dos et s'éloigne en direction de la porte. Je le rattrape en courant et hurle, hors de moi :

— J'ai le droit d'avoir une explication.

— Tu veux une explication ? Tu vas l'avoir, ton explication ! Je t'aime, Léane. Dès que je t'ai vue avec ton air maladroit, ton accent français et ton manque d'assurance, je suis tombé sous ton charme. Au début, je me suis dit que ça me passerait. Mais ça n'a pas été le cas. Quand j'ai compris que tu étais amoureuse de ce Stéphane et qu'il ne se passerait rien de sérieux entre nous, je n'ai pas pu supporter l'idée de te côtoyer tous les jours sans pouvoir te toucher, t'embrasser et t'avoir pour moi.

À ce stade-là de la conversation, Steve crie autant que moi en me fixant dans les yeux.

— Tu as foutu ma carrière en l'air parce que tu m'aimes ? craché-je, complètement ahurie. Tu trouves que c'est une bonne raison ?

— C'est une raison suffisante pour t'éloigner de moi. Je ne veux pas souffrir. Pas comme ça, pas tous les jours de ma vie. C'est trop dur.

— Tu as pensé à moi dans l'histoire ?

— Je suis désolé, Léane, vraiment désolé.

Je rugis en lui balançant un coussin à la figure.

— Va te faire foutre, Steve. Je ne veux plus jamais te voir de ma vie ! Dégage !

Maintenant que j'y pense, j'ai encore une question à lui poser avant de le laisser partir pour de bon. Il faut que je sache, sinon je m'en voudrais de ne pas le lui avoir demandé. Je dois en avoir le cœur net.

— Attends, vociféré-je

Il s'arrête et se retourne.

— Est-ce que tu as aussi un rapport avec ces photos et toutes ces infos me concernant qui ont été divulguées dans la presse ?

— J'ai dit non, au début. Mais très vite, en raison de ton succès, des médias m'ont approché et m'ont demandé d'être leur informateur en échange de gros sous. Alors, j'ai dit oui.

Je crie en le poussant vers le hall d'entrée pour qu'il sorte plus vite :

— Tu es vraiment un connard ! Sors d'ici tout de suite.

Je claque la porte derrière lui, les yeux exorbités et le corps en sueur. Je retourne au lit en traînant les pieds et ne pense qu'à une seule chose : me planquer sous la couette et ne jamais en ressortir. On retrouvera mon cadavre desséché dans quelques mois, embaumé dans mes draps et ce sera bien fait pour tous mes détracteurs. Moi, je rigolerai bien en les voyant culpabiliser à cause de ma mort atroce. Mouahaha. Quoique, si je meurs, je ne sais pas très bien comment je pourrai me délecter de leur culpabilité. Je m'en préoccuperai plus tard. Pour le moment, je m'occupe l'esprit en jouant à *Angry Birds* sur mon téléphone, blottie dans mes coussins. Je suis en état de choc, j'ai peur de partir en vrille, de perdre totalement la maîtrise de moi-même si je prends le temps de réfléchir à ma situation, à mon renvoi ainsi qu'aux révélations de Steve. Mais il semblerait, pour mon plus grand malheur, que la totalité de la planète ne m'ait pas oublié. Dommage. Peut-être que si j'allumais la bougie à la vanille et que je priais pour devenir invisible, ma prière marcherait et on me laisserait tranquillement moisir dans mon lit.

Mon iPhone vibre, j'ai reçu un message et je plains l'expéditeur parce que, vu ma mauvaise humeur, je risque fort de l'envoyer promener méchamment en le traitant de tous les noms d'oiseaux de mon répertoire. Trop curieuse, je jette un œil au texto et je m'étrangle avec ma salive quand je le lis.

Léane, ça fait un bail que nous ne nous sommes pas parlé, mais j'ai vraiment besoin de discuter avec toi. Il faut que je te parle de quelque chose d'important. Pour nous deux. Rappelle-moi. Tu me manques.

XXX Mathieu

Oh, un revenant. Je ne sais pas ce que j'ai fait au karma, mais quand j'établis le constat de la semaine qui vient de s'écouler, je me dis que j'ai dû faire de sacrées conneries dans mes précédentes vies et qu'aujourd'hui, j'en paie le prix fort. Soit j'étais une horrible tueuse en série qui a sévi durant des années sans qu'on l'arrête, soit j'étais une meurtrière sadique qui se plaisait à découper des morceaux de jambes pour les conserver au réfrigérateur. Je ne vois pas d'autres explications rationnelles. Mais là, il faut que je songe à me rattraper, à filer au Tibet ou à m'engager dans une association humanitaire parce que je ne tiens pas à ce que la suite de mon existence soit aussi catastrophique. Bref. Le problème Mathieu est de retour. Il doit me parler de quelque chose d'important ? Son amour pour moi sans doute. Encore. À ce moment précis, je n'ai aucune envie de me préoccuper de mon ex même si je n'ai plus eu de ses nouvelles depuis des mois. En fait, je n'ai envie de rien, je souhaite juste sombrer dans un sommeil sans fin, sans rêve et surtout sans réveil ! Dormir pour oublier, dormir pour ne pas penser à ce que j'ai fait parce que si je réfléchis à ma situation, je fonce à la plage pour me suicider en avalant du sable. Un désespoir si poignant que j'ai l'impression de me consumer de l'intérieur. Ce sentiment de vide me torture le corps et pollue mon esprit, ce qui a pour fâcheuse conséquence de me faire sans cesse sangloter lamentablement. Même dans mon sommeil, je verse des larmes. Je le sais parce que mon oreiller est trempé quand j'émerge de mes cauchemars et je ne crois pas que je bave (il y a des limites au laisser-aller tout de même !).

Mon retour à Paris est prévu dans deux jours, mon billet d'avion traîne sur ma table de nuit et je me retiens de le déchirer en tous petits morceaux chaque fois que je l'aperçois. Que ce soit clair : je ne veux pas partir et j'hésite à m'enchaîner aux meubles du balcon pour que Martin ne puisse pas me virer de l'appartement. Si je perdais mon billet, ce serait une excuse valable, n'est-ce pas ? Je crois que non. Martin tient tellement à me voir déguerpir qu'il serait prêt à louer un bateau et un avion privé pour que je rejoigne ma patrie le plus vite possible. Mais zut, à la fin, il n'avait qu'à rester fidèle à sa femme, il n'aurait pas eu de problème et moi non plus par la même occasion.

Chapitre 30

De retour en France... eh merde!

Nous pouvons vivre seuls, pourvu que ce soit
dans l'attente de quelqu'un.
– Gilbert Cesbron

Mes affaires sont bouclées, les bagages, prêts à partir même si moi, je ne le suis pas. J'observe tristement l'appartement et hésite à me cacher sous le lavabo de la salle de bain pour ne pas quitter mon rêve californien avant de me résigner et de mettre sagement mes chaussures. Tessa est déjà descendue et je la vois par la fenêtre faire de grands signes aux taxis qui passent à toute allure dans la rue. Elle parvient à en arrêter un en se précipitant carrément sur la route et jette un coup d'œil en l'air. Au moment où elle remarque que je l'observe, elle fait une grimace et me signifie que je dois me dépêcher si nous ne voulons pas rater l'avion. Ce qu'elle n'a pas compris, c'est que moi, je souhaite de tout mon cœur manquer cet avion et rester ici.

Une fois arrivée en bas, je rejoins Tessa, qui a déjà chargé mes affaires dans le coffre du taxi puis nous montons dans la voiture. Je regarde avec nostalgie la maison s'éloigner et mes rêves avec elle, et tente de cacher les larmes qui me brûlent les joues, mais mes reniflements ne sont pas des plus discrets. De toute façon, Tessa me tend un paquet de mouchoirs qu'elle avait gardé à proximité en prévision de ma crise de pleurs ; décidément, elle me connaît trop bien.

Quelques heures plus tard, nous sommes dans l'avion en direction de Paris. J'hésite à tenter le tout pour le tout et à provoquer un scandale pour éviter le décollage, mais je crois que ce ne serait pas très judicieux de prétendre que j'ai une bombe sous mon t-shirt. Je n'ai pas envie de me retrouver en prison.

Quand nous atterrissons, il pleut. Un regard à l'extérieur et la grisaille parisienne suffit à me plonger dans une profonde déprime. Comment vais-je m'en sortir ?

• • •

Nous sommes lundi soir et je n'ai aucune envie de sortir de chez moi. Le même studio, la même vie triste qu'avant (l'emploi en moins), la même pluie acide et les mêmes platanes ; Paris m'enveloppe de ses aspects les plus négatifs. À peine arrivée que je m'étais déjà fait un nouvel ennemi en la personne de mon sous-locataire. En effet, celui-ci ne semble pas avoir aimé devoir quitter les lieux aussi rapidement et m'a laissé un poisson dans le placard et des cheveux dans la douche.

Nous sommes à la fin du mois de septembre et le temps semble avoir définitivement viré en mode « hiver », comme pour accentuer la différence entre le climat doux de la Californie et les sautes d'humeur des températures parisiennes. Le froid mordant de l'extérieur démotiverait même Mike Horn de mettre les pieds dehors. Les feuilles des arbres s'apprêtent à tomber et à tapisser les parcs parisiens d'un manteau automnal. Finis les petits stilettos, les robes fluides et légères, et bienvenue aux doudounes et aux bottes de yéti. Tant mieux, j'aurai une excuse pour en racheter une paire. Apparemment, mes plans de vieille aigrie de la vie ne plaisent pas à Tessa, car malgré le fait que je filtre ses appels depuis un quart d'heure, elle ne semble pas avoir compris que la télé est la seule amie que j'ai envie d'avoir en face de moi ce soir.

Je suis rentrée il y a deux jours et je n'ai toujours pas défait mes valises, qui symbolisent mon retour définitif à Paris. C'est trop difficile de m'y résoudre puisque je n'ai qu'une seule envie : repartir. J'entends la voix de Kelly Rowland s'époumoner et les rythmes de David Guetta résonner dans mon studio.

When love takes over, yeah. You know you can't deny. When love takes over, yeah. Cause something's here tonight.

Eh merde. J'en ai marre de cette sonnerie de téléphone, elle me rappelle Mathieu le Moisi. Depuis que je suis de retour à Paris, j'ai retrouvé mes vieux démons, mes vieilles habitudes, mes anciens repères. Tout ici me remémore mon ex. Trop de souvenirs, trop de douleur, trop d'émotions d'un coup.

When love takes over, yeah. You know you can't deny. When love takes over, yeah. Cause something's here tonight.

Cette chanson me rappelle nos ébats. Sa main sur ma cuisse. Ses lèvres dans mon cou. Sa bouche sur la mienne. Je vais devenir folle ! Soudain :

— Allô, lancé-je de manière plutôt agressive.

Il fallait que cette satanée musique cesse. Afin de régler ce problème de réminiscence, il me suffit pourtant de télécharger une autre sonnerie. Rien de plus simple. Pourtant, j'éprouve une certaine réticence à l'idée de la modifier, ce qui reviendrait à tirer un trait définitif sur une somme de souvenirs. Tirer un trait sur mon passé. Tirer un trait sur Mathieu. Je ne me sens pas encore prête. Surtout depuis mon retour.

– Tu comptais filtrer mes appels encore longtemps, vieille bique ? rigole Tessa, une pointe de déception dans la voix.

– Excuse-moi, j'étais occupée.

– Bien sûr. Je suppose que d'engloutir ta boîte d'Oreo et de regarder la télé entrent dans ta définition de « fille occupée » ?

Décidément, je ne peux rien lui cacher. Je suis en train de me poser des questions sur l'utilité et la pertinence d'avoir une copine tellement proche de moi qu'elle connaît tous mes vices et mes défauts pendant que je remets le paquet d'Oreo sur la table basse. Elle enchaîne en me faisant une étrange proposition.

– Bouge-toi, nous allons au studio Gabriel ce soir. Je t'ai inscrite et tu viens avec moi.

– Quoi ?

Attendez que je vous situe le studio Gabriel. Il s'agit d'un studio d'enregistrement d'émission télé tout proche des Champs-Élysées dans le huitième arrondissement de Paris. Je fais un état rapide de mon état.

1) Cheveux : dramatiquement sales tirant sur le gras

2) Maquillage : presque inexistant

3) Tenue vestimentaire : survêtement

Le travail pour me rendre présentable et passer devant des millions de téléspectateurs, même dans le public, est tout simplement titanesque.

— Tu as une demi-heure. Je passe te prendre et nous filons au studio, m'ordonne ma meilleure amie.

— Je suppose que je n'ai pas le choix.

— Tu supposes bien. À toute, glisse-t-elle, toute fière, avant de raccrocher.

Telle une fusée projetée en direction de la lune, je file plus vite que l'éclair et bondis du canapé. J'enlève le survêtement tout en détachant mes cheveux et je finis par tituber, les pieds emmêlés dans mon jogging. Avant d'avoir eu le temps de dire « merde », je m'affale lamentablement par terre. Je suis une limace. Je reste ainsi quelques secondes, hésitant entre le rire et les larmes, secouée de spasmes, les joues trempées par mes sanglots. Deux secondes plus tard, je suis prise d'un fou rire. Je ne peux plus m'arrêter. Je me trouve ridicule. Ma vie est ridicule. Je me reprends et file sous la douche. Le jet d'eau brûlante me réchauffe le cœur. *Pas plus de cinq minutes*. Je dois me dépêcher. Je ferme les yeux tout en empêchant mon cerveau de divaguer vers des souvenirs douloureux.

When love takes over, yeah. You know you can't deny. When love takes over, yeah. Cause something's here tonight.

Oh non. Pourquoi cette sonnerie retentit-elle encore dans ma tête ? Je suis une psychopathe.

When love takes over, yeah. You know you can't deny. When love takes over, yeah. Cause something's here tonight.

Incroyable ! J'ai un réel problème mental. Je vais devoir être internée et assister à des séances avec des comportementalistes ou des psychiatres qui me forceront à avaler des dizaines d'antidépresseurs, et je finirai seule et oubliée de tous. J'aurai un chat prénommé Prozac et je serai triste, triste, triste. Attendez, mais je ne rêve pas, ma sonnerie résonne bel et bien. Au moins, je ne suis pas folle. Avec un peu de chance, il s'agit de Tessa qui m'appelle pour annuler notre soirée ! Je m'élance hors de la douche et me sèche en quatrième vitesse avec une serviette usée avant de me ruer sur mon iPhone. Un appel en absence de…

Mathieu.

Je décide d'ignorer le coup de fil, même si je suis curieuse de savoir pourquoi il m'appelle. Sait-il que je suis rentrée ? Si c'est le cas, il souhaite sûrement me voir.

Cependant, éviter de répondre était une grave erreur, mais je ne l'apprendrai que plus tard.

Peu importe les préoccupations de Mathieu, Tessa m'attend et je dois me presser si je veux arriver à temps au studio. Quinze minutes plus tard, j'ai miraculeusement réussi à appliquer mon fond de teint, mon mascara et mon ligneur, des outils dont j'avais oublié l'existence ces derniers jours à cause de mon renfermement volontaire. Je mets mon jean préféré, celui qui me fait des fesses potables, mais qui me force à mettre un t-shirt ample pour cacher mes petites poignées d'amour (toujours cette fichue glace et ces Oreo) puis me concentre sur les amas de vêtements pliés dans mes valises.

D'après ce que je sais du milieu, il faut à tout prix éviter de porter du blanc ou du noir quand on passe à la télé, mais axer ses choix vestimentaires sur des habits de couleurs unies sans marques visibles. Je parcours la tonne de t-shirts dans mes bagages et tente de repérer une couleur vive.

Je porte finalement mon dévolu sur une tunique mauve clair que je rehausse par une ceinture noire positionnée au-dessus de ma taille. Une paire de bottines à talons complète la tenue au moment même où mon iPhone braille à nouveau le succès de David Guetta. *Oh non, pas encore Mathieu,* pensé-je en cherchant mon téléphone. Zut, il s'agit de Tessa. Sans même prendre le temps de me regarder dans la glace, ce qui évitera mes sempiternelles hésitations et les remises en question au sujet de mon style vestimentaire, de mon maquillage ou de ma coiffure, je fonce en bas de mon immeuble. Elle m'attend dans un taxi bleu, une compagnie typiquement parisienne. J'entre à l'intérieur de la Mercedes qui démarre en trombe et fonce en direction des Champs-Élysées.

À l'entrée du studio Gabriel, une foule de 300 personnes attend impatiemment de pénétrer dans le bâtiment pour découvrir les coulisses d'une émission télé. Premier pas : passer devant la responsable qui coche votre nom d'un air jovial sur sa liste prévue expressément pour la soirée. Alors que l'on croit être entré pour de bon, un molosse nous crie d'un ton autoritaire que nous devons laisser nos sacs à main, manteaux et téléphones au vestiaire. Non mais, c'est quoi ce bordel ?

— Je ne vis pas sans mon iPhone, *Môssieur*, lui craché-je d'un air prétentieux. Je travaille dans l'industrie du divertissement, vous comprenez ? Je suis une célèbre chroniqueuse d'Hollywood et mon producteur doit pouvoir me joindre en tout temps.

On croirait entendre mon ancien patron de chez Peps ; je me fais peur, aidez-moi. Puis, je ne suis plus chroniqueuse, ce qui fait de moi… une menteuse ! Mais c'est plus fort que moi et j'enchaîne, malgré les tentatives de Tessa pour me faire lâcher le morceau :

— Alors, laissez-moi mon téléphone !

Je m'imagine sévère et convaincante, peut-être même que je lui fais peur. C'est génial, cette nouvelle autorité que je me découvre alors que je suis en phase de dépression aiguë. Je vais essayer au bureau pour voir si l'on m'obéit. Enfin, je le ferais si j'avais un bureau. Sauf que deux secondes plus tard et à la suite du regard méchant que me lance le colosse de deux mètres, je n'ai d'autres choix que de baisser les yeux et tendre mon joli iPhone rose aux hôtesses.

Nous pénétrons enfin dans l'antre sacré de l'émission trois quarts d'heure plus tard avec la désagréable impression d'entrer dans une cage dorée. L'endroit est plutôt petit et je me demande comment tout ce monde tiendra sur les gradins rouges.

Ma présence ici me déprime. Je devrais me trouver sur le plateau, et non dans les gradins à jouer au pantin. *JE SUIS une chroniqueuse*, ai-je envie de crier. Alors que j'hésite à faire la rebelle et à prendre sauvagement une place autour de la table des animateurs ni vu ni connu, un jeune homme s'approche de nous pour nous placer.

Une fois assise, j'ai envie de pleurer. Ma place n'est pas dans le public ; mon métier me manque tellement que j'en ai des crampes d'estomac. Respire Léane, et oh, regarde le chauffeur de salle nous explique que nous devons taper des mains, huer et rire quand il nous l'ordonne. Génial, j'ai un nouvel emploi. Dorénavant, je suis un pantin professionnel. Pendant près de trois heures, j'excelle dans ma nouvelle fonction et je gesticule dès que *môssieur* le chauffeur nous chauffe. Le seul effet qu'il a sur moi, c'est de m'échauffer les oreilles ! Quand je suis enfin libérée, je fais la bise à Tessa, récupère mes affaires et décampe chez moi en taxi avec la seule envie de me mettre au lit et d'oublier le milieu de la télévision.

Après tout, qu'est-ce qui lui est passé par la tête à ma Tessa ? Si elle croyait me remonter le moral en m'emmenant voir cette émission, elle s'est fourré le doigt dans l'œil. Le fait d'avoir revu les lumières d'un plateau, les chroniqueurs alertes et le public me donne envie de sauter dans la Seine avec un boulet de canon accroché à la cheville. En rentrant, je me mets directement au lit sans même me démaquiller et pose mon iPhone sur ma table de nuit. L'écran s'allume, mais je n'ai pas le courage de répondre au téléphone ; je me sens aussi molle qu'un fruit moisi. Mais la curiosité l'emporte et je saisis le téléphone pour vérifier qui m'appelle à une heure aussi tardive. Bien sûr, j'aurais dû m'en douter, il n'y a que lui pour oser me lancer un coup de fil à une heure pareille. J'ai trois appels en absence de Mathieu et un message sur ma boîte vocale que je m'empresse d'écouter. La voix de mon ex résonne, me plongeant dans un triste état de réminiscence.

— Léane, il faut vraiment que je te parle. J'ai quelque chose d'important à te confier. Je sais que tu es de retour à Paris. Nous pourrions nous voir ? Appelle-moi.

Quel con. Il n'a pas encore compris que je ne veux pas lui parler ? Je crains qu'il tente de me récupérer et que je sois incapable de résister à ses avances à cause de mon état de dépression avancé. D'ailleurs, après ma mésaventure avec Steve, j'évite les hommes. Je renonce définitivement à la gent masculine. Pas grave, pour les besoins physiques, je me rabattrai sur les jouets sexuels ; pour la douceur, je mangerai de la glace ; et pour la tendresse, je m'achèterai une peluche.

Quand je me réveille le lendemain, je ne me souviens plus où je suis et je panique ! Ce qui est curieux, c'est que j'ai l'impression que les derniers mois n'ont jamais existé. Que mon aventure californienne n'était qu'une parenthèse, un rêve lointain. Pas la peine de me mentir : je suis totalement démoralisée. Je n'ai plus de travail et pas de petit ami. Vous connaissez une situation plus désespérée vous ? Personnellement, je n'en connais pas. Normalement, il y a toujours un domaine qui est censé fonctionner dans une vie, non ?

• • •

Quelques jours à peine après la débâcle de l'enregistrement, Tessa s'est mise en tête d'activer mon popotin et de me faire voir la lumière du jour. Perso, j'aime bien jouer au vampire. Je me sens bien dans le noir et l'obscurité rassurante avec pour seule lumière celle de l'écran de la télévision. Je flotte dans une atmosphère bleutée, comme si je me retrouvais dans l'espace, hors du temps et de la réalité de ce monde qui ne me convient plus.

Au téléphone depuis près d'une demi-heure avec Tessa, je tente de retarder l'inévitable : la sortie. Cette cruche s'est mise dans la tête de me ramener sur un plateau télé pour assister à l'enregistrement d'une autre émission. Elle pense sûrement que de retrouver un univers familier me ferait du bien, mais elle se trompe. La vue des chroniqueurs, des techniciens, des télésouffleurs et des spectateurs me fait mal. Elle ne lâche pas le morceau et tente de me convaincre de l'accompagner.

— Allez, ma bichette, viens ce soir, me supplie-t-elle. Je te promets que ce sera plus amusant que la dernière fois.

— C'est ça, oui. Je ne suis pas sûre de te faire confiance sur ce coup-là. Mon paquet d'Oreo me fait de l'œil et je ne suis pas certaine de vouloir lui être infidèle ce soir. Nous avions prévu de regarder l'intégrale de *Sex and the City*.

— Arrête, c'est pathétique ! L'émission est en direct et au vu des invités, je te promets que ça va déchirer ! Il y aura une ambiance de folie. Tu pourrais te faire des contacts dans le paysage audiovisuel français.

— Mouarf.

C'est la seule réplique que je trouve.

Pas très inspirée, me direz-vous. Ce n'est pas faux. Mais il faut savoir que lorsque Tessa est motivée à me sortir, elle y arrive en général parce que mes arguments sont plutôt faibles par rapport à sa motivation sans faille. Je préfère ne pas lutter et me déclarer vaincue d'avance. Elle sent que je cède et qu'elle a gagné le combat. Tel un fauve qui se lèche les babines avant d'achever sa proie.

— Je prends ton silence pour un oui ! Génial, je passe dans une heure.

— Ouais, d'ici là et avec un peu de chance, je me serai peut-être étouffée avec un biscuit, lâché-je, démotivée.

Je me traîne hors du canapé sur lequel je végétais comme un légume et marche d'un pas lent en direction de la salle de bain. Celle-ci se trouve dans un état pitoyable. La poussière a envahi le lavabo, ma serviette jonche le sol et le calcaire a décidé de prendre racine dans la douche. Pourtant, je n'ai aucune envie de faire le ménage.

J'actionne le robinet et laisse le jet d'eau chaude me laver de toute mon attitude négative. Je tente de visualiser mon cerveau sous des gerbes d'eau, une technique que j'avais apprise à mon unique cours de yoga pour me calmer, sans succès. Je sens des larmes vicieuses naître au coin de mes yeux. *Non, non, non !* Trop tard. Quelques secondes après, je pleure toutes les larmes de mon corps et renifle de tout mon saoul. Je suis pathétique. Je dois me reprendre en main. Je m'extirpe des vapeurs d'eau brûlante avec peine et me sèche avec toute l'énergie dont je suis capable, c'est-à-dire avec la même énergie que pourrait déployer un paresseux pour monter à un arbre.

C'est avec tout autant de motivation que je mets une petite robe bleue avec un léger décolleté et que je chausse des escarpins rouges aux talons vertigineux. Si j'ai décidé de porter une robe, ce n'est pas pour le style, mais pour la bonne raison que je n'entre plus dans mon jean préféré à cause du régime glace et Oreo que j'ai observé ces derniers jours. Quelle poisse !

Tessa me fait un appel en absence, ce qui signifie que je dois bouger ma masse graisseuse pour la retrouver dans le taxi qui attend impatiemment en bas de chez moi. Je la rejoins, lui fais un bisou puis garde le silence durant une bonne partie du trajet pour lui faire comprendre que je suis d'une humeur de chien. Pire, une humeur d'ours mal léché qu'on aurait réveillé en pleine hibernation pour lui avouer que tout le miel de la planète avait été dévoré par des enfants.

Une fois arrivées au studio, nous devons subir la même procédure que la dernière fois. Attente, liste, attente, vestiaire, ATTENTE, bouteille d'eau, ATTEEENTE. Je deviens folle et hésite fortement à planter Tessa et à rentrer.

Quand l'émission commence, j'ai les yeux qui brillent. Le direct, le stress palpable, les animateurs fringants sous la lumière des spots, le fourmillement des techniciens, les caméras, tout me ramène à un autre temps. À un temps où je me trouvais de l'autre côté de la barrière au lieu d'envier pitoyablement la scène qui se déroule sous mes yeux.

Au bout d'une heure d'émission, alors que tout se déroule sans encombre et même sans bafouillages de la part des animateurs (ils sont tout de même doués, les chroniqueurs français), un accident se produit.

Chapitre 31

Déprime, biscuits et kilos

L'espoir est le pilier du monde.
— Proverbe africain

Je comprends qu'il y a quelque chose qui cloche quand je vois l'animatrice vaciller. Tout le monde retient son souffle et 300 paires d'yeux se rivent sur le moindre de ses mouvements. Que se passe-t-il ? Nous assistons à sa chute comme si nous visionnions une scène au ralenti. En deux secondes, la jolie blonde s'effondre sur le sol en émettant un bruit sourd. Les spectateurs sont abasourdis et un silence de mort règne soudainement dans le studio.

Après cette courte minute où le temps semble suspendu, la panique remplace ce no man's land. L'animatrice de l'émission est emmenée loin de la fourmilière pendant que moi, je me demande si elle a mangé quelque chose. La pauvre, elle est tellement maigre.

Tous les invités semblent perdus, l'air hagard, et je sais exactement ce qui leur traverse l'esprit : ils se demandent tous comment ils vont réaliser la promotion de leur livre, film ou spectacle sans la présentatrice.

Je peux vous affirmer que personne n'a une seule pensée pour la pauvre femme qui a eu un malaise quelques secondes auparavant et qui se retrouve seule et sans connaissance. Je suis très bien placée pour savoir que ce rôle, bien que très amusant si on aime ce qu'on fait, est également difficile à assumer. Je parle du rôle d'animatrice en plateau, pas d'animatrice sans connaissance parce que, heureusement, je n'ai jamais eu à vivre ce genre d'épreuve. Que cette expérience semble lointaine. J'ai l'impression qu'il s'agit d'une autre vie. Pourtant, lorsque je me retrouve à proximité des spots et des caméras, je ne peux m'empêcher de ressentir cette adrénaline. Cette sensation d'euphorie mêlée de stress. Cette angoisse si jouissive. Ce métier me manque. Le public me manque. Alors que je regarde en l'air, me remémorant mes souvenirs californiens, je reçois un coup de coude dans les côtes de la part de ma voisine. Mais quand je m'apprête à engueuler Tessa comme jamais je n'ai crié sur quelqu'un, je remarque qu'elle me pousse à regarder à l'autre bout du plateau. Une personne qui s'agite de tous les côtés attire mon attention. Je me focalise sur elle et frissonne. Ce n'est pas possible. Ce doit être une hallucination. Lui ? Ici ? Je dois rêver, faut dire que ces temps-ci, je ne dors pas beaucoup la nuit. Par conséquent, je sommeille parfois en pleine journée. Suis-je en train de dormir là ? Je pose la question à Tessa, qui me pince le bras tellement fort que je la frappe sur la cuisse. Je suis sûre qu'elle a la marque de mes cinq doigts imprimée sur la peau ! La dépression cause donc un symptôme dont je ne soupçonnais pas l'existence et dont je souffre de manière évidente : les hallucinations visuelles. Parce que si ce que j'ai sous les yeux est vrai, je viens de mettre un terme à des mois d'attente, de recherche et d'espoir.

J'écarquille les yeux et l'observe pendant cinq bonnes minutes. C'est bien lui, pas de doutes. Les mêmes yeux en amande, le même sourire à me faire oublier la glace pour le reste de ma vie (et vous me connaissez, je suis une indécrottable dépendante), la même carrure de sportif et les mêmes fesses qui me donnent envie de… le reste ne vous regarde pas.

Stéphane, MON Stéphane s'affaire à discuter de manière plutôt agitée avec ce qui m'a tout l'air d'être le producteur de l'émission, un homme en costume gris qui fait la grimace. Une pub a été envoyée pour faire patienter les téléspectateurs, mais cette solution provisoire ne permettra pas aux responsables de l'émission de régler, en moins de six minutes, le problème de l'absence d'animatrice. Je vois l'homme en costume me regarder, baisser la tête et repartir dans des messes basses avec Stéphane avant de me pointer du doigt. Stéphane se tourne vers moi, lève les yeux et m'aperçoit. Je croise son regard et mon cœur s'emballe, battant la chamade à au moins 300 km/h. Il me sourit, l'air surpris, puis retourne la tête pour repartir dans de grandes discussions avec le producteur, qui me fixe de temps en temps en penchant la tête. Une fois leurs bavardages terminés, Stéphane s'approche de moi à grandes enjambées. Qu'est-ce qu'il me veut, d'ailleurs ? Parce que même si j'attends ce moment depuis très longtemps, je n'avais pas imaginé le retrouver sur un plateau télé devant une foule constituée de plusieurs centaines de personnes. Il va me faire une grande déclaration d'amour devant les caméras c'est sûr ! Ou alors…

Non. NON. Le producteur et lui ne pensent tout de même pas que…

La pub va bientôt toucher à sa fin. Stéphane est à deux mètres de moi. *Arrête de rêver ma grande.* Il ne me lâche pas des yeux. *Arrête, tu te fais du mal.* Le producteur m'observe attentivement depuis les coulisses. Pendant un instant, j'ai cru que Stéphane allait me proposer un truc complètement fou. *Arrête de rêver Léane. Tu as eu ta chance et tu l'as complètement foirée.* Il se dirige droit sur moi, mon cœur s'emballe. Boum, boum, boum. J'ai l'impression que tout le monde peut entendre les battements de mon cœur. Il arrive à ma hauteur. *Tu es ridicule.* Il me fait signe de le rejoindre. Je regarde à droite. Puis à gauche. Quoi, moi ? Je le fixe en faisant semblant de ne pas comprendre ce qu'il veut. En même temps, ce n'est pas ma faute si son idée est totalement insensée. Il s'approche encore et je commence à flipper.

— Viens, me chuchote-t-il.

— Quoi ? lui lancé-je par-dessus les spectateurs d'un air innocent.

— Descends, Léane, insiste-t-il.

Mais qu'est-ce qu'il me veut, à la fin ? Tessa semble perdue. Sa tête dodeline de droite à gauche comme si elle assistait à un match de tennis. Stéphane. Moi. Stéphane. Moi.

— Qu'est-ce que tu veux, Stéphane ? lui marmonné-je à distance sans bouger de mon siège, qui me semble tout à coup beaucoup plus confortable qu'au début de l'émission.

Je suis bien là où je suis et je n'ai aucune envie de bouger. J'ai la trouille. Une trouille bleue.

— Léane, ramène-toi ! MAINTENANT.

Il ne reste plus que trois minutes de pub et je serai sauvée. Les autres spectateurs commencent à être intrigués par notre étrange manège. Ils me dévisagent avec curiosité. Certains semblent même agacés par notre conversation et par l'insistance de Stéphane.

— Vas-y, insiste Tessa. Allez !

— Mais non, je…

— Léane, bouge de là, siffle-t-elle entre ses dents.

— OK, OK, j'y vais.

Je capitule et lève mes fesses des confortables banquettes rouges.

— Ça me fait extrêmement plaisir de te voir, Léane. J'ai souvent pensé à toi, chuchote-t-il dans mon oreille tandis que je prends appui sur lui pour éviter de m'étaler lamentablement sur les autres spectateurs. J'ai une proposition à te faire, enchaîne-t-il à toute vitesse.

Il a l'air mi-amusé mi-stressé. Il ne lâche pas mon bras et je sens la chaleur de sa peau me procurer un sentiment de bonheur intense. Je frissonne de plaisir.

— Prends la place de l'animatrice.

— Quoi ?

Je crois que je n'ai pas bien entendu ce qu'il vient de me dire. Je suis bouche bée. Je ne me suis pas lavé les oreilles depuis au moins… euh deux semaines. J'ai grossi, je me sens moche et je m'entends lui dire :

— Mais, je n'ai jamais fait ça.

Oups, c'est faux. Si, je l'ai fait et je le faisais bien en prime !

— Léane, j'ai discuté avec le producteur et il t'a reconnue. Il paraît que tu tenais une chronique en Californie ou quelque chose comme ça ? Nous sommes dans la merde. Nous n'avons pas d'autres animatrices et nous sommes en direct. S'il te plaît, rends-nous ce service si tu t'en sens capable. Nous en avons besoin.

Je préfère me suicider en mangeant des Oreo. Bien sûr, je ne le lui dis pas. Je regarde Tessa, qui m'encourage du regard.

— OK, j'y vais, réponds-je sobrement.

Avant que je puisse comprendre pleinement ce qui se passe, une maquilleuse fonce sur moi et m'applique fond de teint et poudre pour que je ne ressemble pas à un bout de lard en train de griller au soleil. Stéphane m'informe pendant que la professionnelle termine son œuvre et couvre mes paupières mobiles d'une teinte grise irisée.

— Tout est sur le télésouffleur, Léane. Tu n'auras qu'à le regarder et lire les informations en regardant la caméra deux. Tu peux le faire ?

— Je peux le faire, oui. C'est parti.

Il reste 10 secondes avant que le direct ne reprenne.

Huit secondes. Je m'installe sur le siège en face de la caméra.

Six secondes. J'avale une gorgée d'eau et rassemble mes esprits.

Quatre secondes. J'affiche mon plus beau sourire.

Trois.

Deux.

Un.

— Mesdames et Messieurs, bonsoir et bienvenue à l'émission *Une soirée d'enfer*. Comme vous le savez, notre collègue Miriam Lou a eu un léger malaise, mais nos médecins s'occupent d'elle et autant vous dire qu'elle est en de très bonnes mains. J'ai vu les médecins et je peux vous dire qu'ils n'ont rien à envier au Dr Mamour dans *Grey's Anatomy*. Miam, on en mangerait !

Le public rit et je me sens revivre.

Une heure plus tard, l'émission est terminée. Je me sens vidée, mais terriblement heureuse. En fait, je ne me suis pas sentie aussi vivante depuis des semaines. Le public quitte petit à petit les locaux et quelques curieux viennent me demander des autographes et des photos. Qu'est-ce que c'est bon ! J'avais oublié ce sentiment de satisfaction après un travail intense et réussi.

Stéphane et le producteur de l'émission viennent dans ma direction et leurs sourires semblent dire qu'ils sont satisfaits de ma performance. Ils vont sûrement me proposer un emploi ! Je vais être la nouvelle présentatrice vedette de la chaîne. Je serai enfin reconnue en France et je gagnerai ma vie en faisant un métier que j'aime ! Oh, comme je me réjouis ! Je les attends le visage souriant. Je suis au comble du bonheur.

— Merci, Léane, tu nous as sauvé la vie, déclare Stéphane.

— Merci beaucoup, Madame, ajoute le producteur.

Je ne peux contenir ma joie plus longtemps et j'explose en leur disant :

— C'était génial ! J'ai adoré présenter votre émission. D'ailleurs, la semaine prochaine, ce serait bien que nous fassions les choses différemment…

Je m'apprête à poursuivre ma phrase et à leur balancer toutes les idées géniales que j'ai trouvées pour améliorer ma prestation et les chroniques de l'émission lors du prochain enregistrement quand le producteur m'interrompt :

— Bien sûr, vous serez rémunérée pour votre prestation, Madame…

— Dubois, lancé-je.

— Je vous souhaite une très bonne soirée, Madame Dubois. On vous enverra un chèque, termine-t-il.

Puis, il me tourne le dos et s'en va. C'est tout ? J'ai envie de lui crier : *C'est mademoiselle Dubois ! Pas madame, mademoiselle, sale rapace profiteur. Enflure de choucroute garnie. Déchet de millefeuille périmé.* Mais je ne sais pas très bien pourquoi, je me suis retenue. Mon cerveau fonctionne au ralenti et ne réussit pas à traiter la somme des informations qui lui parviennent : j'ai effectué un boulot remarquable, j'ai sauvé la peau du producteur, j'ai assuré l'émission pendant plus d'une heure et lui, il me donne un chèque et c'est tout ? Rien de plus, pas d'occasion, pas de rendez-vous, pas de… futur travail ? Stéphane me sort de mes sombres élucubrations.

— Merci encore mille fois pour ton aide, Léane, conclut Stéphane en me fixant intensément dans les yeux. Tu es très douée, tu sais ! me complimente-t-il en me faisant un clin d'œil. Aussi douée que pour faire du véloneige, d'ailleurs.

Il rit et moi, je fonds. Il me tend sa carte de visite.

— Appelle-moi.

Il commence à s'éloigner puis quelques mètres plus loin, se retourne et déclare :

— J'espère sincèrement que tu vas l'utiliser cette fois, ça me ferait vraiment plaisir de te revoir, avoue-t-il.

Il se tourne de nouveau puis disparaît à l'autre bout du plateau avant que je n'aie eu le temps de lui sauter dessus et de l'embrasser à pleine bouche pour lui montrer que son sentiment est totalement réciproque. Tandis que je me repasse sa phrase en boucle, Tessa me rejoint pour rentrer. Un détail me titille. Pourquoi m'a-t-il dit qu'il espérait que j'utiliserais son numéro cette fois-ci ? Je le cherche du regard pour lui demander la signification de ses étranges paroles, mais je ne le vois nulle part. Je souhaite l'informer que j'ai fait bon usage de son numéro et que je maîtrise parfaitement le manuel de mon iPhone contrairement à lui, qui ne doit probablement pas savoir comment utiliser la touche « répondre au message » sur son propre téléphone.

En rentrant chez moi, je suis assaillie par des sentiments contradictoires. Je me sens comme une pile électrique à cause de l'adrénaline produite par mon corps à la suite de mon intervention en direct et de mes retrouvailles avec Stéphane. En même temps, je suis déçue de ne pas avoir concrétisé de projet avec le producteur de l'émission. Pour faire pencher la balance du côté positif, je sors de mon sac la carte de visite de Stéphane et la contemple en imaginant notre premier rendez-vous. Enfin, premier rendez-vous officiel, j'entends ! Il m'offrirait une rose blanche et me dirait que je lui ai manqué sans qu'il puisse vraiment expliquer pourquoi puis il m'emmènerait dans une petite pizzeria aux lumières tamisées où nous mangerions des pâtes au pesto avec trois tonnes de parmesan en buvant du Chianti, les yeux dans les yeux. En dessert, nous partagerions un tiramisu puis il m'accompagnerait jusqu'à ma porte et m'embrasserait doucement sur le palier en me promettant de m'appeler le lendemain. Un sourire béat s'étale sur mon visage. Oui, je suis niaise et j'assume ! Puisque ce genre de scène n'arrive que dans les films, il faut bien que je me l'imagine, non ?

• • •

Quand je me réveille, la première chose qui me vient à l'esprit, c'est Stéphane. Par contre, je redoute la rédaction du message parfait que je vais devoir concocter pour reprendre contact avec lui. Après tout, le premier texto que je lui avais envoyé avait été un bide monumental alors pourquoi en serait-il autrement aujourd'hui ? Bref, j'ai peur, mais puisque je suis un peu folle et inconsciente, je saisis tout de même mon téléphone pour composer ce fichu message. Après trois tentatives infructueuses où tous les mots que j'écris me semblent d'une niaiserie sans nom, je respire un bon coup et note :

Coucou, beau brun ! Tu es dispo ce soir pour un p'tit café ? Je t'embrasse.
Ta future femme.

Je me relis. Verdict ? C'est trop. Je retente le coup et rédige un message plus sobre.

Café ce soir ?
Léane

Trop direct. Je plonge la tête sous l'oreiller et réfléchis. Pourquoi est-ce donc si compliqué d'écrire un premier texto ? C'est simplement parce que je veux paraître intelligente, drôle, fine, élégante, sympa, coquine, un mélange de fille d'à côté et de femme fatale, pardi ! C'est pas gagné. Je retente le coup.

Un petit café après le travail, ça te dit ?
Léane

Je balance ma couette d'un coup de pied et me dirige vers mon bureau, où repose toujours la carte de Stéphane. Avant d'avoir eu le temps de me torturer l'esprit (sinon, je n'enverrai jamais ce message), j'entre son numéro et clique sur « Envoyer ». C'est fait, il ne me reste plus qu'à attendre sa réponse. En pensant à autre chose. Il faut à tout prix que j'occupe mes pensées, sinon je risque de devenir folle. Tandis que je cherche une activité passionnante, j'hésite d'ailleurs entre regarder *Grey's Anatomy* ou manger des biscuits aux pépites de chocolat, mon iPhone sonne. Je me rue dessus et lis avec avidité le texto.

Avec plaisir pour le café, depuis le temps que j'attends ça…
Rendez-vous à 19 h au Tambour. Je t'embrasse. Steph

C'est drôle, ce sentiment d'euphorie qui me parcourt le corps tout entier comme une nuée de papillons colorés. La perspective de ce rendez-vous me réjouit autant qu'elle m'angoisse. J'ai tellement rêvé de ces retrouvailles que je ressens une trouille bleue à l'idée qu'elles ne soient pas à la hauteur de mes attentes. Puis, une question me taraude… mais qu'est-ce que je vais mettre ? J'ouvre mes valises et pour la première fois depuis que je suis rentrée, trouve la motivation de ranger mes affaires qui commençaient à drôlement se chiffonner au fond des bagages.

Une fois la tenue sélectionnée (un joli chemisier rose pâle et un jean bleu clair relativement moulant), je vais prendre une douche. Puis, je me maquille soigneusement, sans trop en faire avec juste une légère couche de fond de teint, du mascara et un trait de ligneur. Je termine le tout par une légère coiffure. Quand je me regarde dans le miroir, je me sens revivre et je souris à la fille fraîche et pimpante qui se trouve en face de moi. Voilà, je suis de retour à Paris, prête pour vivre un nouveau départ, une nouvelle aventure et un nouveau défi avec toute la motivation dont je suis capable. Pour l'instant, il faut dire que la motivation a pris des vacances dans un endroit reculé de la planète, très loin de mon studio parisien, mais je ne désespère pas et planifie son retour dans les prochains jours. Quand je réfléchis, je constate que je vais devoir relever trois nouveaux défis :

1) Séduire Stéphane.
2) Tirer définitivement un trait sur Mathieu.
3) Dégoter un emploi sur une chaîne française.

En gros, j'ai du pain sur la planche. Même si ces trois projets me tiennent à cœur, je compte bien atteindre mon premier objectif ce soir, c'est-à-dire faire craquer Stéphane. D'ailleurs, il est grand temps que je m'active si je veux être à l'heure. Enfin, je prévois d'arriver juste cinq minutes après lui pour ne pas lui donner l'impression que je n'ai rien d'autre à faire, erreur que je commettais systématiquement avec Mathieu. Je me concentre pour ne pas tomber sur la chaussée avec mes escarpins tandis que mon cœur s'emballe au fur et à mesure que je m'approche de l'arrêt du Sentier. La rue des Petits Carreaux fourmille d'activité entre les commerces de fruits et légumes, les fromageries et les bars branchés. De petits groupes de jeunes discutent sur les terrasses un verre à la main, se racontant les derniers potins de l'école, des victimes de la mode aux écharpes colorées et aux grosses lunettes arpentent les pavés d'une démarche nonchalante et quelques touristes prennent la direction des Halles pour faire des achats souvenirs.

Chapitre 32

Le retour de Mathieu le Moisi et une lueur d'espoir

J'aimerais terminer sur un message d'espoir. Je n'en ai pas. En échange, est-ce que deux messages de désespoir vous iraient ?
— Woody Allen

Quand j'arrive au Tambour, je suis stressée comme une adolescente qui a un rencard avec le plus beau mec de son école. Étant légèrement myope, je m'approche par le côté du restaurant pour trouver Stéphane sans qu'il me voie avec cet air hagard et perdu de la fille paniquée à l'idée de chercher son rendez-vous dans la foule des clients attablés. Je le vois dans un coin de la terrasse, patientant tranquillement en regardant les passants. Il a l'air serein, contrairement à moi, qui dois sûrement avoir la bouche tordue par le stress, les yeux exorbités par la panique et les mains moites. Je respire un bon coup et m'approche de lui à petits pas maîtrisés.

— Salut, lui lancé-je, mal à l'aise.

J'attends ce rendez-vous depuis tellement longtemps.

— Salut, toi, rétorque-t-il avec un grand sourire.

Je reste debout comme une cruche, incapable de bouger le petit doigt, l'annulaire, le pouce et tout ce qui se trouve autour. Autant dire que je me liquéfie sur place. Il doit sûrement entendre les battements de mon cœur parce que mon organe se démène tellement dans ma cage thoracique que j'ai l'impression qu'il va s'en échapper pour faire des papouilles à Stéphane. Il me regarde, amusé par mon embarras, et enchaîne avec un sourire à faire craquer une statue de pierre.

— Tu peux t'asseoir, tu sais. Tu me connais, je ne mords pas.

— Euh…, balbutié-je.

Oh non. Mesdames et Messieurs, veuillez saluer le retour du célèbre « euh ». Il faut croire que Stéphane possède un étrange pouvoir sur moi : celui de me rendre muette ou stupide, au choix. Afin de gagner quelques minutes de réflexion pour trouver une réplique plus percutante, je tire lentement ma chaise et m'assieds près de lui, même si je doute que la proximité avec son corps m'aide à me reprendre. Au contraire, je peux sentir son parfum, son bras effleure le mien et je perds tous mes moyens.

— Comment tu vas ? Tu as l'air en pleine forme ! me complimente Stéphane.

Bon, concentre-toi, ma fille : phrase simple, réponse simple. Prononce un « ça va » clair et précis. Tu peux y arriver, j'en suis sûre et j'ai confiance en toi !

— Euh…

Zut ! Ce n'est pas possible, quelle tortue mollassonne. Allez, Léane, reprends-toi. Il me fait toujours autant d'effet, j'ai les jambes qui tremblent et la gorge sèche, les battements de mon cœur s'accélèrent. Je reprends tant bien que mal en articulant méticuleusement :

— Ça va bien.

Génial, je suis sur la bonne voie. Continue. Mon cerveau fonctionne à nouveau et me rappelle qu'après ce type de salutations, je suis censée lui rendre la pareille et lui poser la même question. Simple comme bonjour.

— Et toi ? m'enquiers-je, fière de moi.

— Tout va très bien, je travaille pour France 2. Enfin, tout ne va pas si bien que ça en fait. J'ai envie de changer de poste pour devenir producteur d'émission. Je suis sur un plan avec Canal+ en ce moment, mais…

Il rit et me regarde dans les yeux puis continue :

— Je ne sais pas pourquoi je te raconte tout ça. Ça me semble tellement naturel de te parler de ma vie… en fait, tu veux boire quelque chose ?

— Tu me prendrais pour une alcoolique si je commandais un peu de rosé ? questionné-je sur le ton de la plaisanterie.

— Je n'osais pas te le proposer, réplique-t-il.

Nous commandons une bouteille de rosé à la ficelle, ce qui nous permet de payer uniquement la quantité de vin consommée. J'ai failli lui dire qu'en ce qui me concerne, on pouvait carrément régler d'avance la totalité de la bouteille, mais je me suis abstenue.

Le serveur jovial, un type à moustache vannant les clients à longueur de journée, nous apporte la boisson et nous sert généreusement. Nous trinquons à nos retrouvailles et dégustons le vin en silence en nous dévorant des yeux. Mais alors que tout se déroule à merveille, j'aperçois dans le décor un élément perturbateur. Je pose mon verre et tourne légèrement la tête pour mieux observer la personne qui vient de sortir du restaurant. Oh non, je n'en crois pas mes yeux. Pas elle ! Pas ici ! Pas maintenant ! J'essaie de me cacher derrière Stéphane, mais la demoiselle m'a aperçue et me regarde fixement pendant que je me tortille pour rester hors de vue. En la voyant s'approcher de nous, je plonge sous la table. Vite, il faut que je trouve une raison pour expliquer mon curieux comportement, sinon Stéphane risque de me prendre pour une folle dangereuse.

— Euh, ne t'inquiète pas, j'ai perdu… ma serviette et elle s'est coincée dans un des pavés sous la table, indiqué-je d'un ton hésitant.

— Mademoiselle Dubois ? Mademoiselle Dubois ! entends-je une voix féminine venant de là-haut.

— Léane, je crois qu'il y a quelqu'un qui veut te voir, réplique Stéphane, amusé.

— Vous vous trompez, Madame, je ne suis pas Léane Dubois, je ne la connais même pas, tenté-je de la convaincre de sous la table.

— Mademoiselle Dubois, sortez de là ! Je vous ai reconnue ! crie la petite voix. Cette fois, vous ne m'échapperez pas !

Je me frappe violemment la tête en voulant remonter à la lumière du jour. C'est en frottant douloureusement la bosse qui se forme sur mon crâne que je refais surface, prête à affronter cette situation embarrassante. Parce que je l'ai reconnue au premier coup d'œil, cette vendeuse de la boutique Yves Saint Laurent. Celle qui m'avait gentiment fait essayer de nombreuses robes pour la soirée du film *For Eternity*. Je me souviens comme si c'était hier d'avoir saccagé en bonne et due forme cette horrible robe verte en mohair avec mon café pur arabica… puis m'être enfuie en courant dans la rue comme une sacrée voleuse.

— Euh…, émets-je en regardant tour à tour Stéphane et la vendeuse.

Bien sûr, qu'une autre réplique me vienne à l'esprit cette fois-ci m'aurait étonnée aussi.

— Bonjour, Mademoiselle Dubois, lance-t-elle d'un air pincé.

Elle doit me détester à mort, j'en suis sûre. Après ce que je lui ai fait, je comprends tout à fait sa rancœur.

— Bonjour… euh…

— Magalie, précise-t-elle.

— Très juste. Magalie, je me souviens maintenant.

— Oh, moi aussi, je me souviens. Je dirais même que je n'ai rien oublié.

Je soupire de découragement. Comme si tout ce qui venait de se passer dans ma vie n'était pas suffisant, il faut encore que le karma s'acharne sur mon cas. Note pour le karma : va te faire cuire un œuf, un steak ou un mammouth, et laisse-moi tranquille, j'en ai assez bavé.

— Écoutez, Magalie, je suis sincèrement désolée pour mon comportement. Si je peux faire quelque chose pour vous, dites-le-moi ! imploré-je.

— Oui, vous pouvez ! affirme-t-elle d'un air suffisant. Vous me devez 500 € de frais pour la réparation des dommages causés à la robe.

Je m'étrangle.

— Quoi ?

— Oui, 500 € que j'ai dû payer de ma poche puisque vous vous êtes enfuie précipitamment. Ensuite, impossible de remettre la main sur vous puisque vous aviez quitté la France. Comme par hasard !

— Je suis désolée, Magalie, mais je ne possède pas une telle somme d'argent pour le moment.

— Très bien, alors je me vois dans l'obligation de vous poursuivre en justice. Ma sœur est une des meilleures avocates de la ville, elle va vous plumer.

Je panique et regarde Stéphane, qui sourit en observant notre petit manège. Mais alors que Magalie s'apprête à partir, il sort son chéquier, inscrit sur le papier la somme de 500 € et le tend à la vendeuse.

— Stéphane, range ça immédiatement, ordonné-je.

— C'est un service, tu me rembourseras plus tard, proteste-t-il. À quel nom je le fais ?

— Magalie Mercier, réponds la vendeuse du tac au tac.

Au moment où je m'apprête à expliquer à Magalie qu'elle ne peut décemment pas accepter ce chèque, je la vois saisir le papier et s'en aller à grandes enjambées. Je frappe Stéphane avec mon sac en protestant.

— Tu n'aurais jamais dû faire ça, non mais, tu saisis, 500 €, c'est énorme, je n'ai pas… je ne peux pas…

Je m'assieds pour me remettre de mes émotions. Le point positif dans toute cette histoire ? La glace est enfin brisée entre Stéphane et moi, et j'ai un excellent point de départ pour lui raconter tout ce qui s'est passé dans ma vie depuis notre rencontre. J'espère qu'il a prévu la soirée parce que l'histoire de mes péripéties risque d'être assez longue. Le vin aidant à me décoincer et à délier ma langue, je lui explique tout depuis le début : ma chronique, mon départ pour la Californie, mon renvoi et mon retour en France. Le succès, les médias, les paparazzis, les photos, les manipulations, la honte. La terrible honte. Quand j'arrive au bout, je remarque qu'il a mis sa main sur la mienne et qu'il n'a pas cessé une seule seconde de m'écouter attentivement, posant des questions pertinentes et m'encourageant à raconter les épisodes de ma vie les uns après les autres. J'avais besoin de me confier, d'extérioriser cet échec et de prendre du recul sur les évènements.

— Tu sais, quand tu as pris la place de cette animatrice, je me suis dit que tu étais très douée ; tu rayonnes devant une caméra. Je sais que tu y arriveras de nouveau, j'ai confiance en toi, Léane Dubois.

Il me sourit et je me sens déjà mieux.

— Je ne connais plus personne ici, Stéphane, puis qui souhaiterait engager une animatrice foireuse ? Je suis fichue, marmonné-je, légèrement pompette, en laissant tomber ma tête sur la table.

Mon front vient cogner le plateau en bois. Aïe.

— Tu n'es pas fichue, tu vas vite retrouver du boulot grâce à ta prestation de l'autre soir. Je suis même étonné que personne ne t'ait encore contactée. Mais ça viendra, sois patiente.

Je relève la tête, une mèche de mes cheveux devant les yeux et je le fixe d'un regard de cocker.

— Tu crois vraiment ?

— J'en suis persuadé.

Il approche sa tête de mon visage, ses lèvres ne sont qu'à quelques centimètres des miennes et… mon téléphone sonne. Stéphane redresse la tête et s'éloigne, arborant un sourire discret mais quelque peu déçu. Je souffle doucement :

— Je suis désolée.

Mais pourquoi ai-je activé la sonnerie ? Quelle quiche. Je sors mon téléphone de mon sac et remarque que le nom de Mathieu s'affiche sur l'écran. Décidément, il est encore capable de me gâcher la vie malgré les mois que j'ai passés loin de lui. Un message dont je me serais bien passée arrive deux secondes après.

Mais qu'est-ce que tu fous, Léane ? Il faut vraiment que je te parle de quelque chose, il faut que je t'explique en face, c'est URGENT ! Appelle-moi.

J'ai bien envie de l'appeler là, tout de suite, pour lui dire que je me contrefiche de ce qu'il doit me dire et que même s'il souhaite réitérer sa déclaration d'amour, il ferait chou blanc puisque je ne suis plus sur le marché des célibataires désespérés. Je pourrais même demander à Stéphane de l'appeler depuis mon téléphone ; de cette manière, Mathieu serait mis au courant de ma nouvelle relation. Malin comme tactique, non ? Ou je devrais peut-être revoir mon ex juste une fois pour mettre les choses au clair ?

Mauvaise idée, j'aurais tout un tas de chatouillements dans le ventre. Puis, pompette comme je suis, il risquerait d'abuser de mon corps.

Stéphane me fixe de ses yeux doux et je lui souris avant de murmurer, en approchant ma chaise de lui :

— Que dirais-tu que nous reprenions là où nous en sommes restés ?

À croire que la lueur lubrique de mon regard l'effraie, car il me rembarre doucement.

— Une prochaine fois, avec plaisir, mais il est tard et je commence tôt demain, il faut que je parte, me crucifie-t-il sur place.

Quelle excuse bidon, non mais, je rêve ! Il m'aurait dit qu'il devait rentrer pour nourrir son hippogriffe ou son lutin de Cornouailles que je l'aurais mieux pris. Déçue, je marmonne un vague « mourf » et ramasse mon sac. Bon, au moins, Stéphane a la courtoisie de me raccompagner à l'entrée du métro. Mais son excuse pour abréger cette soirée me paraît néanmoins vaseuse.

Après tout, si on apprécie vraiment, je veux dire VRAIMENT quelqu'un, ne peut-on pas faire quelques menus sacrifices comme se coucher tard, boire un peu plus que de raison et se promener dans les rues de Paris en chantant des chansons paillardes ? Enfin, c'est la version que je me fais d'un rendez-vous avec une personne qui me plaît comme c'est le cas de Stéphane. J'ai peur de ce que son départ précipité signifie et des conséquences possibles sur notre future histoire d'amoureux transis :

1) Il ne m'apprécie pas autant que j'osais le croire. Donc, pas de future histoire d'amoureux transis. Je n'aime pas cette option.

2) Il a une maîtresse qui l'attend nue dans son lit avec un pot de crème fouettée. Je n'aime pas davantage cette idée-là.

3) Il commence vraiment tôt demain matin… euréka ! Mais il faudrait que je puisse vérifier.

Au secours, je suis perdue en raison des signaux contradictoires envoyés par cet homme ! Alors que je me demande pourquoi il se conduit de la sorte, je sens sa main longer mon bras, effleurer ma peau et saisir doucement ma main. Je referme mes doigts sur les siens, profite du contact chaud de sa paume et sens une nuée de papillons s'envoler dans mon ventre. Ouf, je respire, le regarde et il me sourit. J'ai l'impression que nous sommes à l'aube de quelque chose de beau qui pourrait bien bouleverser ma vie de frustrée professionnelle en relations amoureuses.

Une fois arrivés à l'entrée du métro après avoir flâné lentement dans les rues animées du Marais, nous nous arrêtons. J'hésite à faire semblant de ne pas avoir vu les escaliers pour poursuivre notre promenade romantique, mais le panneau est bien trop grand pour que mon argument soit crédible. Il me caresse le cou, m'attire vers lui et m'embrasse sur la joue en me souhaitant bonne nuit. Quoi, c'est tout ? Je frissonne et ferme les yeux.

Quand je les ouvre, Stéphane a disparu et je rentre chez moi, la tête dans les étoiles, même si je parviens à peine à retenir ma curiosité. Pourquoi doit-il vraiment partir aussi tôt ? Je suis vraiment trop curieuse. D'ailleurs en parlant de ma curiosité maladive, le message de mon ex me revient en tête. Que souhaite-t-il me confier ? Ma fierté m'empêche de saisir mon téléphone ; après tout, je me suis juré de ne plus avoir affaire à lui.

• • •

À cinq heures, alors que je suis en train de rêver de Stéphane nu sur un lit de fraises des bois, je suis réveillée par la sonnerie de mon téléphone. J'ai reçu un message et je suis prête à parier qu'il s'agit de mon ex, bourré, qui me demande s'il peut venir squatter mon lit et mon corps par la même occasion. Je grogne puis me rendors en pestant contre Mathieu et en souhaitant de toutes mes forces qu'il vomisse sur ses chaussures en peau de crocodile à 3 000 €.

Quand j'émerge à sept heures comme une vraie femme active, je me lève dès les premières sonneries de l'alarme et file sous la douche pour me réveiller en douceur dans les vapeurs d'eau brûlante. Je suis fière de vous dire que malgré ma légère dépression, je garde un vrai rythme de travailleur. Comment, je ne suis pas crédible ? Bon d'accord, il est 10 h et je n'ai pas mis le réveil, mais je me suis promis de me mettre au jogging dès aujourd'hui pour raffermir mon corps qui doit être composé de 30 % de glace et d'Oreo à l'heure où je vous parle. Je mets ma tenue de sport habituelle, un mini short et un petit débardeur séduisant… oh, vous allez me lâcher, oui ? Je ne mens pas ! Bon, je reprends : je mets un vieux survêtement informe et confortable et un t-shirt taille TTG pour être à l'aise dans mes mouvements, et je consulte mon iPhone pour être sûre que je ne m'étais pas trompée pendant la nuit quand j'avais cru recevoir un texto. J'ouvre ledit message et constate avec bonheur (joie, euphorie, papillons, trompette et guimauve) que le texto provient de Stéphane. Mon cœur fait des bonds et j'entends le chant des violons pendant que je déguste ce qu'il m'a écrit ligne après ligne.

> *Coucou, belle étrangère, je vais travailler la tête pleine des souvenirs d'hier soir. Je ne sais pas comment je vais pouvoir me concentrer aujourd'hui puisque je ne cesserai pas une seule seconde de penser à toi. Je voulais résister et ne pas te poser la question, mais… un petit dîner ce soir à la Trattoria Pulcinella dans le 18e, ça te tenterait ?*
>
> *Stéphane*

Je rayonne et quand j'aperçois l'heure à laquelle il m'a envoyé le message, je ne peux que comprendre son départ précipité de la veille. Il était cinq heures. Ce qui signifie que Stéphane pense à moi dès qu'il se réveille ! Ce constat me donne une pêche d'enfer ! Note pour moi-même et pour le futur : il ne ment pas puisqu'il commence bel et bien à une heure plus que matinale (l'heure à laquelle je dors comme un bébé avec ma peluche dans les bras). Après lui avoir répondu que je le retrouverais avec plaisir à 20 h à la Pulcinella, je sors de chez moi et vais courir sur les quais de la Seine une bonne petite heure. Oh, ça va. Une petite demi-heure. Bon, 20 minutes, mais qu'est-ce que j'y peux si j'ai l'endurance d'un paillasson en phase terminale ?

En rentrant, heureuse et transpirante, je récupère mon courrier dans ma petite boîte aux lettres et remarque une grande enveloppe crème portant mon nom dactylographié dans une magnifique écriture. Chouette, du courrier ! J'adore recevoir des lettres. Une lettre signifie que quelqu'un pense à moi quelque part dans le monde et a pris le temps de choisir un joli papier et d'y coucher quelques mots à mon intention.

J'ouvre l'enveloppe en montant les escaliers et pousse un petit cri de surprise en lisant son contenu. Une fois dans mon studio, je m'affale dans le canapé et parcours à nouveau le texte du petit carton. Ce n'est pas possible. Je souhaiterais filer sous la douche et continuer ma journée dans l'attitude positive du matin, mais je suis incapable de détacher mon regard des quelques lignes qui y sont inscrites. J'ai envie de vomir.

Chapitre 33

Et si c'était le début d'une nouvelle histoire ?

Tout le bonheur du monde est dans l'inattendu.
— Jean d'Ormesson

Mathieu Melvin et Sabrina Delattre Musso
ont la joie de vous faire part de leur mariage qui
sera célébré
le samedi 24 septembre 2016 à 15 h 30
à la Mairie de Paris, Place de l'Hôtel de Ville,
75196 Paris.

P.-S. Léane, j'aimerais beaucoup que tu viennes à
mon mariage. Tu me manques.
Mathieu XXX

Je relis 20 fois le faire-part, histoire de me persuader que ce que j'ai sous les yeux existe bel et bien dans la réalité et que mon cerveau peu habitué au sport extrême (comment, le jogging n'est pas un sport extrême ?) ne me joue pas des tours à cause d'un manque d'oxygène. Comment est-ce possible ? Mon ex se marie ? Vraiment ? Lui qui détestait l'idée de l'engagement et qui était incapable de prévoir notre prochain repas au restaurant, les vacances, et le fait d'emménager ensemble, on ne parle même pas, il se marie? Alors qu'il y a quelques mois, il m'avouait son amour? Puis, c'est qui, cette fille, et depuis quand sont-ils ensemble? Après quatre ans de relation et près de deux ans passés à jouer au chat et à la souris, avec votre humble serviteur dans le rôle du rongeur, je n'ai eu droit qu'à un seul «je t'aime» alors que mademoiselle Sabrina je-ne-sais-pas-quoi a droit au mariage au bout de quelques mois? Ne vous méprenez pas, je ne regrette pas cette rupture, mais tout de même, il y a de quoi se sentir légèrement frustrée.

Je relis le faire-part et m'attarde sur le nom de la future madame Melvin. Sabrina Delattre Musso… ce nom me dit vaguement quelque chose. Je vais appeler Tessa, elle pourra sûrement m'aider à élucider ce mystère. Puis, j'ai besoin de parler.

Quelques secondes plus tard, la voix de Tessa résonne dans le combiné.

— C'est moi, crié-je.

— Choupette! Comment ça va?

— Mal et toi? J'ai besoin de ton aide.

— Bien sûr, vas-y, je suis tout ouïe. Ensuite, tu m'expliqueras pourquoi ça va mal.

— Mouhaha, attends, je m'étrangle de rire. Dis, est-ce que le nom de Sabrina Delattre Musso t'évoque quelque chose?

— Bien sûr!

— Alors, c'est qui?

— C'était mon ancienne collègue chez *ICI Paris*! Tu te rappelles, celle que je détestais et dont je me plaignais tout le temps!

— Bimbo silicone? demandé-je en flippant de plus en plus.

– C'est exact. Pourquoi tu me demandes ça ?

– Ce n'est pas possible. Je n'arrive pas à y croire.

Oh non ! Je tombe des nues. Ce n'est tout simplement pas possible. Je ne parviens pas à me faire à l'idée que mon ex se marie aussi vite. Le fait que ce soit avec cette blondasse superficielle n'arrange pas la blessure infligée à mon ego. J'ai envie de pleurer. De rage, de peur, d'indignation, de frustration, de jalousie. Ouais, c'est moche. Je crève de jalousie.

– Qu'est-ce qui se passe ma belle ? Tu me fais peur. Il y a quelque chose de grave ?

Quand je garde le silence, Tessa enchaîne :

– Léane ? Allô. J'entends rien ! ronchonne-t-elle en tapant de la main sur le combiné et en répétant trois fois un « allô » agacé.

Je raccroche sans même lui adresser un mot ou un piètre « au revoir » parce que je suis complètement sous le choc de la révélation qu'elle vient de me faire. Sabrina Delattre Musso, l'ancienne collègue détestable et détestée de ma meilleure copine, la bimbo aux seins façonnés par un chirurgien pour rendre jalouses les pastèques du monde entier et les autres femmes, accessoirement, s'apprête à épouser mon ex. MON EX. À moi. Oui, l'usage de l'adjectif possessif signifie bien que j'ai du mal à me détacher du lien qui nous unit même si nous ne nous sommes pas vus depuis des mois.

Je repense aux messages sur le mur de Mathieu envoyés par une certaine Miss Sab. Comme mademoiselle Sabrina. Évidemment.

C'était donc cette nouvelle que Mathieu souhaitait partager avec moi en face à face ? Heureusement que je ne l'ai pas vu en chair et en os parce qu'il n'aurait pas fait long feu avant que je ne l'étripe sur place en prenant garde à le faire souffrir de longues minutes. Au moins, il aurait été retrouvé dans un sale état et il n'y aurait pas eu de mariage. Point négatif de ce plan : j'irais en prison et depuis la prison, impossible de reconstruire les ruines de ma vie. Impossible également de revoir Stéphane. Je repense à cette Sabrina et me demande à quoi elle ressemble, si elle est si cruche que me l'a dit Tessa et de quelle manière Mathieu se comporte avec elle. Est-ce qu'il lui fait ses tartines le matin ? Est-ce qu'il la couvre de tendres baisers quand il se réveille ? *Arrête, Léane, tu te tortures pour rien.*

J'ai envie de me changer les idées, mais j'ai encore un terrible doute concernant toute cette histoire. Je me souviens encore d'une chose. Un détail désagréable. Il faut que j'en aie le cœur net. Je rappelle Tessa, qui doit toujours confondre les dérangements de la ligne avec mon impolitesse.

— Coucou, c'est re-moi !

— Ah ben, il était temps…

Je l'interromps sans ménagement.

— Oui, c'est vraiment très intéressant, mais dis-moi, est-ce que tu as encore le numéro de téléphone mobile de Sabrina quelque part ?

— Pourquoi, tu comptes l'insulter de ma part ?

— Tiens, c'est une idée, mais je ne pensais pas à ça. J'ai besoin de vérifier quelque chose.

— Attends, je vais vérifier dans un fichier sur mon ordinateur. Je dois encore avoir les numéros de mes anciens collègues.

Elle pose le téléphone et j'entends des bruits de pas qui s'éloignent. Quelques secondes plus tard, elle reprend le téléphone et je m'apprête à noter sur une feuille le numéro. Une fois que c'est fait, je compare les deux et m'exclame :

— Tessa, les messages de menace que j'ai reçus en Californie, c'était elle qui me les envoyait ! Tu ne sais pas le pire ? Elle sortait avec Mathieu !

— Tu plaisantes ? Non, Léane, tu déconnes !

— Même pas. Tu sais le pire ? Ils vont se marier, je viens de recevoir un carton d'invitation. Mon ex va se marier !

— Impossible, je n'arrive pas à te croire.

— Pourtant, je t'assure que c'est vrai. Je n'arrive vraiment pas à comprendre.

— C'est normal. Après tout, ils vont bien ensemble, bêtes comme ils sont !

Je rigole de bon cœur avec elle puis prends congé après lui avoir raconté mon dernier rendez-vous avec Stéphane.

Je regarde l'heure et sursaute. Avec tout ce remue-ménage, le temps a filé si vite que si je veux éviter de me pointer à mon rendez-vous avec Stéphane en survêtement trempé de sueur avec la tête d'un yéti en pleine période d'hibernation, j'ai intérêt à activer le plan « Sauvetage de Léane et de son apparence ». Je me déshabille en moins de 10 secondes et sautille comme un cabri en direction de la douche, tant pis si mon voisin me voit à poil, j'ai d'autres soucis. Après un ravalement de façade complet et une légère coiffure, je suis de nouveau présentable et me penche sur l'épineux problème des vêtements. Je porte mon choix sur une petite robe noire classique que j'assortis à des bottines à talons et termine le tout par une touche de brillant à lèvres pailleté avant de filer en direction du métro.

Alors que je marche dans les rues du 18e arrondissement, toujours en me concentrant et en évitant de me fouler une cheville, je stresse, mes mains sont moites et mon cœur bat au rythme d'une musique techno.

Ce soir, c'est mon troisième rendez-vous officiel avec Stéphane si on compte le match de hockey auquel j'ai assisté aux Diablerets. Vous savez ce qui est susceptible d'arriver lors de cette rencontre spécifique ? Mais si, nous sommes censés faire, enfin, vous savez… donc, je me suis épilé tout ce qu'il faut, je me suis parfumée et j'ai mis un ensemble La Perla rouge en dentelle sous ma petite robe afin de parer à toute éventualité. Autant vous dire que s'il y résiste, cet homme n'est pas net. Enfin, puisque nous ne nous sommes toujours pas embrassés, je me demande si la partie de jambes en l'air endiablée aura bien lieu ce soir. Il faut avouer que je suis tellement en manque que s'il me fait boire un bon verre de vin italien, je risque fort de lui faire des avances plus qu'explicites. Si je parviens à me retenir de lui sauter dessus après le dessert, je serai fière de moi.

J'aperçois le Sacré-Cœur se dessiner dans la nuit sous les lumières de Montmartre et je ressens une vague de bonheur d'avoir retrouvé ma ville, mon espace, ma vie. Même si les palmiers me manquent, ils ne remplaceront jamais les plus beaux monuments parisiens ni cette ambiance rassurante dégagée par les vieilles pierres imprégnées de toute l'histoire de la capitale.

Quand j'arrive au restaurant, je jette un œil pour vérifier si Stéphane est là, parce que si ce n'est pas le cas, je prévois de marcher encore 10 minutes pour arriver après lui. Mais alors que je guigne à l'intérieur, je le vois assis à une petite table au fond de la Pulcinella. J'ai envie de l'embrasser directement quand je remarque qu'il m'a laissé la banquette et qu'il s'est assis sur une chaise. Cet homme est décidément fabuleux. Il tourne la tête et me sourit dès que je pénètre dans le restaurant. Alors que je marche dans sa direction pour rejoindre notre table, il se lève et m'embrasse tendrement sur la joue comme l'autre soir et mon cœur palpite.

Dès que je suis assise, il saisit quelque chose qui semble être sur la chaise d'à côté puis me tend la plus belle rose blanche que j'ai vue de ma vie. Je le regarde, ahurie, et porte la fleur à mon nez pour respirer son délicat parfum. Comment a-t-il deviné ? Il me regarde et me sourit.

— Je sais que ça fait cliché d'offrir une rose à un rendez-vous galant, mais j'ai toujours eu un faible pour les actes délibérément romantiques. J'espère que tu partages mon sentiment, sinon il ne me reste plus qu'à plonger six pieds sous terre et partir de ce restaurant à quatre pattes.

Je reste sans voix.

— Non… euh… je trouve ça terriblement touchant, répliqué-je, tout émue. Merci.

— Alors, tant mieux. Est-ce que je t'ai dit qu'ils font ici des pâtes au pesto à se damner ? m'explique-t-il.

Mes yeux doivent ressembler à deux soucoupes tellement je les écarquille. Je remercie le ciel de constater que Stéphane est absorbé par l'ardoise qui recense les plats du restaurant. Au moins, il ne remarque pas l'air de poisson qui doit être peint sur mon visage. J'ai l'impression qu'il me connaît déjà par cœur alors que nous venons à peine de nous rencontrer. Le serveur s'approche et positionne la fameuse ardoise juste devant nous pour mon plus grand plaisir de myope. De toute façon, je sais déjà ce que je vais prendre puisque les pâtes au pesto me font de l'œil. Stéphane commande un Chianti Classico et nous grignotons des gressins aux olives en attendant que le serveur nous apporte le vin. Cinq minutes plus tard, nous dégustons le cru les yeux dans les yeux.

— Ça te paraît étrange si je te dis que tu m'as manqué ? me confie Stéphane.

— Mmmh, feins-je de réfléchir en regardant le plafond. Non, à vrai dire, ça me paraît normal dans la mesure où je ressens exactement la même chose, mais…

Je lève les yeux vers lui et décide de lui poser une question qui me brûle les lèvres depuis le jour où je l'ai revu à l'enregistrement de l'émission. Nous sommes suffisamment proches maintenant pour que j'ose franchir le pas.

— Je peux te poser une question, Stéphane ?

— Dis-moi, souffle-t-il alors qu'il me prend la main.

Un frisson électrique me parcourt le corps. Cet homme me fait un effet de dingue.

— Pourquoi tu n'as jamais répondu à mon message ?

— De quel message tu parles ?

— Le jour où j'ai trouvé ton billet dans ma poche, je t'ai écrit un long texto pour que nous nous revoyions. Un truc drôle, spirituel, bref, le message parfait. Mais je n'ai jamais reçu de réponse. Je ne te demande pas de t'excuser ou de me mentir, mais j'aimerais juste comprendre pourquoi tu ne m'as pas donné de nouvelles.

— Je n'ai jamais reçu de texto de ta part ! Je t'aurais répondu si j'avais…

Il soupire puis poursuit.

— Tu sais, j'ai passé des mois à me poser des questions et à chercher la réponse à cette interrogation : pourquoi n'a-t-elle jamais appelé ? Puis, j'ai contacté ton agence pour leur demander ton numéro en me disant que tu n'osais peut-être pas te lancer alors il fallait que je le fasse, mais je suis tombé sur un type qui m'a dit que tu avais démissionné sans laisser ton numéro.

— Pourtant, je t'ai envoyé ce message et je me suis torturé l'esprit pendant des jours en attendant ta réponse. Je tenais tellement à ce que tu me répondes, à te revoir… il faut que je te montre.

Je sors mon iPhone et recherche le message que je lui avais envoyé des mois plus tôt. Je vérifie et constate avec horreur que le texto se trouve dans mes brouillons. Il n'est jamais parti. Stéphane ne l'a jamais reçu. Je suis assurément une catastrophe sur pattes. Je lui montre le texto qui le fait mourir de rire. Bon, pour le spirituel, on repassera. Une fois qu'il a fini de se marrer, il me glisse tendrement :

— Nous allons réparer tout ça. Maintenant que je t'ai retrouvée, je ne compte plus te lâcher.

Nous commandons nos pâtes au pesto et passons le reste de la soirée à déguster du vin rouge et à rire de nos vies, de nos espoirs déchus, de nos erreurs. Il apprécie particulièrement mes anecdotes concernant ma rubrique dans *Be Fun*. Forcément, il n'était pas du tout au courant que de l'autre côté de l'Atlantique, l'Amérique tout entière se démenait pour le retrouver.

— Ce n'est pas possible ! Tu as vraiment lancé un appel sur une chaîne de télévision pour moi ? Avec mon portrait ?

— Eh oui, comme tu peux le constater, je peux faire de grandes choses par amour ! déclaré-je, légèrement pompette.

— Il faut absolument que tu me montres ça. Puis, moi aussi, je peux faire de grandes choses par amour, mais tu pourras le constater au fil des mois. Que dirais-tu de commander un tiramisu ? propose-t-il.

— Nous partageons ?

— J'allais le dire !

Dès que le serveur apporte une part géante de tiramisu, Stéphane me le fait goûter à la cuillère. Nous piquons un fou rire quand il rate sa bouche et se met du tiramisu partout sur la lèvre. J'enlève la crème avec mon doigt, qu'il met dans sa bouche sensuellement pour retirer toute trace de biscuit. Une fois le repas terminé, nous sortons dans la rue bras dessus bras dessous.

– C'est une des meilleures soirées que j'ai passées de ma vie, annoncé-je à Stéphane alors que nous marchons dans la rue déserte.

– Pour moi, il ne manque qu'une seule chose pour qu'elle soit parfaite.

Il s'arrête, plonge son regard dans le mien, saisit mon visage entre ses mains et m'embrasse doucement. Des décharges d'adrénaline parcourent mon corps tout entier, mon souffle s'accélère, ma peau tressaille au contact de sa bouche et j'ai une terrible envie qu'il me fasse l'amour tout de suite en plein milieu de la ville. Tant pis pour les passants.

– Si nous allions chez toi ? m'entends-je dire avant même d'avoir réfléchi à l'image qu'il pourrait se faire de moi.

Je m'en fous, je suis en manque depuis trop longtemps et je sens au plus profond de moi que Stéphane comptera bien plus que tous les autres hommes que j'ai connus dans ma vie. Alors finalement, que nous attendions deux jours, deux semaines ou deux mois avant de profiter de nos corps respectifs ne change rien, non ?

– D'accord, mais sache que c'est bien parce que c'est toi. Je ne suis pas le genre d'homme qui se dévoile rapidement d'habitude, m'avoue-t-il en m'embrassant passionnément dans le cou.

Nous prenons le taxi qui nous amène dans le deuxième arrondissement, pas loin du quartier des Halles. Une fois à l'intérieur de son appartement, un magnifique trois pièces décoré avec goût avec des meubles design dont je ne vois pas la couleur à cause de l'obscurité, nous continuons de nous embrasser tout en nous déshabillant mutuellement. Arrivée dans la chambre, je suis en sous-vêtement. Stéphane allume une bougie et me caresse sensuellement le ventre avant de couvrir mon corps entier de baisers. Je frissonne de plaisir et rejette la tête en arrière en fermant les yeux.

Autant vous dire que nous n'avons pas dormi de la nuit et que Stéphane m'a procuré bien plus de plaisir que la glace aux noix de macadamia. Je pense d'ailleurs avantageusement remplacer la glace par de l'exercice torride avec mon homme. MON homme, qu'est-ce que c'est bon !

Quand je me réveille, Stéphane est parti au travail non sans me laisser un petit mot doux sur l'oreiller.

Bonjour ma déesse,
Quand je te regarde dormir, je me dis que j'ai une chance inouïe de t'avoir rencontrée.
Je t'appelle plus tard, je me réjouis déjà d'entendre ta voix.
P.-S. Je t'ai préparé du café et je suis allé chercher des croissants pour que tu te réveilles en douceur.
P.P.-S. Nous nous retrouvons ce soir chez moi ? Je te préparerai à dîner !
P.P.P.-S. Merci pour cette nuit merveilleuse.

Je suis aux anges. Après deux orgasmes et une nuit passée dans les bras de Stéphane, je crois que mon karma s'est enfin décidé à reprendre le bon chemin. C'est-à-dire un chemin pas trop compliqué sans trop de peines de cœur, ni d'ex collant, ni de boulot chiant. Bon, faut pas trop en demander au karma parce que si je fréquente un mec adorable, c'est déjà un excellent début. Quant au côté professionnel, il faut que je bouge mes petites fesses et que je trouve une agence professionnelle si je souhaite conserver le toit que j'ai au-dessus de la tête.

Je rentre chez moi bien décidée à trouver un boulot passionnant et correctement payé. J'espère que ma bonne étoile m'entendra. Je n'arrête pas de l'invoquer pendant que je passe le matin et l'après-midi à chercher les offres d'emplois pouvant correspondre à mon profil. Je suis en train de replonger dans une profonde dépression (la preuve : j'hésite à rappeler Peps) quand mon téléphone sonne.

Je m'apprête à filtrer l'appel, n'ayant pas du tout envie de discuter, mais je remarque qu'il s'agit de Stéphane. Mon cœur fait trois petits bonds joyeux et je réponds toute guillerette. Stéphane ne tarde pas à m'annoncer la raison de son appel.

— J'ai une excellente nouvelle à t'annoncer !

— Tu as adoré la nuit passée à mes côtés et tu ne peux plus te passer de moi ?

— Oui, ça, c'est une évidence. Mais il s'agit d'autre chose.

— Vas-y, dis-moi, je déteste le suspense.

— Je t'invite à dîner ce soir pour fêter la vie !

Je sens qu'il se fiche de moi.

— Pour fêter la vie ? Allez, dis-moi de quoi il s'agit !

— Mmmh, j'hésite…

— Crache le morceau, sinon je fais la grève du sexe.

— Quelle menace extrême ! OK, je cède. J'ai été engagé par Canal+ pour développer le concept d'une émission télé toute fraîche.

— Mais c'est absolument génial ! Je te félicite, je suis vraiment contente pour toi ! Tu le mérites tellement !

— Merci. Mais ce n'est pas fini. Il se pourrait que nous ayons besoin de chroniqueurs talentueux pour constituer une équipe de choc… si tu vois où je veux en venir.

— Tu plaisantes ?

— Jamais avec des choses sérieuses. Prépare des démos ! Je suis sûr que tu vas cartonner et qu'ils vont t'adorer.

— Fais attention à tes oreilles parce que je m'apprête à pousser le cri le plus perçant que tu aies jamais entendu ! Je t'adore !

Il rit.

— Moi aussi, je t'adore. Je me réjouis de te voir ce soir. À toute à l'heure !

Il raccroche me laissant complètement injectée d'adrénaline. J'ai envie de courir, je me lève d'un bond puis m'assieds en pensant que je dois préparer des démos pour Canal+. Des démos pour Canal+, j'ai envie de crier ! Comme dirait le scribe dans le film *Astérix et Obélix : Mission Cléopâtre* : « Je chante la vie, je danse la vie, je ne suis qu'amour » ! Je récupère mon ordinateur qui moisissait dans un coin depuis mon retour et me mets au travail. Comme c'est bon d'avoir de nouveau une tâche concrète à effectuer. La bougie vanillée et la marmotte me seraient bien utiles pour me porter bonheur sur ce coup-là.

Durant deux heures, j'effectue un montage de mes plus belles chroniques *Life in Paris* et le résultat est plutôt convaincant entre les fous rires sur le plateau et l'enthousiasme palpable du public. Je suis impatiente de montrer la vidéo à Stéphane pour qu'il me dise ce qu'il en pense et qu'il découvre enfin les chroniques dont il était le sujet principal pendant plusieurs mois.

Je compte sur mes doigts les heures qui me séparent de mon prochain rendez-vous avec lui et m'assieds sur le canapé pour me récompenser du dur labeur accompli. Je crois que j'ai bien mérité de faire une petite sieste. Je m'allonge, mais pile au moment où mon corps se détend et où je m'apprête à m'endormir en repensant à ce que Stéphane me faisait la nuit dernière, la sonnerie de mon iPhone me ramène à la réalité en me signalant que je viens de recevoir un message. Je peste en tendant la main pour prendre mon portable sur la table du salon.

Léane, je ne sais plus ce que je veux réellement. Je suis perdu, je ne sais plus où j'en suis. Je ne suis pas prêt pour le mariage… nous pourrions nous voir ? J'ai envie de toi, là, ton corps me manque.

XXX Math

Eh merde. Ce n'est pas possible. Pas lui ! Pas encore. Ce n'était déjà pas évident d'avoir un ex omniprésent alors qu'il était célibataire, mais comment gérer un ex qui me drague alors qu'il est sur le point de se marier ? Si quelqu'un a une solution, qu'il me fasse signe avant que la situation ne dégénère, merci !

Je relis le texto avec un petit pincement au cœur en pensant au faire-part, mais cette fois-ci, j'ai tellement de choses dans la tête que je l'efface sans même y répondre. J'ai d'autres projets à concrétiser, un homme que j'ai envie de découvrir et un boulot à décrocher. Par conséquent, mon emploi du temps est archi complet et je ne compte pas laisser mon ex s'insinuer dans ma vie comme je l'ai laissé faire par le passé.

Pour éviter de m'assoupir et pour bien préparer le terrain pour mon rendez-vous avec Stéphane, je file dans la salle de bain, fais couler l'eau et ajoute une bonne dose de mousse à la lavande dans la baignoire. Je me déshabille lentement et me glisse avec délice dans l'eau chaude en respirant à pleins poumons l'odeur relaxante.

Je pense à ces derniers jours, à tout ce qui s'est déroulé dans mon existence, à mes premiers pas dans la vie de l'homme que je viens de retrouver, au mariage de Mathieu et à l'occasion professionnelle qui se dessine avec Canal+. C'est beaucoup d'émotions à gérer pour mon petit cœur d'artichaut. Je barbote près d'une heure, à souffler dans la mousse comme lorsque j'étais gamine, avant de sortir de mon bain et de me rendre dans ma chambre pour choisir mes vêtements. J'opte pour un pantalon mauve et l'assortis à un pull gris clair en cachemire. Une petite touche de maquillage et de parfum disposé à des endroits stratégiques (je parle du cou, des oreilles et des poignets !), et je suis prête à bondir au moindre appel de Stéphane. Je m'assieds sur mon canapé et essaie de ne pas trop froisser mes vêtements. Je me tortille les doigts tout en fixant mon portable. Je suis tellement concentrée que j'en oublie presque de cligner des yeux. J'ai peur de manquer son coup de téléphone. J'ai peur de croire à notre histoire. J'ai peur de tomber amoureuse. Je suis terrorisée à l'idée d'aimer à nouveau. Comment donc panser les blessures d'une histoire passée ? Plongée dans mes réflexions, je sursaute quand mon téléphone sonne. Je saute dessus et décroche.

— Bonjour, vous, lancé-je d'un ton enjôleur.

— J'aimerais savoir pourquoi tu n'as pas répondu à mes textos ?

La voix autoritaire qui grésille à l'autre bout du fil n'a rien de séduisant. Pire, ce n'est pas du tout l'homme que j'ai envie d'entendre. Mon interlocuteur poursuit.

— Pourquoi tu ne m'écris plus ? J'ai besoin de te voir. Retrouve-moi ce soir, s'il te plaît, Léane.

La voix de Mathieu se fait plus suppliante dans mon iPhone. Merde, que dois-je lui répondre ? Faut-il que je lui confie que ma relation naissante ne laisse aucune place à un ex paniqué par son mariage ? Je cherche une réponse cinglante à lui balancer.

— Je ne suis pas ton saint-bernard, Mathieu.

Ce n'est pas brillant, mais c'est tout ce qui m'est venu en tête.

— Mon quoi ?

— Mais oui, tu sais, ces chiens qui sauvent les montagnards des avalanches !

— Je te parle de coucher avec moi et tu me parles de montagne ?

— Décidément, tu ne comprends vraiment rien. Nous deux, c'est fini. Pour de bon cette fois !

Je raccroche d'un coup et me sens libérée. J'imagine Mathieu qui fulmine en essayant de comprendre ce qui vient de se passer et je souris. Un sourire qui s'élargit au fur et à mesure que je constate les progrès que j'ai faits par rapport à lui. Mon portable sonne encore. Encore. Le prénom de mon ex clignote sur l'écran. Au bout de cinq tentatives, je commence à être agacée. Je vais me servir un verre d'eau et attrape un biscuit au passage. Je le grignote pour me changer les idées quand la sonnerie de mon téléphone résonne une nouvelle fois. Mais c'est pas vrai ! Je compte bien faire entrer dans la caboche d'Homo sapiens limitée de Mathieu que je ne souhaite plus le voir. Jamais. Je saisis mon portable et réponds d'un ton sec.

— Quoi encore ? Je te préviens que si tu me parles encore de coucher avec toi, je mandate un tortionnaire pour te faire goûter des supplices dont tu n'as même pas idée.

— Dommage, je pensais pourtant que nous pourrions remettre le couvert. J'ai beaucoup aimé notre dernière nuit et je comptais bien profiter de ta peau douce et de ton corps parfait une bonne partie de la soirée.

Oh, cette voix suave et séduisante m'avait manqué. Mes nerfs en pelote se détendent d'un coup et mes hormones frétillent à la perspective d'un corps à corps avec Stéphane. Je me redresse sur le canapé, prête à démarrer un sprint pour le rejoindre. C'est où il veut, quand il veut !

— Pardon, je t'ai pris pour mon ex. Mais ne t'inquiète pas, tout est bel et bien fini avec lui. Tu as terminé ta journée ? lui demandé-je, pleine d'espoir.

— Oui, tu me rejoins chez moi ? J'ai une idée de repas qui devrait t'amuser. Je t'attends. Dépêche-toi, tu me manques.

Une fois la conversation terminée, je chausse des talons hauts, mets un trench-coat beige et glisse ma démo dans mon sac à main, où j'ai également pensé à déposer ma trousse de maquillage et une culotte de rechange.

En moins d'une demi-heure, je suis devant la porte de Stéphane, les mains moites, la gorge sèche et je déglutis de façon peu élégante. Normal, je suis stressée. J'ai hâte de le revoir en même temps. C'est un cocktail extrêmement grisant.

Je sonne, tortille mes doigts dans tous les sens et souffle dans mes mains tout près de mon nez pour vérifier mon haleine. Rassurée, je souris et attends qu'il vienne ouvrir.

— Bonsoir, vous, murmure-t-il en me tendant un verre de vin blanc et en m'embrassant doucement sur les lèvres.

Il sent divinement bon et je n'ai qu'une envie : qu'il me déshabille, qu'il m'embrasse et qu'il me procure autant de plaisir que la dernière fois. Non, je ne suis pas une obsédée et je me réjouis vraiment de converser longuement à propos des problèmes politiques, de la montée de l'extrême droite en Europe ou du conflit israélo-palestinien avec lui, mais pour le moment, je suis incapable de me maîtriser. Il me prend la main et m'entraîne vers la cuisine. Je dépose mon verre de vin et retire mon manteau tandis qu'il s'affaire à découper des morceaux de poisson cru. Je le regarde, intriguée. Mais que prépare-t-il ? Il surprend mon regard interrogateur et me lance un sourire à tomber.

— Nous allons faire des sushis, tous les deux, explique-t-il, apparemment ravi de son initiative.

Il sourit comme un enfant. Comment lui avouer que tout ce que je touche dans une cuisine se transforme comme par magie (de la magie noire, on s'entend) en un ingrédient immangeable ? En plus, je juge qu'il est bien trop tôt pour lui montrer tous mes défauts ; je tiens à préserver l'image d'une jeune femme talentueuse et rigolote. Du moins encore quelques jours. Vais-je prétexter une gastro fulgurante et rentrer chez moi frustrée et le ventre vide ? Je pourrais simuler un petit malaise. Je pourrais vaciller, me tenir la tête et basculer sur le canapé. Ainsi, je n'aurais qu'à déguster du vin pendant qu'il concocterait les sushis. Il m'observe.

— Tout va bien, Léane ? Tu fais une drôle de tête. Ne me dis pas que tu détestes les sushis ?

Il a l'air tellement déçu que je fonds. Je le rejoins derrière le comptoir et me lave les mains.

— Non, j'adoooore les sushis, affirmé-je en imitant Gad Elmaleh.

Il rit et dépose un baiser rapide dans mon cou. Encore. J'aimerais qu'il délaisse son bout de saumon pour s'occuper de moi. Nous trinquons et j'avale une grande gorgée de vin. Il est doux et sucré, c'est un régal. Stéphane se positionne derrière moi et mon ventre se serre délicieusement. Il prend une petite quantité de riz et me la met dans les mains. Il réitère avec une dextérité qui m'impressionne. De mon côté, la moitié des grains de riz s'est déjà fait la malle.

— Regarde, tu prends le riz et tu le roules comme ça jusqu'à en former une sorte de boule, explique-t-il.

Il la dépose sur le plan de travail, dispose un peu de wasabi sur le dessus et la recouvre d'un morceau de saumon. Je le regarde, ébahie alors que je serre les doigts sur le riz. Je tente de rouler le peu de grains qui restent au creux de ma paume mais sans succès. Ils restent tous collés à mes doigts. Stéphane rit et me plonge la main dans un bol. Comme par magie, les grains délaissent ma peau.

— Excuse-moi, dit-il, c'est du riz très collant, il faut que tu plonges tes doigts dans ce mélange d'eau et de vinaigre avant de faire les sushis.

— Ah, je me disais aussi, riposté-je, dépitée.

Je saisis une nouvelle quantité de riz, bien décidée à réussir, moi aussi, un sushi à l'allure convenable. Je me mords la lèvre et me concentre tandis qu'une jolie boule naît bientôt sous mes doigts. Je saisis un bout de poisson après avoir mis le wasabi et souris, fière de moi. Bon, des grains de riz dépassent et ce n'est pas très régulier, mais j'y suis arrivée.

— Tu es trop forte, me félicite Stéphane en s'approchant de moi.

Il me prend par la taille et m'embrasse langoureusement. Ses lèvres sont douces et légèrement piquantes. Elles ont le goût du wasabi.

— Bon, dépêchons-nous de terminer la préparation du repas, sinon, c'est toi que je vais manger !

— Je ne serais pas contre cette option, indiqué-je, provocante, en glissant ma main sous son t-shirt.

En moins de temps qu'il en faut pour dire le mot « sushi », je me retrouve assise sur le plan de travail. Stéphane me retire mon pull et me caresse le ventre tandis que nos bouches ne se quittent plus. Nous délaissons bien vite la cuisine pour rejoindre la chambre et continuer nos ébats dans les draps soyeux du lit de mon homme.

Deux heures plus tard, nous savourons notre repas, lovés dans le canapé du salon et discutons de notre avenir.

— Tu as apporté la démo de ton émission ? m'interroge soudain Stéphane en se redressant.

Je me lève paresseusement et fouille dans mon sac à main avant d'en extirper ma clé USB et de la tendre à Stéphane. Il la glisse dans le port USB de son ordinateur et enclenche la lecture. J'ai envie de me cacher dans un trou de souris. Si ma démo ne lui plaisait pas ? Concentré, il observe l'écran d'un air sévère. Mon cœur bat à tout rompre. Je bois un peu de vin pour me donner du courage, mais je crois qu'il me faudrait une bouteille à avaler cul sec pour que l'angoisse arrête de me serrer la gorge. Dix minutes plus tard, ma compilation est terminée et il me regarde. J'ai peur de l'avoir déçu. Pire, j'ai peur qu'il me prenne pour une dangereuse psychopathe dotée d'un sérieux penchant pour le harcèlement. Il sort la clé de l'ordi, la pose lentement puis se tourne vers moi. Il est incroyablement séduisant dans son pantalon de survêt qui souligne ses hanches. Il me fixe. Lentement, très lentement, un sourire s'étale sur son visage.

– C'est tout simplement génial, hurle-t-il en me prenant dans ses bras. Tu es épatante !

Je ris, soulagée par son verdict tandis qu'il poursuit :

– Je vais montrer ta démo à mon patron demain ! Je suis certain qu'il va t'adorer.

Je ne peux plus décrocher le sourire de mon visage. Stéphane me serre encore plus fort et me regarde tendrement.

– Je suis tellement heureux de t'avoir retrouvée. Enfin, que tu m'aies retrouvé, je devrais dire.

Il passe sa main dans mes cheveux et m'embrasse sur la tête.

– Moi aussi, je suis heureuse, très, très, très heureuse, rétorqué-je en lui caressant la joue.

Nous nous embrassons et allons nous coucher, épuisés.

• • •

Le lendemain matin, Stéphane quitte l'appartement aux aurores tandis que j'en profite pour faire la grasse matinée en serrant son oreiller contre moi. Il a son odeur. Je souris en pensant à mon avenir. Le programme de ces prochaines semaines sera dédié à ma remise en forme amoureuse et professionnelle. Les choses semblent plutôt bien parties des deux côtés. Note pour moi-même : penser à acheter une bougie vanillée et une marmotte en peluche pour me porter chance dans mes projets. Une offrande pour le karma, histoire de l'amadouer un peu.

Tout en m'étirant, je repense à mon parcours sentimental mouvementé, difficile, douloureux. Je n'ai pas toujours pris les bonnes décisions, je n'ai pas toujours su me protéger, mais j'ai appris de mes erreurs. Beaucoup appris. Je suis fière d'avoir enfin délaissé le rôle de la bouée de sauvetage, du plan cul et du saint-bernard. Mathieu fait partie du passé, Stéphane représente mon avenir. À cette pensée, mon cœur bat la chamade et je souris. La vie est parfois drôlement bien faite.

Fin